BÉRÉNICE

Du même auteur

Le Retour des momies : des pharaons aux cyborgs, la quête de l'éternité, Stock, 2017.

Mémoire totale. Hypermnésiques : pourquoi sont-ils des surdoués de la mémoire ? Stock, 2018.

Les Enfants de Mathusalem : l'incroyable histoire de l'allongement de la vie, Stock, 2019.

La Machine Ernetti, Albin Michel, 2020 ; Le Livre de poche, 2021.

Ernetti et l'Énigme de Jérusalem, Albin Michel, 2021 ; Le Livre de Poche, 2022.

Ernetti et le Voyage interdit, Albin Michel, 2022 ; Le Livre de Poche, 2023.

L'Homme qui ressemblait au Christ, Albin Michel, 2023.

Les Enquêtes extraordinaires de Camille Flammarion, tome 1 : *l'Astronome et les Spectres*, Flammarion, 2024

Les Enquêtes extraordinaires de Camille Flammarion, tome 2 : *l'Astronome et les Naufragés d'outre-monde*, Flammarion, 2025

Roland Portiche

Bérénice

La Juive qui voulait régner sur Rome

Roman

Fayard

Illustration : Thibauld Redval

Dépôt légal : mai 2025.
ISBN : 978-2-213-73192-6

À mon ami Jean-Marc Ghanassia,
qui m'a convaincu que Suétone,
Flavius Josèphe et Jean Racine
n'avaient pas tout dit !

– I –

L'AMBASSADE À CALIGULA

Chapitre 1

Alexandrie, en l'an 40 de l'ère commune

« *C'est cet homme que tu vas épouser ?* »

Enfant, Bérénice s'était créé un double auquel elle avait donné son prénom hébreu, *Bérénikè*. Entre les deux s'était installé un dialogue permanent où chacune tenait son rôle. À Julia Bérénice celui de la jolie poupée obéissante, à Bérénikè celui de son *daimôn*, comme disaient alors les Grecs, cet autre moi invisible qui ne se fait guère prier pour asséner ses vérités crues.

La scène se déroulait dans un palais d'Alexandrie, le 7 shevat de l'an 3801, selon le calendrier juif.

« *Il est vieux !* » insista Bérénikè.

Bérénice n'avait alors que douze ans, presque treize. Elle était présentée par son père à son futur époux, Marcus Julius Alexander, qui avait trois fois son âge. Imaginez un grand échalas au sourire niais, à la chevelure rousse et aux gestes lents, vêtu d'une tunique d'apparat mal ajustée qui faisait des plis disgracieux aux bras et aux jambes. Qu'importe son physique, Marcus Julius était le fils d'Alexandre l'alabarque, le Juif le plus riche et le plus considéré d'Alexandrie.

– Père, c'est quoi un alabarque ? avait demandé Bérénice.

– Officiellement, c'est le contrôleur général des douanes, le fonctionnaire chargé de lever des taxes sur les marchandises qui entrent dans la ville. Mais Alexandre est bien plus que cela.

Dans les faits, son futur beau-père était le premier magistrat de la communauté juive d'Alexandrie. Pour ne rien gâcher, c'était le frère du philosophe à la mode chez les Juifs lettrés de l'époque, Philon d'Alexandrie.

Marcus se baissa pour embrasser Bérénice et lui fit, en bafouillant, un joli compliment, sans doute appris par cœur. Bérénice lui répondit de la même manière.

« *Tu vas donc passer le reste de ta vie avec lui ?* »

– Le roi l'a décidé, Béréniké.

Le roi était son père, Agrippa Ier, petit-fils du roi Hérode le Grand. Ses flatteries et ses amitiés à la cour des empereurs Tibère et Caligula lui avaient valu d'obtenir le contrôle de la Galilée et de la Pérée, gouvernées jusqu'alors par son oncle, Hérode Antipas, tombé en disgrâce. Ainsi en allait-il du destin des rois-clients de Palestine, au gré des caprices et des humeurs de leurs maîtres romains.

*

Le mariage ne tarda pas, car le roi Agrippa était pressé. Il faisait partie d'une délégation de Juifs alexandrins qui avaient résolu de se rendre à Rome pour rencontrer l'empereur Caligula.

– Commençons, lança le rabbin.

La cérémonie se déroula dans la salle principale de la grande synagogue d'Alexandrie. On la disait assez vaste pour accueillir trois mille fidèles. Fort luxueuse, elle associait la modernité hellénistique à la tradition juive. Son acoustique, remarquable, permettait à l'officiant d'être entendu partout, en dépit de la surface des lieux. Des indices visuels étaient même programmés, dit-on, pour indiquer aux gens quand répondre « Amen » pendant les prières !

Dès l'ouverture, Bérénice fit son apparition au bras de son père. Suivaient sa mère, Cypros, son frère, Hérode Agrippa, d'un an plus âgé qu'elle, ses sœurs, Drusilla et Mariamne. Sous son habit de mariée, tremblante et émerveillée, la jeune fille était resplendissante. On l'avait toujours dite belle, elle était radieuse. Ses yeux, d'un bleu profond, viraient au violet, une teinte rare qui était pour tous un sujet de fascination et d'admiration. Ils étaient aussi encadrés par d'épais sourcils, avec un quelque chose de plus : une double rangée de cils orientés vers le globe de l'œil et non vers l'extérieur. Cette anomalie de naissance, à peine perceptible pour un regard superficiel, était une source occasionnelle de légers troubles pour sa vision, mais elle donnait à son regard un éclat incomparable.

La cérémonie se déroula selon le rituel habituel. Sous le dais nuptial, le marié couvrit le visage de son épouse avec un voile, rappelant ainsi l'histoire de Jacob et de Léa dans les anciens livres. Après les bénédictions, Marcus plaça un anneau en or sur l'index de Bérénice en déclarant :

– Voici, tu m'es consacrée par cet anneau, selon la loi de Moïse et d'Israël.

Le contrat de mariage, la *ketouba*, fut lu en araméen à haute voix et remis à la mariée.

« *Et voilà*, lui souffla Bereniké. *Le meilleur moment, à n'en pas douter, de ta vie d'épouse.* »

Puis, dans l'allégresse générale, le cortège prit la direction de la sortie.

Un choc.

Celui d'une pierre lancée avec force.

Une autre. Un vieil homme, touché au visage, qui s'affaisse.

Les jets de pierres deviennent une pluie, sous les cris injurieux d'une foule de Grecs et d'Égyptiens enragés.

Et cette insulte, qui transperce le cœur de Bérénice :

« Mort aux Juifs ! »

Chapitre 2

De quoi se nourrit la haine ? De la différence. Pendant longtemps, Juifs, Grecs et Égyptiens avaient cohabité pacifiquement dans la belle cité fondée par Alexandre le Grand. En apparence, leurs relations étaient pacifiques. Mais ce que les Grecs n'aimaient pas chez les Juifs pouvait se résumer en une phrase : « Pourquoi ne sont-ils pas comme nous ? » Ou encore : « Pourquoi les Juifs ne se mélangent-ils pas ? Pourquoi restent-ils entre eux ? Et pourquoi ces interdictions alimentaires sans queue ni tête ? »

Plus irritant que tout, il y avait leur refus d'accepter la présence d'une statue de l'empereur romain dans leurs synagogues, alors qu'elle était obligatoire dans chaque lieu public.

Tous ces reproches, qui se prononçaient à bas bruit, se heurtaient aux dérogations concédées aux Juifs par Auguste et Tibère, qui avaient – par on ne sait quelle faiblesse – accordé à la communauté juive le droit d'observer ses coutumes. Mais il suffisait d'une simple étincelle pour mettre le feu au bois sec des jalousies accumulées.

Deux ans avant le mariage de Bérénice, des bandes de Grecs et d'Égyptiens s'étaient rendues dans le quartier juif et avaient commis des actes de violence et des pillages. Étrangement, le préfet romain en poste n'avait pas réagi. La foule s'en donna alors à cœur joie. Des maisons et des magasins furent saccagés et incendiés, des Juifs battus et tués, leurs corps mutilés. Alertées, les autorités romaines avaient rappelé le préfet défaillant et restauré une paix relative. Mais la manifestation d'aujourd'hui prouvait que l'orage grondait encore.

*

– Ils sont toujours là ?

– Toujours. Une dizaine, armés de grosses pierres.

Réfugiés à l'intérieur de la synagogue après la cérémonie interrompue, les notables juifs attendaient, en observant à travers les persiennes, que la foule se disperse. Ils profitèrent de ce temps mort pour organiser leur départ pour Rome.

– Je propose de prendre la mer au début du mois prochain, lança l'alabarque Alexandre. Seul l'empereur saura mettre un terme à ces émeutes.

– Tu es son ami, roi Agrippa, tu dois conduire cette ambassade, suggéra un autre.

Agrippa ne pouvait refuser, même si les amitiés de Caligula étaient aussi glissantes que les pavés de Rome par temps de pluie. Mais il est vrai que leurs relations avaient été plutôt bonnes lors de leurs jeunes années passées sous Tibère.

– J'irai avec vous, mais je ne suis pas natif d'Alexandrie. Il serait préférable que notre délégation soit conduite par un Alexandrin.

Il y eut quelques secondes de flottement. Présente à cette réunion avec son époux, la jeune Bérénice ne put éviter un commentaire de Bérénikè :

« *Ils ne se bousculent pas !* »

Il fallait reconnaître que la perspective de s'adresser à Caligula au nom de leur délégation ne séduisait personne.

– Je veux bien accepter cette charge, déclara un homme un peu plus âgé que les autres.

Philo Judaus, dit Philon d'Alexandrie, était le propre frère d'Alexandre l'alabarque. Il s'était fait connaître dans la communauté par des écrits très savants où il cherchait à faire coïncider les enseignements de la Torah et ceux de la philosophie grecque.

– Nous mettrons par écrit toutes nos demandes, afin de n'en oublier aucune. Je les résumerai oralement à l'empereur et lui remettrai le document.

– S'il consent à t'écouter ! railla quelqu'un. On dit que ses capacités d'attention ne dépassent guère cinq ou six battements de pouls.

– Quand Philon parle, protesta son frère Alexandre, on l'écoute. J'irai aussi. Qui d'autre pour nous accompagner ?

Marcus Alexander se proposa.

– Je viendrai, nous ne serons pas trop de quatre.

– Tu viens juste de te marier, Marcus. N'est-ce pas un peu tôt pour abandonner ton épouse ?

« *Vas-y, propose-toi* », souffla Bérénikè à Bérénice.

La jeune fille leva la main.

– Marcus ne m'abandonnera pas, puisque je viens aussi.

Tous furent surpris par la déclaration de la jeune mariée. Et, plus encore, par son ton volontaire, presque autoritaire.

– Toi ?

– Je suis ton épouse depuis neuf heures du matin, Marcus. Là où va mon mari, je vais aussi. N'est-ce pas écrit en toutes lettres dans le livre du Lévitique ?

– Eh bien…

La gêne qu'elle provoqua fit sourire le philosophe.

– Il n'est pas mauvais que la jeune Bérénice nous accompagne, admit-il. Ce mélange des générations donnera plus de poids à nos réclamations.

– Soit, s'inclina Marcus, tu viendras avec moi.

Une autre voix se fit entendre, celle d'Agrippa jeune, le frère de Bérénice. Il n'avait, lui, que quatorze ans.

– Si Bérénice va à Rome, je la suis.

Il y eut un éclat de rire général.

– Tu as des enfants têtus, roi Agrippa ! commenta une femme.

Un serviteur passa alors sa tête dans la pièce.

– Le calme est revenu, les Grecs sont partis.

– À la bonne heure, déclara l'alabarque Alexandre. Le mariage est célébré, place à la fête !

Chapitre 3

« *Elle était triste, cette fête* », déplora Béréniké.

Bérénice ne pouvait qu'approuver. Comment les invités pouvaient-ils se réjouir après ce qui était arrivé ? Tous, en dépit d'un banquet généreux, étaient plongés dans leurs pensées. Et si la vie devenait impossible pour les Juifs d'Alexandrie, après quelques décennies de bonheur ? Fallait-il retourner en Palestine, où la vie était si difficile ? Quant à cette délégation à Rome, personne ne se faisait d'illusions. Caligula était un être lunatique et cruel, tout le monde le savait. On avait cru en lui au début de son règne, mais c'était bien fini. Il n'était ni Auguste, ni même Tibère, seulement un tyran enivré de lui-même.

Selon l'usage, la mariée se leva de table la première et alla se préparer pour sa nuit de noces. Sa servante égyptienne, Samout, fut aux petits soins pour sa toilette. Elle avait préparé un bain parfumé dans lequel Bérénice se relaxa pendant de longues minutes. Puis elle sécha la jeune fille et la coiffa avec soin. Elle lui apporta ses vêtements de nuit et la vêtit en fredonnant une chanson traditionnelle en langue égyptienne.

– Que dit cette chanson, Samout ?

– Ma mère et sa mère avant elle l'ont chantée pour leurs noces : « Laisse-toi emporter par le bonheur d'être possédée par ton mari, ma douce. »

« *Possédée ?* s'indigna Bérénikè. *Comment cette limace rousse pourrait-elle te posséder ?* »

– Il le faudra bien, Bérénikè. Il me possédera pour jouir en moi.

« *Je ne veux pas voir ça.* »

– Tu le verras pourtant, puisque tu es moi !

Quand Bérénice fut prête, Samout l'accompagna vers sa couche. Elle avait pris soin de faire brûler un mélange d'herbes aromatiques dans des coupelles en cuivre.

– C'est du kyphi ?

– Oui, le même qu'on utilise dans les temples. Il y a aussi de la myrrhe.

« *Respire bien fort pour t'endormir avant qu'il te touche !* » ricana Bérénikè.

Samout chuchota à l'oreille de Bérénice.

– Ta mère t'a bien expliqué ce qu'il va se passer ?

– Oui, Samout, ne me prends pas pour une sotte.

– Alors que les dieux te protègent, petite Bérénice, et qu'ils te donnent beaucoup d'enfants.

Samout s'éclipsa en riant.

Quand elle fut seule, Bérénice réprima une forte envie de pleurer et de s'enfuir.

« *Pour aller où ?* » demanda Bérénikè.

Nulle part, évidemment. Il n'y avait qu'une chose à faire : s'allonger sur cette couche, faire le vide en elle, puis attendre. Où était Marcus à cette heure ? Peut-être avec les autres, à dresser des plans pour leur future délégation romaine. Bérénice était partagée entre la crainte pour ce qui allait lui arriver et la pure et simple curiosité. Après tout, une multitude de femmes avaient vécu cela avant elle, à commencer par la première d'entre elles, Ève, celle qui donne la vie selon le Livre. Ève avait-elle craint d'être possédée par Adam ? Avait-elle joui ?

« *Tu poseras ces questions au rabbin, demain matin. Je suis curieuse de savoir ce qu'il répondra.* »

Des bruits de pas. C'était lui, Marcus.

Il pénétra dans la chambre sur la pointe des pieds, s'approcha en silence.

Bérénice ferma les yeux.

Il se pencha, la regarda.

« *Il croit que tu dors. Respire lentement* », conseilla Bérénikè.

Il se rapprocha encore. Elle pouvait sentir son haleine.

« *Ne bouge surtout pas.* »

Il avança sa main, la posa sur son bras nu. Puis il frôla sa peau avec ses narines, la respira.

« *Reste immobile.* »

Enfin, il recula et se redressa, un sourire béat aux lèvres.

« *Je crois que c'est gagné, au moins pour ce soir.* »

Il se retourna et prit la direction de la sortie.

Le lendemain, devant une table garnie de lait de chèvre, de dattes, de pain d'orge et de figues séchées, Bérénice retrouva son frère Agrippa le jeune. Il avait un large sourire aux lèvres.

– Alors ?
– Rien.
Moqueur, il lui lança :
– Oh, ma Bérénice, que vas-tu faire de ta beauté ?

Chapitre 4

Bérénice se savait belle, on le lui avait assez dit.

Mais elle ne voyait pas dans sa beauté un don du hasard. Plutôt un signe du ciel, une grâce du Saint-Béni-Soit-Il. Elle avait lu et relu le Livre d'Esther dans les *Ketouvim*, les récits historiques du Livre des livres, jusqu'à les connaître par cœur. Esther, la belle Juive devenue la favorite du roi Assuérus de Perse, est alertée par son oncle Mardochée qu'un décret d'extermination du peuple juif est projeté par le perfide vizir Haman. La jeune femme, affolée, s'en va trouver Assuérus. Et c'est le miracle, elle trouve les mots qu'il faut pour annuler le décret et faire condamner le grand vizir, qui finit pendu.

« *Cesse de te raconter des histoires, Bérénice*, railla Béréniké. *Ton Assuérus s'appelle Marcus Alexander. Et il ne fait pas rêver.* »

Elle haussa les épaules, avala d'un trait son bol de lait et quitta la salle à manger. La luxueuse villa où logeaient sa famille et son époux était la propriété de l'alabarque Alexandre. Elle était construite autour d'un espace découvert entouré de portiques, qui ouvrait sur plusieurs pièces d'habitation. Dans l'une d'elles, son père avait une discussion animée avec l'alabarque. Il lui fit un signe amical et se replongea dans la grande affaire qui les occupait tous : l'ambassade à Caligula.

Dans une autre pièce, elle reconnut le vieux Philon, qui était en train d'écrire. Il lui adressa un sourire. Elle s'enhardit et vint lui poser la question qu'elle avait sur le bout des lèvres :

– Je me suis toujours demandé quel était le travail d'un philosophe ?

Il lui répondit en montrant sa bibliothèque, où s'entassaient des dizaines et des dizaines de rouleaux de papyrus.

– Lire, écrire, penser, voilà sa tâche. Lire, parce qu'il faut se tenir informé des idées de ceux qui nous ont précédés, comme un enfant grimpe sur les épaules de son père pour mieux observer le spectacle du monde. Écrire, parce qu'il faut savoir rendre ce qu'on a emprunté. Penser, en oubliant tous ces écrits pour trouver la seule voie juste.

– Et quelle est cette voie juste, monsieur le philosophe ?

– Celle que tous les Juifs célèbrent quand ils trinquent : « *Lé'Hayim* », « À la vie ! »

Sans lui demander la permission, elle s'avança de son propre chef vers la bibliothèque.

– Mon père m'a promis qu'il m'emmènerait un jour visiter la grande bibliothèque d'Alexandrie. Mais il est si occupé, en ce moment.

– Demande à Marcus. C'est ton époux, à présent.

– Oh, je le crois très éloigné de ces choses-là. Est-il vrai que la grande bibliothèque contient des rouleaux par milliers ?

– Bien plus que cela, des centaines de milliers.

– Sur tous les sujets ?

– Tous. La médecine, la science, la philosophie, l'histoire, la littérature, les mathématiques.

– Si la grande bibliothèque contient la réponse à toutes les questions, pourrait-elle m'expliquer pourquoi les Grecs et les Égyptiens détestent les Juifs ? Pourquoi ils ont gâché mon mariage ?

Philon hocha douloureusement la tête.

– C'est la plus mystérieuse des questions, Bérénice. Pourquoi, alors que les hommes sont partout les mêmes, se divisent-ils en groupes concurrents et hostiles ?

– Et quelle est votre réponse, monsieur le philosophe ?

– Ils sont dupes des apparences. Encore une fois, *Lé'Hayim* ! La vie, c'est l'entente, le lien, l'amitié, en dépit des différences. Les Romains, qui ont un dieu pour chaque chose, disent qu'Apollon est le dieu de la vie et de l'harmonie. Contre Mars, qui incarne la division et la guerre.

– Fallait-il tous ces livres pour trouver ça ?

– Dans mes écrits, je creuse un peu plus loin. Je montre que toutes les vérités, celle de Moïse et celles des sages de Rome et de la Grèce, se rejoignent en Dieu. Ma tâche est de prouver aux hommes qu'ils sont d'accord sur le fond, même s'ils se combattent.

– Les Grecs connaissent le Dieu unique ?

– Dans leurs livres philosophiques, ils croient en des principes éternels qu'ils appellent les Idées. Et toutes ces Idées convergent vers une seule idée, celle du Bien.

– Ce n'est pas Dieu.

– Mais ça y ressemble. Moi, j'ai appelé cette idée suprême le *logos*. C'est le principe qui sous-tend l'univers. Et je montre qu'au bout du *logos* il y a le Dieu unique.

– Mon père, le roi Agrippa, ne parle pas de philosophie, mais il croit lui aussi à une entente avec les Romains.

– Il a raison. C'est pourquoi il m'accompagne afin de faire entendre raison à Caligula. Maintenant, laisse-moi, Bérénice, il me reste un peu de travail avant de partir.

Elle s'inclina gracieusement devant le vieux sage et s'éloigna dans l'allée en sautillant, comme lorsqu'elle était enfant. Mais Bérénikê avait décidé de ne pas la laisser en paix.

« *Ne te raconte pas d'histoires, Bérénice. Si ton père veut s'entendre avec les Romains, c'est pour garder son royaume. Sans l'appui des Romains, il n'est plus rien. Agrippa est un courtisan, rien de plus.* »

– Ne sois pas injuste, Bérénikê. Il va quand même lui demander de préserver nos synagogues de ses idoles.

« *C'est la petite part de judaïsme qui lui reste, comme une maladie de jeunesse dont on ne peut se défaire. Il va essayer, mais n'y arrivera pas. La partie est jouée d'avance.* »

Chapitre 5

L'hiver n'est pas une saison favorable pour la navigation en Méditerranée. Les changements de temps sont rapides et imprévisibles, les vents agitent la mer, la visibilité diminue à cause du brouillard et de la pluie. Mais il y avait urgence et la délégation embarqua en direction de Rome.

Une escale sur l'île de Malte leur offrit quelques heures de ravitaillement et de repos. Philon semblait le plus affecté par le voyage, à cause de son âge. Il s'en excusa auprès de Bérénice :

– Voilà, jeune fille, le prix payé d'une vie passée à consulter des livres dans le confort douillet d'un cabinet d'études. Dès que je mets le nez dehors, mon corps me lâche !

Au dîner, dans la cabine, la discussion tourna autour de la grande question que se posaient tous les intellectuels de ce temps à propos de Caius, que Tibère avait nommé ainsi en référence à César, mais qui avait reçu de ses légions le surnom moins flatteur de Caligula, « petite sandale ». Cette question était la suivante : était-il fou ?

– Il ne l'a pas toujours été, plaida le roi Agrippa. Quand Tibère est mort, Caius fut accueilli avec joie par le peuple, qui voyait en lui une nature franche et honnête, apte à une bonne gouvernance de l'empire. Mais après...

– On a attribué sa folie à une maladie mystérieuse, le coupa l'alabarque Alexandre. Après sept mois de règne, Caius s'est abandonné au vin et à la gloutonnerie. Il avait beau se gorger, ses appétits restaient inassouvis, il vomissait tout ce qu'il avait avalé.

– La vérité, reprit Agrippa, est que cette maladie était le paravent d'un goût pour la débauche et le vice. On crut un moment qu'il s'était rétabli, mais son âme perverse s'est mise à craindre les rivaux : son cousin, puis le préfet Macron, puis son beau-père, tous ceux qui se dressaient sur son chemin furent mis à mort. J'étais là, je l'ai vu. Puisqu'il avait tous les pouvoirs, il s'est pressé d'en abuser.

Philon, au bout de la table, demeurait pensif.

– Qu'en déduis-tu, Philon ?

Ce dernier poussa un long soupir.

– Que j'étais bien fou, jadis, de croire avec Platon que les régimes politiques façonnaient les consciences. Je crois à présent que tout dépend des individus eux-mêmes. Quel que soit le régime politique, il existe des êtres dotés d'une nature tyrannique. Caligula est de ceux-là, un tyran cruel qui dévoile aujourd'hui des penchants qu'il avait couverts sous le voile de l'hypocrisie.

Tous approuvèrent. Puis Philon ajouta :

– Mais le pire, ce n'est pas lui...

Il laissa sa phrase en suspens, comme pour donner à son propos la gravité nécessaire.

– Le pire, mes amis, c'est nous. Nous qui restons passifs et qui courbons l'échine. Le pire, c'est l'opinion publique, toujours prête à trouver des excuses à des comportements inexcusables. Le pire, c'est notre aptitude irrationnelle à la servitude. À la fin, délivré de toute chaîne, cet homme placé au-dessus de tous les autres a fini par croire qu'il était un dieu.

Le visage sombre, l'alabarque Alexandre approuva Philon en y ajoutant une inquiétude supplémentaire :

– Je ne veux surtout pas vous angoisser sans raison, mes amis, mais si mes informations sont bonnes, nous ne sommes pas encore au bout de nos peines.

– De quoi parles-tu ? Sais-tu quelque chose ?

– Une rumeur, rien de plus. Mais attendons d'être à Rome...

Le silence qui suivit irrita au plus haut point Bérénice. C'était le silence de l'impuissance, celui des bêtes qu'on destine à l'abattoir. Comment ? Voilà des adultes, des sages instruits par l'expérience, qui ne trouvaient rien d'autre à dire que « attendons et voyons » ? Était-ce cela, à présent, le destin d'Israël ?

*

Leur navire les laissa à Ostie, le port maritime de la ville géante. Une *carruca* prévue pour huit personnes, bâchée et tirée par quatre chevaux, les conduisit dans le centre-ville en passant par les faubourgs surpeuplés. Elle était pourvue de sièges rembourrés et protégée par des rideaux brodés qui permettaient de voir sans être vus.

Bérénice était née à Rome, lors d'un des nombreux voyages de ses parents autour de la Méditerranée. Mais elle n'y était restée que quelques mois et n'en avait gardé aucun souvenir. Un entrelacs de rues bruyantes et peuplées d'une foule bigarrée, emplies d'odeurs âcres et nauséabondes, telle fut la première impression qui lui sauta au visage.

La délégation alexandrine logeait non loin du *Circus Maximus*, dans une villa prêtée par un ami du roi Agrippa. Elle semblait vaste et confortable.

– On pourra visiter le cirque ? demanda Agrippa jeune.

– Pas ce soir, répondit leur père, c'est trop tard. Demain, Calliste vous fera visiter le forum.

Calliste était un affranchi à la tête ronde et sympathique, mis à la disposition du roi Agrippa.

– Et vous, mon père, où irez-vous ? demanda Bérénice.

Agrippa leva la tête en direction du palais impérial.

– Nous ? Là-haut, dans l'antre du tigre.

Chapitre 6

Rome, en l'an 40 de l'ère commune

Le *Circus Maximus* était aussi immense qu'attendu, mais encombré par des échafaudages à cause d'un incendie récent. Calliste leur proposa plutôt de visiter le forum, tout proche.

C'était jour de marché. Rapidement, les deux enfants échappèrent à l'attention du malheureux Calliste pour se perdre en courant parmi les étalages qui proposaient une nuée de marchandises venues de tous les horizons de l'empire. Des fruits aux formes étranges importés d'Afrique, des légumes, des viandes, des poissons, des bacs d'épices multicolores, des huiles, des amphores géantes, des textiles. On croisait dans les allées toutes les classes sociales, depuis les sénateurs jusqu'aux esclaves. À presque tous les carrefours, des attractions contribuaient à l'ambiance générale. Des acrobates, des musiciens, des orateurs et même des procès publics, un spectacle dont les Romains étaient friands.

Bérénice s'arrêta devant l'étalage d'un marchand syrien qui proposait des colifichets et des bijoux venus de son pays.

– Tu as vu celui-là, comme il est affreux ? lui lança Agrippa.

Il lui montra un collier au bout duquel pendait l'effigie d'une créature qui combinait des traits humains et animaux. Une tête de lion avec des cornes de chèvre, un corps d'homme avec des griffes d'aigle, des ailes dans le dos, une queue de scorpion, des serpents émergeant de son corps.

– C'est le démon *Pazuzu*, expliqua le marchand. À Babylone, il est associé aux tempêtes et aux vents violents qui transportent maladies et fléaux.

– Il porte le mauvais œil ? demanda Bérénice.

– Il est vrai qu'il a de grands pouvoirs. Il suffit d'émettre un vœu en serrant l'amulette dans sa main pour le voir réalisé.

Bérénice saisit l'amulette.

– Je peux l'essayer ? *Pazuzu*, change Agrippa en âne !

Agrippa éclata de rire.

– Tu vois ? Ton *Pazuzu* est une escroquerie !

– Mais non, protesta le Syrien. Pour que ça marche, tu dois l'acheter.

– Combien ?

– Quatre as de cuivre.

– Deux, c'est tout ce que j'ai.

– Alors d'accord, deux. Donne un peu de temps à ton amulette et tu verras, elle te portera chance.

Les deux enfants s'éloignèrent.

– On l'essaye ? proposa Agrippa jeune.

– Plus tard. Regarde…

Leur attention fut attirée par un mouvement de foule devant le temple de Saturne.

– On va voir ?

Un groupe de légionnaires encadraient le temple.

– Qu'est-ce qu'ils attendent ?

Une matrone répondit à Bérénice.

– Chut ! L'empereur, il va sortir.

On entendit alors le son d'une trompette. Un groupe de notables romains, habillés de toges luxueuses, sortit sur le perron du temple. Un homme de grande taille, rachitique, avec une peau pâle et des cheveux clairsemés, salua le peuple qui l'acclamait.

– Il n'est pas beau.

Caligula avait le front large et les yeux enfoncés. Pendant une brève seconde, alors qu'il se tournait vers la foule, son regard croisa celui de Bérénice. Il lui sourit.

– Il t'a vue, lui chuchota Agrippa. Accroché par tes yeux, comme tant d'autres.

La jeune fille était pâle.

– Je n'aime pas cet homme, Agrippa.

– Comment peux-tu le juger, puisque tu ne le connais pas ?

– Je le sens. J'ai peur, il va tuer papa !

– Mais non, ils sont amis.

– Cet homme n'a pas d'amis, il a… l'œil de Caïn.

Agrippa haussa les épaules.

– Viens, ne restons pas ici.

*

Au retour, les deux enfants furent accueillis par leur père, soucieux.

– Où étiez-vous passés ? J'étais fou d'inquiétude.

– On a vu l'empereur au forum.

– Préparez-vous, nous repartons.

– Déjà ?

– Caligula a décidé d'inspecter les jardins de ses villas en Campanie. Nous allons prendre un bateau et le suivre. Nous lui parlerons là-bas.

– Alors on lui court après, comme des petits chiens ?

– Ne parle pas de cette façon, Bérénice.

Et c'est ainsi que les membres de la délégation alexandrine, sous la conduite de Philon, coursèrent l'empereur Caligula jusque dans le port de Puteoli, dans le sud-ouest de l'Italie, où ils attendraient d'être convoqués.

À peine furent-ils à quai qu'un informateur du roi Agrippa, qui les avait précédés en éclaireur, courut à leur rencontre. Il semblait bouleversé.

– Qu'y a-t-il, Jonas ?

– Caius... il s'en prend au Temple.

– De quoi parles-tu ?

– Le temple de Jérusalem. Caligula vient d'ordonner qu'on élève à l'intérieur du Temple une statue colossale à son image, qui lui sera dédiée sous le nom de Jupiter.

Les quatre membres de la délégation furent cloués sur place. Alexandre l'alabarque réagit en premier.

– On en parlait, mais je n'osais pas y croire. Quand je pense que nous sommes venus d'Alexandrie en plein hiver pour lui parler des synagogues d'Alexandrie, alors que lui a décidé, par caprice, de profaner le plus saint des sanctuaires !

– Qu'allons-nous faire ? s'inquiéta l'alabarque Alexandre. Insister pour obtenir une entrevue ?

– Il ne nous écoutera pas, cet homme est un déséquilibré.

– Il sait pourquoi nous sommes venus, il se moquera de nous

– Rencontrons-le quand même, décida le roi Agrippa. Nous avons été amis, je lui dirai ce que nous avons sur le cœur.

Chapitre 7

Pendant quatre jours, sous les regards stupéfaits de Bérénice, âgée de douze ans, et de son frère Agrippa jeune, treize ans, la délégation juive d'Alexandrie, conduite par Philon, soixante ans, engagea une course-poursuite avec l'empereur Caius Caligula, vingt-sept ans, qui avait ordonné qu'on lui ouvrît toutes les villas. Il avait l'intention de les inspecter systématiquement, l'une après l'autre.

Le deuxième jour, pourtant, entre deux visites, Caius accepta de les écouter dans un petit jardin, garni d'une fontaine. L'empereur s'était assis sur un bord du bassin et tendait sa main vers l'eau fraîche crachée par un poisson de métal. Il était entouré par la délégation alexandrine, restée debout. Tous, même le vieux Philon, avaient la posture inclinée. Derrière les adultes, Bérénice et son frère avaient du mal à conserver leur sérieux, tant cette scène avait une allure loufoque. Philon fit un timide pas en avant et prit la parole.

– Très Excellent Caius, empereur et auguste, nous te saluons au nom de notre communauté d'Alexan…

Il fut immédiatement interrompu par l'empereur.

– N'êtes-vous pas de ces gens qui préfèrent à mon culte celui d'une divinité sans nom ? Sachez que j'exècre ce Dieu, je lui pisse dessus !

Le malheureux Philon resta sans voix devant ce blasphème. Aussitôt, le roi Agrippa prit le relais :

– Seigneur Caius, tu dois savoir que nous avons sacrifié et immolé des hécatombes d'animaux pour toi. Et cela, à trois reprises : d'abord à ton avènement, ensuite pour ta guérison, enfin pour que tu reviennes victorieux de ta guerre contre les Germains. N'est-ce…

– Que m'importent vos sacrifices, s'ils ne s'adressaient pas à moi ?

Il se redressa et, sans crier gare, fila en les laissant sur place. Les malheureux délégués tâchèrent de le suivre tandis qu'il passait le portique d'une nouvelle villa, visitant les appartements destinés aux hommes, les pièces réservées aux femmes, examinant les planchers et les plafonds.

« *Ils vont le courser longtemps comme ça ?* » se plaignit Béréniké.

Les quatre membres de la délégation alexandrine ne lâchaient pas l'empereur d'un pas, avec l'espoir de plus en plus mince de pouvoir placer un mot, sous les quolibets insultants des courtisans.

« *C'est une farce !* » s'indigna Béréniké.

Enfin, lorsqu'il eut fini de donner de nouveaux ordres relatifs aux aménagements, l'empereur se tourna vers Philon d'Alexandrie :

– Toi, le vieux, tu es philosophe, m'a-t-on dit ?

– Oui, Excellent Caius.

– Alors explique-moi pourquoi les Juifs ne mangent pas de porc ?

Cette question déclencha un grand éclat de rire chez les familiers de Caligula. Pourtant, Philon tenta d'argumenter :

– Eh bien, il est vrai que les usages varient selon les pays. Certaines personnes, par exemple, ne mangent pas de viande d'agneau.

– C'est avec raison, dit Caius en riant, car elle ne vaut rien !

Nouveaux rires forcés des courtisans. Philon lui-même, en dépit de sa sagesse, semblait abattu. Soudain, l'empereur changea d'attitude. Il les passa tous en revue en les examinant de près, comme s'il les découvrait pour la première fois.

– Et si vous me disiez enfin quelle est votre demande ?

Le roi Agrippa commença à parler, mais il fut à nouveau interrompu. Car Caligula leur tourna le dos et reprit sa visite immobilière au pas de course. Il s'arrêta brusquement, fit volte-face et reprit, d'un ton radouci :

– Que disais-tu, Agrippa ?

Même manège. À peine Agrippa eut-il prononcé trois mots que Caius, subitement fébrile, s'élança vers la devanture d'une nouvelle maison, où il ordonna de placer d'anciennes peintures.

« *Mais pourquoi ne partons-nous pas ?* » s'indigna Bérénikè.

S'ils souhaitaient quitter les lieux, ils devaient obtenir l'autorisation de l'empereur. Elle ne tarda pas. Sans doute lassé de se sentir poursuivi par cette délégation fantôme, Caligula s'exclama à haute voix, devant sa cour :

– Ces imbéciles qui ne veulent pas croire en ma divinité me semblent plus à plaindre qu'à blâmer. Partez, à présent !

Les membres de la délégation furent raccompagnés vers la sortie. Dans la *carruca* qui les ramenait vers le port de Puteoli, tous gardèrent le silence.

« *Ils ont honte* », observa Béréniké.

Philon, lui, jeta un œil par-dessus son épaule et murmura une phrase en latin :

– *Quos vult Jupiter perdere dementat prius*. Celui que Jupiter veut perdre, il commence par lui ôter la raison.

– La raison, il l'a déjà perdue, commenta Agrippa. À présent, c'est sa vie ou la nôtre.

– Il est si puissant, Agrippa. Quelles ressources avons-nous ?

*

En arrivant au quai, le petit groupe fut accueilli par Jonas, qui avait organisé leur retour à Alexandrie. Le fidèle informateur prit le roi Agrippa à part et lui parla discrètement.

– Es-tu sûr ? murmura le roi.

– Ce ne sont que des rumeurs, mais…

Agrippa lui fit signe de se taire et s'adressa aux autres :

– Partez sans moi, mes amis. Certaines nouvelles récentes m'obligent à rester à Rome.

– Que se passe-t-il ? s'inquiéta Alexandre l'alabarque.

– Je ne puis rien vous dire, mais la situation pourrait évoluer dans les prochains jours. Rentrez et mettez-vous en sécurité. Jonas vous tiendra informés.

Alexandre n'insista pas et engagea les autres à monter sur le bateau. Bérénice, elle, tenait son amulette serrée dans sa main et fit un vœu.

Chapitre 8

« *Bien travaillé, Pazuzu !* »

Tel fut le cri de victoire de Bérénikè quand elle apprit la nouvelle, en débarquant dans le port d'Alexandrie. L'empereur Caligula avait été assassiné.

– Je n'y crois pas, s'alarma Alexandre, c'est une fausse nouvelle, propagée par les Romains pour débusquer les rebelles.

Mais non, c'était bien vrai. Jonas, l'informateur d'Agrippa, fit le voyage depuis l'Italie pour tout leur raconter :

– Par son comportement, Caius s'était fait de nombreux ennemis dans la garde prétorienne et chez les sénateurs. Le plus acharné d'entre eux était Cassius Chaerea, un officier que Caligula humiliait publiquement, à cause de ses allures efféminées. Quant aux sénateurs, ils étaient exaspérés par les excentricités de l'empereur et par ses dépenses extravagantes.

– Comment l'ont-ils tué ?

– Ils ont profité des Jeux palatins. Ils ont attiré Caligula dans les sous-sols du palais, sous un prétexte quelconque.

Chaerea et les autres l'attendaient dans l'ombre. Ils lui ont sauté dessus et l'ont poignardé à mort. Dans le même temps, au palais, les prétoriens ont égorgé sa femme ainsi que sa fille, Drusilla. Ainsi, il n'y aura pas de prétendants au trône dans sa famille.

– Dieu soit loué ! proclama Alexandre l'alabarque.

– Attendez, mes amis, vous ne savez pas tout. Le roi Agrippa a joué un rôle essentiel dans ce qui est arrivé ensuite.

– Agrippa ?

– Il a immédiatement flairé le danger. Caligula mort, le risque était que les sénateurs républicains reprennent le pouvoir et le dépouillent de son royaume de Palestine. C'était mal le connaître. Aussitôt après l'assassinat, le roi s'est précipité au palais. En se prévalant de son amitié avec Caligula, il a fait porter son corps sanglant sur une couche et l'a embrassé.

« *Embrasser ce monstre ?* déplora Béréniké. *Rien ne le dégoûte !* »

Jonas reprit son souffle pour raconter la suite.

– Agrippa s'est alors redressé, la mine ravie. Il a annoncé un miracle : Caius vit encore, il respire !

– C'était vrai ?

– Bien sûr que non, mais on l'a cru.

« *Quel marchand forain, ton père !* » s'amusa Béréniké.

– Pourquoi a-t-il fait ça ?

– Pour gagner du temps. Par prudence, croyant Caligula encore vivant, les sénateurs ont suspendu leurs délibérations. Agrippa, lui, n'a pas perdu de temps. Avec quelques gardes prétoriens, il a parcouru toutes les pièces du palais à la recherche de Claude, l'oncle de Caligula, qui se cachait derrière une tenture.

– Le lâche !

– Claude craignait de se faire nommer empereur. Mais Agrippa lui a rendu son courage, il a trouvé les bons arguments pour le décider.

– Et le Sénat ?

– Agrippa l'a joué, lui aussi. Il a juré devant les sénateurs avoir obtenu de Claude la promesse d'être un empereur juste, respectueux des institutions. Les discussions et les allées et venues entre le Sénat et le palais ont duré toute la nuit, Agrippa jouant les émissaires…

– Et à la fin ?

– À la fin, les sénateurs ont cédé aux raisons d'Agrippa et se sont ralliés au nouvel empereur.

Jonas interrompit son récit pour s'approcher de Bérénice et d'Agrippa jeune. Il les prit tous les deux par les épaules.

– À présent, les enfants, voici la récompense : pour les services rendus, l'empereur et le Sénat ont confirmé le titre royal de votre père. Mais Agrippa a obtenu plus : l'empereur lui cède aussi la Judée, l'Idumée et la Samarie !

Tous en restèrent sans voix. L'ancien royaume d'Hérode le Grand était reconstitué.

– Quand reverrons-nous notre père ? s'exclama Agrippa jeune.

– Il repassera dans quelques jours par Alexandrie pour se rendre en Judée et prendre possession de son royaume. Au passage, jeune Agrippa, il t'emmènera avec lui.

Bérénice, elle, resta silencieuse. Mais pas Bérénikè :

« Ta récompense à toi, ma pauvre Bérénice, sera ton mari, Marcus Alexander. Pour mourir d'ennui dans cette ville, alors que tant de belles et grandes choses arrivent dans le monde ! »

Chapitre 9

Trois semaines avaient passé. Alors que son père et son frère étaient repartis pour la Palestine, Bérénice obtint tout de même que Marcus lui fasse visiter la grande bibliothèque d'Alexandrie, qu'il ne connaissait pas.

– J'ai du mal à y croire, s'étonna la jeune fille. Tu es né ici et tu n'es jamais venu ?

– Non, pourquoi ?

Elle n'insista pas. Ils commencèrent par longer les allées d'un grand jardin où ils croisèrent quelques groupes de discussion. On y parlait grec, araméen, syriaque, démotique, latin, toutes les langues érudites du pourtour méditerranéen. Comme elle s'y attendait, il y avait beaucoup d'hommes, mais peu de femmes. Le bâtiment principal, une imposante structure en pierre, était orné de belles colonnes et de statues à l'effigie de savants célèbres de Grèce ou de Babylone.

– On entre ? proposa-t-elle à son mari.

– Il faut une autorisation spéciale pour consulter les rouleaux.

– Juste pour voir, Marcus.

À l'intérieur, la bibliothèque était divisée en plusieurs salles et galeries, remplies d'étagères en bois garnies d'une multitude de papyrus et de parchemins. Dans une des salles d'études, des étudiants prenaient des notes. Le silence, ajouté au bruit des parchemins qu'on déroulait, avait quelque chose d'unique. Dans une autre salle, un orateur tenait une conférence.

– On va l'écouter ?

– Si tu le souhaites. Je t'attendrai à l'entrée.

Bérénice se faufila dans la petite pièce. La discussion, en grec, portait sur la nature de l'âme. La jeune fille ne comprenait rien à ce qui se disait, mais elle les écouta pendant un long moment, fascinée. Que vaut une vie où l'on passe à côté de cela ?

– Bérénice...

C'était Marcus, à la porte, qui s'impatientait. Le geste qu'il fit sur son estomac n'avait pas besoin de traduction. Il avait faim.

Quand ils furent arrivés sur le port, il acheta chez un marchand ambulant deux brochettes de viande grillée qu'ils grignotèrent en silence sur un banc public. Puis Bérénice lui fit une confidence :

– Marcus, j'ai compté les jours.

– Depuis quand ?

– Si j'excepte notre voyage à Rome, au cours duquel nous ne nous sommes guère parlé, il s'est passé trente-quatre jours depuis notre mariage.

– Si Dieu le veut, Bérénice, l'Éternel nous donnera mille fois trente-quatre jours.

– Moi, j'ai trouvé ces trente-quatre jours très longs.

– Ah ?

Son visage s'était allongé, comme s'il ne comprenait rien à ses paroles.

– Qu'attends-tu de moi, Marcus ?

– Ce qu'un mari attend de sa femme. Tu me donneras des enfants, beaucoup d'enfants. Mon père m'a légué une grande et belle boutique de vêtements. Je travaillerai dur pour vous nourrir et vous apporter du bien-être. N'est-ce pas ce que tu attends, toi aussi ?

– Non.

– Ah ?

Il ne fit aucun commentaire supplémentaire, se redressa et reprit le chemin de leur quartier. Ni peine, ni colère chez lui, rien ne semblait l'affecter. La vie l'avait dépourvu d'émotions, comme on retire les entrailles d'un poisson.

Une fois parvenue dans le patio de leur grande villa, Bérénice s'en alla trouver Philon. Le vieil homme remarqua son visage très pâle.

– Que t'arrive-t-il, Bérénice ?

Elle éclata en sanglots et ne put balbutier qu'un mot.

– Marcus…

– Il t'a causé de la peine ?

– Même pas. Il ne me fait rien. Je n'éprouve rien auprès de lui, comme si j'étais mariée à un fantôme de chair.

Philon ne parut pas surpris.

– Je t'ai observée, Bérénice. Tu as un tempérament fort, je dirais presque fougueux. Avec le temps viendra la sagesse, tu apprendras les compromis. Marcus est mon neveu, je le connais bien. C'est un être timide, que mon frère a bien trop couvé dans sa jeunesse. Il s'émancipera à tes côtés. Il faut lui laisser un peu de temps.

– Je ne crois pas que j'aurai la patience, monsieur le philosophe.

Philon sourit.

– Appelle-moi Philon, cela suffit. Tu l'as épousé devant Dieu, Bérénice. Seul Dieu, à présent, peut défaire ce nœud.

– Seul Dieu, oui.

– « *... et Pazuzu* », lui souffla Bérénikê.

*

Quelques jours après, une lettre du roi Agrippa fit savoir à Bérénice que son père avait pris possession de son royaume élargi en Palestine. Son frère Agrippa jeune, lui, était reparti à Rome, au palais de l'empereur Claude, pour terminer son éducation et devenir un parfait Romain.

« *Il finira sénateur !* » plaisanta Bérénikê.

Provisoirement, le roi Agrippa logeait à Césarée de Philippe, dans le nord d'Israël, avant de prendre possession des appartements qu'il faisait aménager dans l'ancien palais des Hasmonéens, à Jérusalem.

Comme si elle voulait suivre en pensée le voyage de son père, Bérénice demanda à Philon de lui prêter un traité de géographie sur la Palestine. Il lui en proposa un avec des cartes. Elle chercha Césarée de Philippe. La ville se trouvait près des sources du Jourdain, au pied du mont Hermon. Elle avait été fondée par Hérode Philippe, un des fils de son arrière-grand-père, Hérode le Grand. Avant l'époque romaine, disait le traité, le site était un lieu sacré pour les Grecs, qui y vénéraient Pan, le dieu des bergers et des troupeaux. Un grand sanctuaire dédié à Pan avait fait de la cité un centre religieux important.

Elle ferma les yeux. Tous ces noms la faisaient rêver. Mais une voix la tira brutalement de ses songes, celle de Marcus :

– Bérénice, le dîner est prêt.

Il y avait du potage et de la viande. Bérénice se demandait comment on pouvait avaler de la viande avant le coucher, car c'était le moyen le plus sûr de ne pas dormir.

Comme à l'habitude, le repas se déroula en silence. Elle avala son bol de soupe, puis se contenta d'un fruit. Marcus, lui, mâchait sa viande en consultant une série de comptes sur un papyrus.

Soudain, il repoussa son assiette et porta ses mains à sa gorge.

– Qu'est-ce qu'il t'arrive ?

Il ne pouvait plus parler et se mit à tousser, comme s'il voulait expulser quelque chose. Elle comprit qu'un morceau de viande s'était coincé dans sa gorge. Il fallait crier, alerter les domestiques.

« *Non, attends !* » lui ordonna Bérénikè

Elle ne bougea pas.

« *Ton amulette…* »

Comme saisie d'une rage froide, Bérénice saisit son *Pazuzu*, accroché à une chaîne autour de son cou. Elle le serra dans sa main en fixant Marcus, qui venait de tomber à terre. Il émettait de drôles de gazouillements. Peu à peu sa peau, ses lèvres et son visage prirent une teinte bleutée.

« *Il s'asphyxie,* commenta Bérénikè. *Laisse faire l'Éternel. Non, laisse faire Pazuzu.* »

Bérénice se leva de table et alla se plaquer au fond de la pièce, le dos au mur. Les yeux de Marcus l'imploraient, dans un ultime sursaut. Ses jambes s'agitèrent comme si, comiquement, elles cherchaient de l'air. Sa face devint grise, des spasmes agitèrent son corps, puis ils cessèrent.

Marcus était immobile, à présent.

Mort.

Bérénice était veuve, à treize ans.

Selon la tradition juive, l'inhumation doit se faire dans les vingt-quatre heures après le décès. En moins d'un jour, le cadavre de Marcus fut ainsi lavé et préparé par la *chevra kadisha*, la société sainte chargée de laver le corps, de le purifier et de l'envelopper dans un linceul blanc. Il fut ensuite enterré au cimetière juif d'Alexandrie sans cercueil, afin de favoriser son retour rapide à la terre. Le rabbi prononça un *kaddish*, la prière des morts récitée en araméen. Bérénice joua parfaitement son rôle et se plia à toutes les exigences des rituels. Puis elle émit le vœu de retourner en Palestine, chez son père. Dans les circonstances actuelles, personne n'osa s'y opposer. Le jour de son départ, elle embrassa tous les membres de sa belle-famille. Quand elle arriva devant Philon, elle détourna le regard.

Sept jours plus tard, enfin, elle foulait le sol de la Palestine. Parvenue à Césarée de Philippe, elle se précipita dans les bras du roi Agrippa, qui lui annonça une grande nouvelle :

– Réjouis-toi, ma fille, je t'ai trouvé un nouveau mari !

– II –

ISIS ET OSIRIS

Chapitre 10

Le Liban, années 41 à 44 de l'ère commune

Son oncle, rien de moins.

Telle était l'étonnante idée du roi Agrippa : lui faire épouser son frère, Hérode de Chalcis, qui venait tout juste de perdre son épouse, Mariamne.

– Mais je ne l'ai jamais vu !

– Tu apprendras à le connaître et à l'aimer. Il n'est plus très jeune, mais c'est un brave homme, qui saura prendre soin de toi.

– Je ne sais même pas où se trouve Chalcis !

– C'est au Liban, entre Beyrouth et Damas. Un bien beau pays. J'ai affrété un char de voyage léger, tu partiras dès demain matin. Trois de mes hommes assureront ta protection.

Bérénice était si choquée par cette manière cavalière de décider de son destin qu'elle s'enferma dans sa chambre et refusa de se nourrir. Aucune discussion n'était possible avec son père, trop préoccupé par la gestion de ses intérêts et l'administration de son nouveau royaume.

« *Allons à Chalcis,* lui conseilla Béréniké, *et tirons le meilleur parti de cette situation.* »

– Mon oncle, tu te rends compte ?

« *Il est riche et mourra avant toi.* »

*

Dès le lever du soleil, le convoi quitta Césarée de Philippe et prit la direction des collines du Golan. À la mi-journée, le capitaine Eliel décida d'une halte. Depuis ces hauteurs, le contraste des paysages était saisissant. Au sud, la vue s'étendait vers la mer de Galilée, étincelante sous le soleil. À l'ouest, le mont Hermon, la plus haute montagne du pays, avec ses sommets enneigés. À l'est, les montagnes de l'Antilibanus formaient une barrière naturelle entre le Golan et la vallée de la Bekaa. Couvertes de forêts de pins et de cèdres, elles étaient en partie enveloppées de brume.

– Un beau pays que la Palestine, n'est-ce pas, princesse ?

Bérénice n'avait pas le cœur à se réjouir.

– Dans combien de temps arriverons-nous, capitaine ?

– Je dirais un jour et demi, deux jours si nous lambinons.

– Alors ne lambinons pas.

« *Ne te presse pas trop,* prévint Béréniké, *profite du voyage. Car après…* »

*

Chalcis, nichée au cœur de la vallée de la Bekaa, était protégée par d'imposantes fortifications, faites de pierres taillées et de briques. Les portes de la cité, gardées par des sentinelles, s'ouvrirent quand le capitaine Eliel donna l'identité de la princesse.

– Nous sommes attendus au palais.

Un garde se proposa pour montrer le chemin. Ils traversèrent des rues pavées et bondées de passants qui flânaient parmi les étalages du souk, le cœur commercial de Chalcis. De bonnes odeurs d'épices et de plats cuisinés flottaient dans l'air.

« *Une ville sympathique*, estima Béréniké. *Espérons que le roi est à son image.* »

Ils arrivèrent devant un palais de style gréco-romain. Bien modeste comparé à ceux d'Alexandrie ou de Rome, mais plutôt de bon goût.

– Que faisons-nous ? demanda Bérénice au capitaine Eliel.

– Nous attendons, je crois. Votre futur époux devrait venir vous accueillir.

« *Il aurait pu le faire à l'entrée de la ville* », regretta Béréniké.

Comme le temps s'écoulait, le capitaine alla s'entretenir avec les gardes du palais. On le laissa entrer, tandis que Bérénice piaffait d'impatience devant les larges portes.

« *Si cela ne tenait qu'à moi*, ragea Béréniké, *je fouetterais les chevaux pour rentrer à Césarée !* »

Enfin, le capitaine descendit les marches du palais.

– Le roi Hérode nous attend dans la salle du trône. Venez, princesse, je vous accompagne.

Bérénice sauta de son chariot.

– Où peut-on uriner ? C'est pressé !

– Je vais demander.

Le palais était composé d'une enfilade de couloirs froids, garnis de longs tapis d'Orient. Bérénice s'isola dans une salle d'eau pour satisfaire ses besoins et mettre un peu d'ordre dans ses vêtements. Un chambellan l'attendait à la sortie.

– Je vous emmène dans la salle du trône, le roi vous attend.

Quand elle se présenta devant Hérode de Chalcis, Bérénice chancela. Cet homme, destiné à devenir son mari, était quasiment le jumeau de son père !

– Honneur à la future reine de Chalcis ! proclama Hérode en levant une coupe de vin.

Vu de près, il était plus vieux et plus bedonnant que son père, mais les deux frères avaient visiblement été faits dans le même moule. Bérénice eut un haut-le-cœur quand il l'embrassa.

– Sais-tu, Bérénice, que ma mère s'appelait aussi Bérénice ?

« *De mieux en mieux !* railla Béréniké. *L'homme qui couchera avec toi est le portrait de ton père. Et, dans ses transports amoureux, il appellera sa mère !* »

Bérénice s'inclina.

– Je suis à vos ordres, mon oncle.

Il était ravi.

– Comme elle a dit ça, ma jolie nièce ! Sais-tu que j'ai tout organisé pour que nos noces aient lieu au plus tôt ? Depuis la mort de mon épouse, les caresses d'une femme me manquent !

Il s'approcha d'elle et lui parla à l'oreille.

– Tu es très jeune, Bérénice. Ton premier époux, Marcus, t'a-t-il déflorée ?

– Non, mon oncle.

Il eut un petit rire aigrelet qui la révulsa.

– Alors c'est moi qui aurai cet honneur. Fais-moi confiance, mon poussin, je sais bien y faire !

Ce fut horrible.

À tel point que Bérénice, qui n'avait personne à qui se confier (hormis Bérénikè, mais cela ne comptait pas vraiment), ressentit le besoin d'écrire une longue lettre au seul être qu'elle aimait dans ce monde, son frère Agrippa jeune.

« *C'est fait, comme tu dirais. Ce fut pour moi comme un long cauchemar. Je me suis plongée dans cet état où sont les petits animaux quand ils se sentent menacés, j'ai fait la morte. Il se moquait de mon absence de réactions, tout empressé à me caresser partout avec ses mains potelées. Le pire était quand il m'embrassait sur les lèvres et quand il me léchait. Alors, je voyais notre père. J'ai reçu sa semence plusieurs fois, dans la plus totale indifférence. Puis il s'est endormi, repu. Je voudrais mourir, mon frère. Si tu savais comme tu me manques. J'espère que tu t'amuses bien à Rome et que tu farcis ta tête de plein de connaissances. Elles te permettront de devenir un bon roi quand Dieu le voudra. Pense à moi à ce moment et appelle-moi près de toi, si je suis encore vivante. Au train où vont les choses, je n'en suis pas sûre. Mais tu me connais, je vais faire face. Je t'embrasse mille fois.*

« *Ta petite sœur, Bérénice* »

*

Et les années passèrent.

Un an plus tard, à quatorze ans, Bérénice accoucha de son premier enfant, Bérénicien. À quinze ans, elle donna naissance à un nouveau garçon, Hyrcan. C'était le plus chétif, mais aussi celui qu'elle préférait, car Bérénicien, en dépit de son nom, ressemblait un peu trop à son père, Hérode. Bérénice estima dès lors que c'en était assez et refusa tout autre rapport sexuel avec son époux. Celui-ci essaya d'argumenter :

– Je ferai des efforts, je me retirerai à temps.

– Non, tu n'es pas assez habile.

– Et si tu utilisais des pessaires ?

Les pessaires, qu'on insérait dans le vagin, étaient faits de laine trempée dans du vinaigre ou du miel. On disait qu'ils empêchaient la grossesse.

– Natalia, une de mes femmes de chambre, les utilise depuis quatre ans. Elle a eu quatre enfants !

Hérode prit cet air malheureux qu'elle ne supportait pas.

– Que vais-je devenir, moi ?

« *Dis-lui de prendre des maîtresses*, suggéra Bérénikè, *il n'attend que ça.* »

– Choisis les femmes que tu veux dans ta cour, je fermerai les yeux.

Il lui lança un regard perfide :

– Et si l'une d'elles voulait prendre ta place ?
– Je m'inclinerai devant le destin.
Il ne trouva rien à répondre.

Car les épreuves – il s'agissait bien pour elle d'épreuves, mentales autant que physiques – avaient peu à peu forgé le caractère de Bérénice. Elle s'était notamment découvert un réel ascendant sur les hommes. Grâce à sa beauté, sans nul doute, à laquelle bien peu savaient résister, mais aussi en raison de sa personnalité, qui s'affirmait avec les années. Il ne s'agissait pas seulement d'autorité, il est aisé d'être autoritaire quand on est la reine, même d'une cité aussi modeste que Chalcis. Mais dans ce minuscule royaume peuplé de paysans et d'analphabètes, Bérénice voulut tenir son rang par l'étendue et la qualité de ses connaissances. Pour cela, elle fit une demande par écrit à Philon d'Alexandrie :

« *Mon cher Philon, sachez que je survis à Chalcis comme je le peux, je n'entrerai pas dans les détails. Pour m'aider, pourriez-vous m'envoyer un de vos disciples, juif ou non, peu importe, qui pourrait m'enseigner les bases de la philosophie ? Je ne cherche certes pas à m'égaler à vous, mais je voudrais au moins en connaître les rudiments. Bien entendu, je payerai largement votre envoyé le temps qu'il faudra. D'avance, je vous remercie.* »

Le jeune homme qui fit le voyage d'Alexandrie à Chalcis était grec et s'appelait Pythias. C'était un érudit remarquable selon Philon, rencontré à la grande bibliothèque. Il avait la trentaine, un crâne entièrement chauve et des yeux qui pétillaient d'intelligence.

– Que voulez-vous savoir, ma reine ?

– Tout. Les doctrines des philosophes, les bases de la géométrie, de l'arithmétique et des sciences naturelles.

– Un ambitieux programme, qui nous demandera du temps.

– Nous le prendrons.

– Dans ce cas, je vous propose de nous rencontrer chaque jour à l'aube et de travailler pendant six heures. Vous profiterez du reste de la journée à votre guise. Mais nous préconisons, dans les écoles d'Athènes, d'avoir des activités physiques.

– Par exemple ?

Il eut une hésitation.

– Euh... nous n'avons pas beaucoup de femmes dans nos écoles.

– Que font les hommes ?

– Ils pratiquent la course, la lutte, le maniement des armes.

– Je m'y emploierai.

Philon n'avait pas menti, Pythias était un excellent pédagogue. Il passa en revue, pour Bérénice, les enseignements des principales écoles de pensée : le platonisme, l'aristotélisme, le stoïcisme (dans ses versions grecque et romaine), l'épicurisme (dans les deux versions), les cyniques, les sceptiques. Il lui enseigna aussi les principes de la logique et lui apprit les bases de la géométrie et du calcul mathématique.

Pour la partie « exercices physiques », Bérénice fit appel à un maître d'armes syrien, Abgar, à la musculature impressionnante. Il s'inclina devant la reine :

– Quelle est votre demande, Majesté ?

– Je voudrais apprendre à me servir de toutes sortes d'armes : l'arc de guerre, le gladius à double tranchant, le maniement du pilum.

– Il en sera selon votre volonté.

– Je voudrais aussi m'initier à la lutte gréco-romaine, celle qu'on pratique dans les palestrae d'Athènes.

Abgar montra un peu de gêne.

– C'est que… vous êtes une femme.

– Et alors ?

– La lutte implique un contact physique. Votre époux pourrait ne pas être d'accord.

– C'est moi qui te paye, Abgar.

– Euh… il arrive aussi qu'on lutte nus.

– Eh bien, nous lutterons nus. Je voudrais aussi apprendre le pancrace.

– On y reçoit beaucoup de coups, il faudra vous protéger le visage.

– Nous avons de bons artisans du cuir, au palais. Ils me confectionneront des protections.

Abgar, amusé, accepta la mission.

– Quand souhaitez-vous commencer ?

– Dès demain, après ma leçon sur la géométrie de Thalès.

Faut-il préciser que, après cinq ou six séances, Bérénice fit d'Abgar son amant ? Hérode en fut informé par ses espions, mais la nouvelle le laissa indifférent. D'autant qu'après Abgar il y en eut beaucoup d'autres.

Chapitre 11

Alors que la jeune Bérénice s'adaptait tant bien que mal à son statut d'épouse-prisonnière à la cour de Chalcis, la situation à Jérusalem avait sensiblement évolué. Cela faisait dix ans déjà que Jésus le Nazaréen, autrement appelé le « Christ », avait été crucifié. Un historien de l'époque note :

« *Lorsque, sur la dénonciation de nos premiers citoyens, Pilate l'eut condamné à la crucifixion, ceux qui l'avaient d'abord chéri ne cessèrent pas de le faire. Et le groupe appelé d'après lui celui des chrétiens n'a pas encore disparu.* »

Ce groupe des chrétiens était alors dirigé par Jacques le Juste, frère de Jésus, et d'autres figures importantes comme Simon-Pierre et Jean de Zébédée. Tout en gagnant des disciples, ces premières figures de la future Église commençaient à mettre par écrit les enseignements de leur maître Jésus, afin de les propager dans toutes les communautés.

Très vite, ils se heurtèrent à des persécutions, dont certaines furent ordonnées par le propre père de Bérénice, le roi Agrippa Ier. C'est ainsi que l'apôtre Jacques de Zébédée fut décapité en l'an 44, devenant le premier martyr de l'histoire chrétienne.

Ce n'était pas fini, car Jésus avait fait des émules. La même année, un nouveau Messie fit parler de lui. Il se faisait appeler Thadée (Theudas en grec) et parcourut le pays en ameutant les foules et en réalisant des guérisons miraculeuses, à la manière du Christ.

En l'an 45, Theudas persuada ses disciples de le suivre, avec tous leurs biens, jusqu'au Jourdain. Arrivé devant le fleuve, il fit reculer tout le monde et se proposa de diviser les eaux, tel un nouveau Moïse :

« Moi, Theudas, je suis le prophète que Moïse annonçait dans les Écritures. Toujours vivant, il m'a envoyé au Jourdain afin que le miracle des eaux se reproduise. Ainsi renaîtra le grand Israël de nos pères et l'Éternel régnera sur toutes les nations. Gloire à… »

Theudas n'eut guère le temps de réaliser son miracle, car les Romains, qui avaient envoyé un escadron de cavalerie à sa poursuite, dispersèrent la foule et assommèrent le faux Messie d'un coup de masse d'armes. Une fois à Jérusalem, il fut décapité sans autre forme de procès.

*

Bérénice, depuis Chalcis, n'avait suivi l'actualité que d'assez loin. Mais celle-ci la rattrapa. Un matin, un messager accourut au palais :

– Ma reine, votre père…

Elle avait compris à demi-mot.

– Il a été emporté en quelques heures par une attaque. Le sang lui est sorti par les narines, nous n'avons rien pu faire…

– Est-il mort ?

Le messager inclina la tête. Hérode, qui était présent, murmura une prière en hébreu.

– D'autres membres de notre famille sont décédés de la même façon, d'une congestion subite. Au moins, il n'a pas souffert.

Bérénice sentit monter en elle une crise de larmes, mais Bérénikè l'en dissuada :

« *Tu dois penser à la suite, Bérénice. Sans tarder.* »

– Savez-vous qui lui succédera, mon oncle ?

– Ton frère Agrippa jeune, sans nul doute, sous le nom d'Agrippa II. C'est l'empereur qui en décidera.

La réponse de Claude finit par arriver quelques jours plus tard, transmise par un informateur qui faisait le lien entre Chalcis et Jérusalem.

– Votre frère Agrippa II héritera du royaume de votre père, mais pas dans l'immédiat. Claude l'estime encore trop jeune pour occuper un tel poste, il doit poursuivre son éducation.

– Et dans l'intervalle ?

– On en reviendra au régime des procurateurs.

C'était la pire des nouvelles. Les Romains reprenaient possession de la Judée, de la Samarie et de la Galilée, comme par le passé. C'était presque toute la Palestine, hormis son petit royaume de Chalcis, que son époux conserverait.

– Qui sera le nouveau procurateur ?

– Il s'appelle Cuspius Fadus. Il a reçu pour mission de rétablir l'ordre après les troubles qui ont suivi la mort d'Agrippa. Il doit à présent négocier avec toutes les factions.

Cette nouvelle donna une idée à Bérénice. Dans cette débâcle, elle entrevoyait un moyen de grignoter un peu de pouvoir aux Romains. Elle prit son informateur à part :

– Dis-moi, quel est l'état des relations entre le clergé et le procurateur ?

– Elles sont exécrables. Cuspius Fadus ne comprend rien aux habitudes juives, qu'il méprise. La détestation est la même de la part du haut clergé, qui soupçonne Fadus de vouloir se servir dans le trésor du Temple.

Bérénice eut alors une conversation avec son époux.

– As-tu gardé des amitiés à Rome ?

– Le diplomate, c'était surtout Agrippa. Mais l'empereur me connaît.

– Alors écris-lui et demande à obtenir l'administration du temple de Jérusalem.

Hérode haussa les épaules.

– C'est inutile, il refusera.

– Précise-lui que tu ne demandes qu'une administration spirituelle, pour apaiser les tensions religieuses. L'empereur Claude est un homme intelligent, il comprendra.

Hérode, qui n'avait ni l'envie, ni la force de caractère pour tenir tête à son épouse, se résigna.

– Écris la lettre, je la signerai.

Avec l'aide de Pythias, son professeur, Bérénice rédigea une lettre dans les formes, dans laquelle elle demandait l'autorisation d'administrer les affaire internes du Temple et celle de nommer le grand-prêtre. Elle précisa que l'autorité du procurateur Cuspius Fadus resterait totale sur tout le reste.

Au début de l'année suivante, la réponse de Claude arriva. Elle était favorable.

– Franchement, je n'y croyais pas, admit Hérode en lisant le décret.

– Tu vois ? À présent passons à la suite.

– La suite ?

– Nous allons nous rendre en visite officielle à Jérusalem. Un bel endroit pour fêter mes dix-huit ans, non ?

Chapitre 12

Jérusalem, en l'an 46 de l'ère commune

Bérénice était déjà venue à Jérusalem, mais c'était il y a très longtemps et en plein hiver. Aujourd'hui, elle pouvait découvrir la Ville sainte des Juifs de la meilleure des façons, depuis le sommet du mont Scopus.

« Seigneur, qu'elle est belle ! »

Droit devant, une grosse bâtisse blanche dominait l'ensemble de la cité : le temple d'Hérode, qu'on appelait le Second Temple. C'était en réalité le troisième, après celui de Salomon et le petit temple édifié au retour de l'exil à Babylone. Pas pour les prêtres, qui considéraient le temple d'Hérode comme une simple rénovation du temple originel.

Mais quelle rénovation ! Pour être franc, l'architecture du Temple n'avait pas grand-chose de juif, c'était une construction typiquement romaine. Ses murs lui donnaient presque l'apparence d'une forteresse. À l'intérieur de l'enceinte, les colonnes de marbre blanc et les décorations d'or et de cuivre, qui reflétaient la lumière du soleil, dessinaient un ensemble éblouissant.

Bérénice s'étonna de le trouver encore en chantier, entouré par endroits de grands échafaudages. Pourtant, la première pierre en avait été posée soixante-cinq ans auparavant, du vivant du roi Hérode. C'est que l'édifice était titanesque, un des plus grands du monde connu.

Le lieu le plus émouvant du Temple était une construction de forme cubique, entourée de plusieurs cours. Ses murs étaient couverts de dorures et son toit, avec ses pointes et ses aiguilles argentées, le faisait étinceler comme un feu d'artifice. C'était le Saint des saints, le cœur même de la maison de Dieu. Personne n'était autorisé à y entrer, sauf le grand-prêtre le jour du Kippour. C'était, oui, la résidence de l'Éternel, un peu comme ses appartements privés.

Elle se rappela un récit qui l'avait émerveillée quand elle était enfant : quand le Romain Pompée eut conquis Jérusalem avec ses légions, il pénétra de force dans le Saint des saints, car il croyait que les prêtres y cachaient un trésor. À sa grande surprise, il ne trouva qu'un espace vide. Non parce que les prêtres l'avaient déménagé, mais parce que le Saint-Béni-Soit-Il, pour les Juifs, était impossible à représenter. Il n'y avait donc rien et Pompée en fut pour ses frais.

*

Invoquant ses nouvelles fonctions, Bérénice demanda à rencontrer le grand-prêtre actuel, Ananias de Nébédée. Celui-ci la reçut avec empressement. C'était un vieillard d'allure énergique, coiffé d'un turban et vêtu de l'habit de sa fonction, une tunique de lin blanche complétée par une ceinture tissée de fils multicolores, enroulée plusieurs fois autour de sa taille.

– Je vous salue, reine Bérénice. Son Altesse le roi Hérode de Chalcis n'a pas pu se déplacer à Jérusalem ?

– Il est très occupé par les affaires de son royaume.

– Transmettez-lui ma gratitude pour avoir délivré les Lieux saints de la tutelle romaine. Le procurateur Cuspius Fadus, quoique animé des meilleures intentions, n'avait qu'une vision romaine, donc assez méprisante, de nos traditions.

– Sachez, grand-prêtre, que j'ai personnellement insisté pour qu'il en soit ainsi. La situation actuelle n'est que provisoire. Dans deux ou trois ans, mon frère Agrippa II sera en âge de recevoir la pleine jouissance de son royaume.

– Il sera temps, Majesté, car la situation s'envenime. Le faux Messie Theudas a été décapité, mais les deux fils de Judas le Galiléen, à la tête de leurs zélotes, ont pris le relais.

– Les zélotes ? Je croyais que ces enragés avaient disparu.

– L'affaire Theudas a montré au contraire qu'ils ont renforcé leurs effectifs. Nous savons qu'ils ont caché des armes dans le désert de Judée et qu'ils les sortiront quand ils estimeront que l'heure a sonné.

– Que veulent-ils ?

– Ils rejettent tout compromis avec les Romains et les élites juives, qu'ils estiment corrompues. Leur objectif est de chasser les Romains et d'établir un État juif indépendant, régi par la seule loi de Moïse. Les plus dangereux d'entre eux sont les sicaires, qui pratiquent l'assassinat ciblé dans les lieux publics.

– Ces terroristes font fausse route, grand-prêtre, car les Romains les extermineront jusqu'au dernier.

– Sans doute, mais ils ruineront notre pays avant ! Rien ne les arrête, car ces illuminés se croient protégés par Dieu. Quand viendra l'heure du combat final, disent-ils, le Messie viendra à notre secours et nous aidera à triompher.

– Notre peuple n'est pas fou, grand-prêtre, il les repoussera.

– J'en suis moins certain que vous, ma reine. Et ce n'est pas tout…

Il continua à voix basse.

– Il y a aussi les adeptes de Jésus le Nazaréen. Je vous en parle discrètement, car ils ont des partisans partout, même au Sanhédrin. Ils font moins de bruit que les zélotes, mais eux aussi se renforcent. Leurs chefs sont très habiles, ils propagent une foi en un seul dieu, comme le judaïsme, mais délivrée de l'obéissance aux règles de la Torah.

« *Un judaïsme repensé pour les païens*, railla Béréniké, *tout devient possible ces jours-ci à Jérusalem !* »

Bérénice eut une hésitation. Une pensée lui vint à l'esprit, aussitôt formulée par Béréniké :

« *Et si tu t'en faisais des amis ? Dans ta situation, tu as besoin d'alliés.* »

– Où peut-on les trouver ?

– Leur quartier général n'est pas loin, sur le côté méridional du mont Sion, à l'extérieur des murs de la ville. Allez leur parler, ce ne sont pas des gens dangereux. Un de nos scribes, Shimon, les connaît bien. Il vous guidera.

Chapitre 13

Bérénice et deux gardes du corps suivirent le vieux Shimon à travers les rues étroites de Jérusalem. Ils arrivèrent devant une belle bâtisse à plusieurs étages.

– C'est là qu'ils se réunissent, dans la chambre haute. L'immeuble appartenait à Lazare, un riche marchand qui fut, dit-on, ressuscité par Jésus. Ce sont des légendes, mais ils y croient. C'est dans cette chambre que s'est déroulé le dernier repas de celui qu'ils appellent le Christ, avec ses disciples.

Bérénice et ses guides se heurtèrent à deux hommes à la forte carrure, qui gardaient les lieux.

– Qui êtes-vous ?

– C'est la reine Bérénice, Jacob, elle est envoyée par le grand-prêtre et veut vous parler.

– Attendez ici.

Il s'absenta quelques minutes, puis revint en compagnie d'un homme aux cheveux blancs et au visage accueillant.

– Je suis Simon-Pierre, le responsable actuel de cette communauté. Est-ce vrai ? Es-tu bien la princesse Bérénice, la fille du roi Agrippa Ier ?

– C'est bien moi.

Le visage de Pierre s'embruma.

– Sais-tu que ton père, pour complaire aux autorités juives, a fait décapiter un de nos apôtres, Jacques de Zébédée ? Il m'a aussi fait emprisonner, mais je me suis évadé.

– Vieil homme, j'ignorais tout cela, je ne suis pas responsable des affaires de mon père.

– Entre tout de même et assieds-toi. Veux-tu un verre d'eau fraîche ?

– Merci, je n'ai pas soif. Je voulais vous rencontrer, vous les chrétiens, pour en apprendre plus sur votre doctrine. Voulez-vous la fin du judaïsme, comme on le dit parfois ?

– Nous ne voulons la fin de personne, reine Bérénice, seulement apporter la paix et l'espoir en une vie nouvelle.

– Et comment ferez-vous ?

– Partout où nous le pourrons, nous propagerons le message d'un homme qui était plus qu'un homme, Jésus de Nazareth.

– Ce Jésus dont vous parlez, était-il un dieu ?

Pierre se pencha vers Bérénice et lui parla en baissant le ton.

– Vois-tu cette femme au fond de la salle ?

Il montrait une dame aux cheveux blancs, assise sur un banc de bois, qui filait de la laine.

– C'est sa mère, Myriam. Elle a été visitée par un ange qui a mis Jésus au monde.

« *Né de la cuisse de Zeus*, s'amusa Bérénikê, *on connaît l'histoire !* »

– Votre Jésus était donc un demi-dieu, comme dans les fables grecques ?

– Ni magicien, ni demi-dieu, notre Jésus ne ressemble à personne. Il est mort et ressuscité. Il a racheté les péchés des hommes par son sacrifice sur la croix, il reviendra bientôt pour annoncer la venue du royaume de Dieu. Mais déjà par sa mort, puis par sa résurrection, il nous a fait don de la vie éternelle.

– Vieil homme, tout le monde veut la paix et l'amour, comme votre Jésus. Tout dépend de quelle manière on l'obtient. Que faites-vous des Romains ?

– Le monde qu'ils ont construit par leurs conquêtes guerrières souffre cruellement du manque d'espérance. Nous lui apportons, nous, une raison de croire en l'avenir.

Elle s'impatientait devant ce qu'elle prenait pour du verbiage.

– D'accord, mais avez-vous une stratégie ?

– Elle repose sur la foi de nos frères et de nos sœurs qui portent la parole du Christ en Samarie, à Antioche, en Syrie, à Thessalonique, à Athènes et jusqu'à Rome. Parce qu'ils parlent avec leur cœur, tout le monde les écoute.

Pierre montra à Bérénice les groupes de travail éparpillés dans la chambre haute.

– Nous travaillons ici à la rédaction d'un texte qui regroupera les paroles du Christ et ses actes pendant les courtes années de son ministère. Ces écrits, pensons-nous, sèmeront les graines d'une vie meilleure.

« *Des mots*, lui souffla Bérénikê. *Mais ce vieil homme, au moins, semble croire à ce qu'il dit.* »

– Entendez-vous fonder une nouvelle religion ?

– L'enseignement de Jésus nous montre la voie d'une nouvelle alliance ouverte à tous, Juifs et Romains.

– Une nouvelle alliance délivrée des lois de la Torah ?

Pierre se contenta de sourire, sans répondre.

« *Finalement*, reconnut Béréniké, *nous ne sommes pas si loin de Philon : une sagesse universelle, qui réconcilierait les opposés. Pourrait-elle nous aider à trouver le bon compromis avec les Romains ? L'avenir le dira.* »

Bérénice se leva.

– Merci, Pierre, tu m'as un peu éclairée. Nous resterons en contact.

– Que la paix soit sur toi, reine Bérénice.

Une fois dehors, le scribe Shimon interrogea la reine.

– Qu'en as-tu pensé ?

– Ces gens ne sont pas des têtes brûlées, comme les zélotes. Mais ils sont dangereux, parce qu'ils sont convaincants.

« *Et c'est pourquoi ils nous intéressent* », compléta Béréniké.

Chapitre 14

Trois ans plus tard, alors que le roi Hérode de Chalcis était parti à cheval pour sa promenade quotidienne, sa monture revint seule à l'entrée de la forteresse.

– Il est tombé ! alerta un garde.

On ramena le corps, apparemment inanimé. Hérode était encore en vie, mais respirait faiblement. Le médecin du palais l'examina longuement, en présence de Bérénice.

– Il est perdu, ma reine.

– Laisse-moi, Méliton.

Elle veilla sur son époux, en caressant la tête du jeune Hyrcan, qui pleurait. Au bout d'un moment, Hérode cligna des yeux et se tourna vers elle.

– Tu seras bientôt délivrée de moi, Bérénice.

– C'est l'Éternel, Hérode, qui te rappelle à lui.

– Tu l'as assez prié pour ça ! Ne proteste pas, je sais parfaitement que tu ne m'as jamais aimé.

– Je ne le nie pas. En t'épousant, j'ai obéi aux ordres de mon père. Mais ce temps est fini, à présent.

– Tu seras bientôt la seule maîtresse de Chalcis. Mais je te connais, tu es une ambitieuse, il te faudra encore plus. Prends garde, pourtant. Notre nation est au bord de la guerre civile, pense à nos enfants.

– Et toi, songe à mourir, Hérode !

Il murmura une insulte grossière, bien dans sa manière, puis rendit son dernier soupir.

Après l'inhumation, Bérénice écrivit à l'empereur Claude pour lui faire part de la mort de son époux et s'enquérir de ses intentions. La réponse de Rome ne tarda pas :

« *Reine Bérénice, j'ai apprécié les progrès de mon pupille, ton frère Agrippa, qui sera désormais Agrippa II. Je l'estime prêt, à présent, pour remplacer ton époux à la tête du royaume de Chalcis. Je lui ai annoncé ma décision, il vous rejoindra bientôt.* »

Pour Bérénice, c'était la meilleure des nouvelles. Un autre choix aurait fait d'elle une veuve sans pouvoir. Associée à son frère, elle resterait la reine de Chalcis. Encore fallait-il savoir si Agrippa avait changé, et comment. Huit ans qu'ils s'étaient perdus de vue !

*

Au même moment, la tension entre les Juifs et l'occupant romain monta d'un cran. Lors des fêtes de Pessah, un soldat romain aviné, posté à l'entrée du Temple, se moqua ouvertement des pèlerins qui gravissaient les marches de l'édifice. Il eut un geste malheureux :

– Eh, les Juifs, regardez ça !

Il se tourna vers la foule, releva bien haut sa tunique et exhiba son postérieur en lâchant un pet sonore.

À la porte du Second Temple, cette obscénité avait tout d'un blasphème. Un jeune homme, furieux, lança :

– Honte à toi, Romain !

Il ponctua sa protestation d'une pierre de fronde, projetée avec force, qui toucha le soldat à la tête. D'autres jets de pierres suivirent.

– Mort aux païens !

Surpris par cette pluie de pierres qui avait pris l'apparence d'une lapidation en règle, les soldats de garde se réfugièrent précipitamment dans la cour dite « des Gentils », sous les portiques des marchands. À l'extérieur, excitée par les zélotes, une foule mécontente se rassembla sur l'esplanade. On vit resurgir à l'occasion des mots d'ordre hostiles aux Romains :

– Vive la Judée indépendante !

– Dieu seul est notre roi !

– Liberté par le fer !

Aussitôt informé, le nouveau procurateur romain, une brute nommée Ventidius Cumanus, répliqua en utilisant les grands moyens. Il fit donner la légion, qui surgit en force de la forteresse Antonia, toute proche. Les soldats, parfaitement entraînés à la répression des émeutes, formèrent en premier lieu une barrière pour interdire l'accès au Temple. Puis, sur un geste d'un centurion, ils brandirent leurs javelots et leurs boucliers.

– Ils vont charger ! cria un manifestant.

L'avancée des soldats vers la foule créa un mouvement de panique. En reculant, des vieillards et des enfants chutèrent et furent piétinés par les fuyards. Un autre groupe de Romains, arrivés à cheval de la citadelle, percuta les émeutiers qui résistaient et les frappa avec leurs glaives.

Peu à peu, l'esplanade du Temple se vida. Le sol, couvert de sang, était jonché de nombreux cadavres.

Dans toutes les régions de Palestine, et jusqu'au petit royaume de Chalcis, ces événements firent monter l'inquiétude.

– Reine Bérénice, implorèrent ses courtisans, quand le roi Agrippa II montera-t-il sur le trône ? Il faut calmer le peuple !

– Il ne tardera pas, c'est l'affaire de quelques semaines.

Elle devait reconnaître que son frère n'était pas pressé d'arriver. Il avait vécu pendant des années au palais de Claude dans le luxe, entouré de ses amis. Qu'irait-il faire dans cette forteresse reculée de Chalcis, parmi des paysans illettrés ? Discrètement, Bérénice écrivit plusieurs lettres à l'empereur pour lui rappeler que son royaume avait besoin d'un roi.

Chapitre 15

Au début de l'été 49, enfin, le cortège d'Agrippa II fit son apparition à Chalcis. Le jeune roi fut accueilli chaleureusement par les habitants et se précipita, dès son arrivée au palais, pour embrasser sa sœur. Elle fut enchantée de le revoir.

– Que tu es beau, Agrippa, un vrai prince de légende !

À vingt ans tout juste, il est vrai qu'Agrippa avait une fière allure. Grand, mince, il avait fait teindre ses cheveux en châtain clair et les portait bouclés, comme les Romains raffinés. Pas de barbe, comme la plupart des Juifs. Il était habillé d'une toge bordée de pourpre, aux plis soigneusement étudiés, à la manière des patriciens.

– Les années ont fait de toi la plus jolie des reines, Bérénice. Quel dommage que tu sois ma sœur !

Agrippa fit aussi connaissance avec sa plus jeune sœur, Drusilla, qui vivait elle aussi à Chalcis. Elle semblait rivaliser de beauté avec Bérénice.

– J'ai du mal à imaginer que notre père ait fait d'aussi belles filles, s'exclama Agrippa.

– Assez avec les compliments, mon frère. Raconte-nous ta vie à Rome.

En le voyant parler de ses journées passées au palais en compagnie de ses amis de la haute société romaine, Bérénice trouva à Agrippa un air… comment dire ? légèrement efféminé. Son vocabulaire choisi, son accent traînant, ses allures nonchalantes, ses petits rires étaient sans doute au diapason des jeunes gens de la cour de Claude, mais détonnaient un peu dans le rude contexte de Chalcis. Après tout, se dit Bérénice, pourquoi pas ?

– Tu es le roi de Chalcis, Agrippa. Veux-tu que je te parle de l'état de notre royaume ?

– Euh… oui ?

– Avec notre trésorier, Prochore, j'ai tenu nos livres de comptes. Veux-tu les consulter avec moi ?

Il fit la grimace.

« *N'insiste pas,* souffla Bérénikê, *il est très loin de ça. Et ce n'est pas plus mal.* »

– Plus tard, Bérénice, je suis certain que tout est parfait. Je n'aime pas beaucoup les chiffres, sais-tu ? Parle-moi plutôt de toi. Tu ne peux en aucun cas rester veuve à ton âge. As-tu pensé à un beau prince, que tu pourrais épouser ?

– Non. Pour te parler franchement, je n'ai guère envie de m'exiler je ne sais où, aux bras d'une brute barbue.

Il éclata de rire.

– Alors tu seras ma reine ! N'est-ce pas la meilleure des solutions, puisque tu ne veux pas d'un mari et que je déteste les chiffres ? Ne sommes-nous pas, tous les deux, le plus beau couple royal dont on puisse rêver ?

Cette proposition ravit Bérénice. Mais n'était-ce pas un mot en l'air, comme Agrippa pouvait en lancer au cours de ses fêtes romaines ?

Prochore, le trésorier du palais, était aussi le conseiller personnel de Bérénice. Le seul, en tout cas, à qui elle puisse se confier sans éprouver de méfiance.

– Est-ce possible, Prochore ? Pourrions-nous gouverner ensemble avec Agrippa ? Il sera un mauvais roi, c'est évident. Il semble promener sur toute chose un ennui distingué, qui le tient éloigné d'une bonne gestion du royaume.

– Je l'ai bien vu, reine Bérénice. Agrippa est un personnage extrêmement séduisant, mais sa séduction n'aura aucun effet sur notre peuple, surtout en cette période de danger. En cas de crise, je le crains, il peinera à prendre les bonnes décisions. Par ailleurs, l'empereur lui a transmis la mainmise qu'il avait concédée à votre mari sur le temple de Jérusalem. Je doute que les affaires religieuses intéressent plus votre frère que nos livres de comptes.

– Qu'en déduis-tu ?

– Que le meilleur équilibre serait assuré par un partage des tâches. Lui sur le trône, vous à ses côtés pour guider sa main. Le problème…

– Le problème ?

– Ne vous leurrez pas. La nouvelle va vite se répandre en Palestine qu'un jeune roi vient de monter sur le trône de Chalcis, qu'il est jeune et… célibataire. Agrippa ne pourra le rester longtemps sans alimenter les ragots.

Or, il n'a pas beaucoup de caractère. Saura-t-il résister aux sollicitations ?

« *Il n'y a pas de place,* lança Bérénikè, *pour deux reines à Chalcis.* »

Chapitre 16

Prochore avait touché juste. Lors des fêtes de Souccot de l'an 49, au cours desquelles le nouveau roi de Chalcis reçut de nombreux invités, Bérénice observa plusieurs jeunes filles qui s'agitaient autour d'Agrippa. Certaines étaient très jeunes, mais se tortillaient déjà comme de vraies courtisanes. Elle les aurait volontiers jetées dehors, mais conserva un sourire contraint. Agrippa, compte tenu des préférences sentimentales qu'elle devinait en lui, gardait heureusement sa réserve.

« *Sait-on jamais ?* prévint Bérénikè. *Prends garde aux marieuses !* »

Il est vrai que ces professionnelles aguerries étaient très habiles et ne manquaient pas de faire miroiter l'intérêt qu'Agrippa pourrait avoir à épouser telle ou telle princesse.

Après la réception, Bérénice alla trouver Agrippa dans sa chambre, où il prenait un peu de repos.

– Je te dérange, mon frère ?

– Tu ne me déranges jamais, Bérénice. J'essayais de dormir, ces gens m'ont épuisé.

– La princesse d'Aram était très séduisante.

– Elle était belle, oui, mais si sotte ! Quand je la regardais dans les yeux, j'avais le sentiment de voir le mur au travers.

– Elle, en tout cas, semblait te trouver à son goût. Sa mère aussi. Et son père est riche.

Il connaissait sa sœur, elle ne pouvait rien lui cacher.

– Ma parole, Bérénice, tu es jalouse ?

– Je n'aime pas toutes ces filles qui tournent autour de toi.

Il la prit par la main et l'attira à lui.

– Viens près de moi.

Elle s'allongea à son côté.

– Tu te souviens quand on était enfants et que l'orage grondait ?

– Tu venais me rejoindre dans ma couche et tu te serrais contre moi.

– Tu es si forte, Bérénice, tu n'as peur de rien.

– J'ai peur de te perdre.

Il la regarda au fond des yeux.

– N'as-tu pas compris ? À force de lire Platon, à la cour de Claude, je suis devenu, disons… comme Socrate.

– Tu n'aimes que les garçons ?

Il lui chuchota la suite à l'oreille.

– À la cour, je n'ai eu qu'une maîtresse… mais sept amants.

Elle éclata de rire.

– Quel séducteur tu fais !

– À dire vrai, garçons ou filles, c'est plutôt l'envie qui me manque.

– Ah oui ?

Agrippa fit les yeux ronds.

– Que fais-tu, Bérénice ?

Elle avait mis sa main sur son sexe.

– C'est chaud, dit-elle.

– C'est doux, soupira-t-il en fermant les yeux.

Elle dégrafa sa robe et posa la main d'Agrippa sur un de ses seins.

– Et si on allait au bout de nos jeux d'enfants ?

Il était tenté, mais un peu effrayé aussi.

– Dieu, qui nous regarde, serait-il d'accord ?

– Dieu ? Tu me l'enverras, je saurai lui parler.

« *Bien dit !* » applaudit Béréniké.

La culture, on s'en doute, n'était guère représentée au palais de Chalcis. Il existait tout de même une petite bibliothèque où les rares érudits du royaume venaient consulter des manuels d'histoire ou de philosophie. La plupart étaient rédigés en grec. Bérénice emprunta un ensemble de rouleaux qui traitaient de l'Égypte ancienne, notamment de la dynastie des Ptolémées.

Non qu'elle éprouvât le besoin de se justifier, mais elle voulut vérifier si ce qu'on disait était vrai : pour les anciens pharaons égyptiens, l'inceste était une pratique courante, quasiment une union sacrée destinée à préserver la pureté divine de la lignée royale. Les mariages entre frères et sœurs avaient cet intérêt de renforcer l'unité et la stabilité du trône, réduisant fortement les risques de revendications extérieures. C'est ainsi que Ptolémée II

Philadelphe fut marié à sa sœur Arsinoé II ; la célèbre Cléopâtre avait épousé ses frères Ptolémée XIII et Ptolémée XIV, conformément à la tradition dynastique ; la mythologie égyptienne elle-même contenait des éléments d'inceste divin, comme le mariage entre les dieux Osiris et Isis, qui étaient frère et sœur.

L'inceste royal, apprit-elle dans ses rouleaux, n'était pas réservé à l'Égypte ancienne. Des pratiques similaires existaient dans d'autres cultures, comme en Perse, sous les Achéménides. Était-ce malsain ? L'inceste entre frère et sœur pouvait-il engendrer des maladies graves ? Certains médecins grecs le disaient, d'autres affirmaient qu'on n'en savait rien.

*

Le mois suivant, alors qu'elle était de passage à Jérusalem pour accompagner son frère qui venait saluer le grand-prêtre, elle en profita pour le prendre à part et lui poser discrètement la question. Contrairement à son habitude, Ananias de Nébédée la fixa avec sévérité et lui parla avec franchise :

– Reine Bérénice, des rumeurs à votre sujet colportent des abominations. J'espère qu'il n'en est rien. Mais je vous rappelle que l'union du frère et de la sœur est sévèrement prohibée par la *Halakha*, en même temps que d'autres unions entre parents rapprochés, comme celle du neveu et de la tante, du beau-père et de la belle-fille, du beau-père et de la bru. Le livre du Lévitique dit littéralement : « *Tu ne découvriras pas la nudité de ta sœur, fille de ton père, ou fille de ta mère, née dans la maison ou hors de la maison.* »

Bérénice soutint son regard accusateur.

– Grand-prêtre, mon frère et moi avons obtenu de l'empereur la haute main sur l'administration du Temple. Mon mari t'a fait nommer, mon frère pourrait te destituer sur un signe de moi. Occupe-toi donc de tes affaires célestes, mais laisse-nous conduire celles de notre royaume !

– III –

LE VENT DE L'ORAGE

Chapitre 17

Les années 50 de l'ère commune

Parfois, sous la domination romaine, certaines histoires d'amour se terminaient en cauchemars. Ce fut le cas de la rencontre inopinée du procurateur romain Antonius Felix avec la princesse Drusilla, la petite sœur de Bérénice, devenue l'une des plus belles femmes de Palestine.

Prenons l'histoire comme elle commence : en l'an 52, Felix devint procurateur de Judée, succédant à Ventidius Cumanus de triste mémoire. Felix, disons-le tout net, ne valait guère mieux. C'était le frère du puissant Pallas, le trésorier de la famille impériale, un des hommes les plus riches de Rome.

Fort de cet appui familial, Felix reçut l'administration de la Judée, de la Samarie et de l'Idumée. Mais l'empereur Claude était soucieux d'équilibre dans ses dons : en échange du royaume de Chalcis, qui lui échappait, le jeune Agrippa II reçut un vaste domaine avec pour capitale la belle ville de Césarée de Philippe, située au pied du mont Hermon. C'était le premier royaume de son père, un peu agrandi. Jusque-là, tout allait bien.

Mais le procurateur Felix était un bien méchant homme, persuadé que la fortune l'avait placé au-dessus de ses contemporains. Méprisant, arrogant, irrespectueux, c'était le pire ambassadeur que Rome pouvait envoyer en Judée. Un jour, lors d'un passage du roi Agrippa II à Jérusalem, il remarqua Drusilla au côté de Bérénice. La jeune fille n'avait alors que quinze ans, mais elle était encore plus ravissante, si cela était possible, que sa grande sœur. Felix en tomba instantanément amoureux. Sautant à bas de son cheval, il s'adressa à Bérénice sur le perron du Temple.

– Qui est cette jeune beauté, reine Bérénice ?

– Ma sœur Drusilla.

– Il est à croire qu'une déesse vous a conçues toutes les deux. Je plains le malheureux qui aurait à choisir entre vous, tel Pâris, sommé de dire qui est la plus belle.

– Nous ne sommes que deux, repartit Drusilla en riant, alors que Pâris eut à choisir entre Héra, Athéna et Aphrodite.

– Et cultivée avec ça ! Jeune Drusilla, me ferez-vous l'honneur de...

– Elle ne vous fera aucun honneur particulier, monsieur le procurateur ! lui lança Bérénice. Drusilla vient d'être mariée à Aziz, le nouveau roi d'Émèse.

Émèse était une petite cité de Syrie, située sur l'Oronte. Le jeune roi Aziz avait récemment épousé Drusilla, acceptant pour cela d'être circoncis. Ce n'était qu'une union politique, comme il y en avait tant à l'époque, mais un mariage est un mariage. Ce n'était pas fait pour décourager Felix, qui se croyait tout permis.

– Quel dommage ! Où logez-vous actuellement, reine Bérénice ?

– Dans l'ancien palais du roi Hérode, remis à neuf pour mon frère le roi Agrippa II.

– Pourrais-je passer demain, pour parler avec lui de la situation politique ?

– Bien volontiers. Mais vous ne parlerez qu'à Agrippa, ou à moi peut-être. Drusilla, hélas pour vous, sera absente.

Visiblement émoustillée par les compliments du procurateur, la jeune Drusilla ne l'entendait pas de cette oreille.

– Mais non, Bérénice, de quel droit décides-tu que… ?

– Je suis ton aînée, Drusilla. Et je te prie de te taire !

Le procurateur éclata de rire.

– Que les dieux me gardent d'être un sujet de dispute entre les deux plus jolies femmes de Jérusalem ! Dans ce cas, nous nous reverrons lors du banquet que j'offrirai dans quelques jours aux notables de la ville, à l'occasion de ma prise de fonctions.

La suite de l'histoire est à peine croyable. Car Felix, qui était un voyou de la pire espèce, croyait fortement en les pouvoirs de la magie. Il fit donc appel au plus célèbre magicien de l'époque, Simon le Mage, dit aussi Simon de Samarie. L'homme était très réputé pour ses pouvoirs hors du commun. On dit même qu'il proposa de payer l'apôtre Pierre pour se faire transmettre les pouvoirs du Saint-Esprit des chrétiens. Pierre, évidemment, refusa tout net et le réprimanda.

Felix, qui avait entendu vanter les pouvoirs occultes de Simon, se rendit dans la maison qu'il occupait à Jérusalem.

– Simon, saurais-tu confectionner pour moi un philtre d'amour ?

– Qui veux-tu ensorceler, procurateur ?

– Drusilla, la jeune sœur du roi Agrippa II.

– Méfie-toi de la reine Bérénice, c'est un cerbère redoutable !

– Pas si Drusilla vient à moi d'elle-même. J'organiserai un banquet dans quelques jours, Drusilla sera présente. Je te payerai ton prix, Simon, si tu me donnes un philtre efficace.

Simon réfléchit (ou fit semblant de réfléchir).

– J'ai ce qu'il te faut, procurateur. Il suffira d'un petit flacon versé dans le verre de Drusilla pour qu'elle brûle d'amour pour toi. Elle ne se rendra compte de rien, ma potion a le goût de la cerise. Naturellement, tu devras être là au bon moment, car la pauvre fille tombera folle amoureuse du premier homme qui passera à sa portée !

– Ne t'en fais pas pour ça.

Chapitre 18

Les chroniques de l'époque ne détaillent pas le déroulement du banquet. Mais les mauvaises langues (qui abondent sur les marchés de Jérusalem) disent que la jeune Drusilla, bouleversée par un philtre d'amour, s'était enfuie de nuit avec le procurateur Felix, ce qui mit Bérénice en rage quand elle l'apprit.

– Quelle sotte ! Seigneur, quelle sotte ! Où l'a-t-il amenée ?

– Sans doute chez lui, à Césarée maritime, suggéra Agrippa.

Césarée de la mer, qui avait reçu ce nom pour la distinguer de Césarée de Philippe, la capitale du royaume d'Agrippa II, était une ville récente et moderne, devenue le siège du gouvernement romain en Judée. Elle se trouvait sur la côte méditerranéenne, à deux jours de cheval.

– Alors allons-y !

Agrippa ordonna à ses officiers de constituer une escorte de six gardes à cheval.

– Qu'ils soient bien armés, surtout ! Moi-même, je prendrai ça.

Elle attacha autour de sa taille un ceinturon portant un glaive romain. Agrippa s'inquiéta.

– N'allons pas trop loin, Bérénice, ce n'est qu'une fugue amoureuse.

Elle ne l'écouta pas et sauta sur son cheval. Agrippa lui courut après.

– Attends-nous, au moins !

En moins de deux jours, le petit groupe parvint à Césarée et se présenta devant le *praetorium*, le palais du procurateur. Ils furent arrêtés par les légionnaires de faction.

– Halte, qui êtes-vous ?

– Je suis le roi Agrippa II et voici ma sœur Bérénice. Nous venons chercher notre autre sœur, Drusilla, conduite ici par erreur par le procurateur Antonius Felix.

– Ne bougez pas, je vais me renseigner.

Pendant l'absence du garde, Bérénice prit Agrippa à part.

– Il va nous renvoyer, sans nul doute. Il faut se préparer à entrer de force.

– Et déclencher un incident diplomatique ? Il est le représentant de Rome et je suis, moi, un roi de Palestine. C'est impossible, Bérénice.

Il se tourna vers ses gardes.

– Quoi qu'il arrive, vous attendrez mes ordres.

Bérénice s'éloigna pour cacher ses larmes d'impuissance. Comment avait-elle eu l'inconscience d'emmener Drusilla à ce banquet, alors qu'elle savait que Felix l'attirait dans un piège ?

Comme elle l'avait prévu, un centurion vint leur apporter une fin de non-recevoir.

– Le procurateur vous fait dire qu'il n'a pas le temps de vous recevoir. Votre sœur Drusilla est en parfaite santé, c'est de son plein gré qu'elle a suivi le procurateur à Césarée.

Il se tourna vers Bérénice.

– Drusilla vous fait dire, madame, qu'elle est une adulte et n'a plus de conseils ni d'ordres à recevoir de vous.

– Adulte, mais mariée ! Que compte-t-elle faire de son mari, le roi Aziz ?

Le centurion ne répondit rien.

– Visiblement, murmura Agrippa, c'est le dernier de ses soucis.

Il donna l'ordre à son groupe de remonter à cheval.

– Nous n'insisterons pas, centurion. Mais je protesterai des agissements du procurateur Felix auprès de l'empereur Claude, qui est mon ami.

– *Salve*, roi Agrippa !

*

Dès qu'il apprit la nouvelle dans son royaume d'Émèse, Aziz entreprit de répudier Drusilla, son épouse, en regrettant amèrement de s'être fait circoncire inutilement.

« Voilà qui m'apprendra à entretenir des relations diplomatiques avec des familles sans honneur », précisa-t-il.

Trois mois plus tard, Drusilla adressa une lettre à son frère Agrippa pour lui annoncer que Felix, toujours aussi amoureux d'elle, lui avait proposé de l'épouser.

– Se fera-t-il circoncire, au moins ? s'inquiéta Bérénice.

– Elle n'en parle pas dans sa lettre.

– Alors elle n'abandonne pas seulement sa famille, elle abandonne aussi sa religion.

*

Dans la Judée survoltée de l'époque, ce qui n'aurait été en d'autres temps qu'une banale affaire familiale devint un scandale national. Une fille de roi juif, enlevée de force par un Romain qui l'obligeait à l'épouser en reniant sa religion ! Sur les places des marchés, à Jérusalem et ailleurs, on ne parlait que de ça. Les zélotes, toujours prêts à se servir du moindre prétexte pour ameuter la foule, parlaient d'une humiliation et exhortaient le peuple à se préparer à la lutte finale.

Le roi Agrippa II, qui avait regagné avec Bérénice sa capitale de Césarée de Philippe, plaidait pour que l'affaire soit oubliée.

– Et ta lettre de protestation à l'empereur ? lui rappela Bérénice.

– Elle n'a pas reçu de réponse. Aux dernières nouvelles, Claude est très malade. On dit qu'Agrippine, son épouse, pousse son fils Néron à prendre sa succession avant que Britannicus ne soit en âge de revendiquer l'empire. L'empereur a eu plusieurs crises de fièvre, on craint un empoisonnement. À côté de cela, nos petits problèmes en Judée n'ont que peu de poids. Soyons sans illusions, il ne nous répondra pas.

– Felix le sait et s'en réjouit, j'imagine ?

– Sans doute.

– Il ne se réjouira pas longtemps.

Chapitre 19

Le monde était ainsi fait, en ce premier siècle de notre ère, que le simple battement d'une aile de rossignol à Rome pouvait déclencher un ouragan à l'autre bout de l'empire. Et que dire quand il s'agissait de la mort de l'empereur ? Car Claude finit par trépasser le 13 octobre 54, à l'âge de soixante-trois ans. L'opinion générale, qui s'exprimait dans le secret des alcôves, était qu'Agrippine avait empoisonné son époux avec des champignons vénéneux. Le poison aurait été administré par le goûteur en chef de l'empereur.

Le candidat d'Agrippine, Néron, monta donc sur le trône. Mais il n'était que le fils adoptif de l'empereur, son vrai et unique fils restant Britannicus, qui attendait d'atteindre l'âge adulte pour régner. Las, le malheureux jeune homme s'effondra après un banquet, sans doute empoisonné de la même façon que son père. On déplora une crise d'épilepsie, mais la voie était libre pour Néron.

Cet événement eut au moins un heureux effet. Pallas, le frère du procurateur Felix, fut démis de ses fonctions par Néron, qui se méfiait de lui. Et sans Pallas, Felix était en danger. Le battement de l'aile du rossignol romain se traduisit par une rétrogradation de Felix : le nouvel empereur lui enlevait une partie de la Galilée et la donnait à son ami Agrippa II.

*

Le roi et sa sœur Bérénice fêtèrent l'événement en se rendant à Tibériade, évacuée précipitamment par les gens de Felix.

– Viens, proposa Bérénice, on va voir le lac.

Si étonnant que cela paraisse, Agrippa (qui avait passé l'essentiel de sa jeunesse à Rome) n'était jamais venu en Galilée.

– Il est aussi grand qu'une mer !

– Et aussi riche en poissons.

Elle l'entraîna sur le port de Capharnaüm, où les pêcheurs réparaient leurs filets. Ils prirent place sur une barque renversée.

– C'est ici, m'a dit Pierre, un des chefs de la secte chrétienne, que leur Christ a réalisé des miracles. Pierre habitait une de ces maisons et en avait fait le rendez-vous des apôtres.

– Quels étaient les miracles de Christ ?

– Il proposait aux paysans ce qu'ils attendaient : il guérissait les aveugles, exorcisait les possédés, rendait leurs jambes aux paralytiques. Mais les miracles n'étaient que les moyens de transmettre son message.

– Quel message ?

– Il voulait changer nos rituels, qu'il trouvait sclérosés, trop encombrés d'interdits.

– Sur ce point, je suis d'accord avec lui.

– Christ privilégiait les élans du cœur et la non-violence. « *Si quelqu'un te frappe sur une joue, présente-lui aussi l'autre,* disait-il. *Et si quelqu'un prend ton manteau, ne l'empêche pas de prendre encore ta tunique.* »

Agrippa éclata de rire.

– Tu ferais ça, toi, avec le procurateur Felix ?

– Je lui rendrais, moi, un bon coup de masse d'arme ! répliqua Bérénice.

– Je reconnais bien ma sœur. Je crois savoir d'où viennent ces idées : des missions bouddhistes ont traversé le pays. On les voyait aussi à l'œuvre à Rome, mais leur philosophie non violente avait du mal à prendre. Et surtout...

Il fut interrompu par un cri de Bérénice.

– Attention !

Surgissant de l'ombre, un homme masqué par une capuche marchait droit sur eux. Bérénice entraîna son frère en le tirant par la manche.

– Vois, il y en a un autre !

Venu de derrière, le complice était armé du poignard courbés des sicaires.

– À l'aide ! appela Agrippa.

Des pêcheurs accoururent. Ils tombèrent à quatre sur un des assaillants et le retinrent prisonnier. L'autre faisait face à Bérénice. Elle se protégea d'abord avec un cageot en bois. Puis, rapide comme l'éclair, elle lâcha le cageot, saisit la main de l'assaillant qui tenait le poignard et l'immobilisa. Dans le même temps, elle se servit de son coude gauche pour le frapper durement au visage. Le sicaire chancela, puis recula et prit la fuite.

– Amenez le prisonnier au palais, ordonna Agrippa, nous allons l'interroger.

Une heure plus tard, le sicaire fut traîné dans les sous-sols du palais de Tibériade.

– Qui t'a payé ? demanda Agrippa.

L'autre ne répondit rien. Le bourreau lui asséna un violent coup de poing au visage, qui lui fendit la lèvre. Comme il continuait à garder le silence, Bérénice saisit son poignard et lui fit face. Elle pointa le couteau sur son œil gauche.

– Si tu ne réponds pas, je te crève un œil. Si tu persistes, je te crèverai l'autre.

La menace eut un effet sur le sicaire, qui tenta de monnayer sa vie.

– Et si je parle, reine Bérénice, quelle sera ma récompense ?

– Je laisserai mon frère en décider, il est plus généreux que moi.

– Le procurateur Felix nous a ordonné de vous égorger tous les deux. Il voulait se venger de l'humiliation qu'il a subie.

– Je m'en doutais. Ma sœur était-elle présente ?

– Oui, reine Bérénice, elle l'était.

– Continue.

– C'est elle qui nous a donné l'argent.

Bérénice serra les poings de colère, puis donna un ordre sec.

– Tuez-le !

Elle quitta le cachot, indifférente au cri du sicaire que le bourreau étranglait.

Comment Drusilla avait-elle pu en arriver là ? La réponse était évidente, Felix l'avait ensorcelée. Les Romains étaient des pervers qui pourriraient la terre d'Israël tant qu'ils y seraient, ils avaient même dévoyé ces deux sicaires, qui appartenaient à la faction la plus violente des zélotes.

Elle fut rejointe par Agrippa dans sa chambre.

– Était-il nécessaire de tuer cet homme ? Le cachot aurait suffi.

– Peut-être, mais c'était plus fort que moi. Tu imagines ? Ma propre sœur Drusilla, que j'ai élevée comme une mère, se retournant contre moi ?

– On imagine mal la haine que peuvent nous porter nos proches. Comment Abel aurait-il pu imaginer le geste de Caïn ?

– Est-ce fini, au moins ?

– Je l'espère.

Chapitre 20

Non, ce n'était pas fini.

Pendant les semaines qui suivirent, Agrippa et Bérénice séjournèrent en Galilée, pour administrer leur nouveau royaume. Aucun écho de Felix, ni de Drusilla. C'est alors que Lamia, la femme de chambre, vint trouver sa maîtresse. Elle était très pâle.

– Qu'y a-t-il, Lamia ?

La domestique, qui tenait un morceau de parchemin à la main, le tendit à Bérénice. Il ne contenait que deux lignes :

« *Les sujets du roi Agrippa II devraient savoir qu'il couche avec sa jolie sœur Bérénice. Est-ce ainsi qu'ils respectent la loi hébraïque ?* »

– Oh, Seigneur !

– On distribue ces billets sur les marchés de Galilée. On l'a signalé aussi à Jérusalem et dans quelques villes de Judée. Il y a aussi des chansons.

– Des chansons ?

– Des chants aux paroles obscènes, qui dénoncent votre supposé commerce de chair avec votre frère Agrippa.

C'était la vengeance de Felix. Drusilla lui avait confié ce qu'elle savait sur la relation de sa grande sœur avec son frère aîné. Aussitôt informé, Agrippa voulut envoyer sa garde pour punir ceux qui répandaient ces libelles. Bérénice l'arrêta.

– Tu n'y parviendras pas. Au contraire, on croira que tu es furieux d'avoir été dévoilé. Nous n'avons qu'un moyen, Agrippa, pour faire taire ces rumeurs.

– Lequel ?

– Je vais me marier.

– Quoi ?

– Dans les quinze jours. Ainsi, on leur clouera le bec !

« *Franchement, tu vas faire ça ?* demanda Bérénikė. *Et qui sera l'heureux élu ?* »

Il fut vite trouvé : Marcus Antonius Polémon II, roi de Cilicie, un royaume client de Rome, situé au sud-est de l'Anatolie. Les épousailles se décidèrent par correspondance, dans l'intérêt bien compris des deux royaumes.

Comme elle l'avait fait naguère avec Hérode de Chalcis, Bérénice prit donc le chemin de la Cilicie pour s'offrir en mariage à un homme qu'elle n'avait jamais vu. Sur la route, elle interrogea le rabbi qui l'accompagnait.

– Que sais-tu sur mon futur mari ?

– Il a cinquante et un ans d'après mes sources. Il n'a jamais été marié.

– Pour quelle raison ?

– Dois-je tout te dire, reine Bérénice ?

– Je t'ai engagé pour cela, rabbi.

– Polémon est connu en Asie Mineure pour son goût des très jeunes femmes et des plaisirs, comment dire…

– Eh bien ?

– … légèrement pervers.

– Précise, rabbi.

La liste que déroula le malheureux rabbin était si extravagante que Bérénice ne savait si elle devait s'en effrayer ou en rire.

– Naturellement, reine Bérénice, il est à souhaiter que ce mariage remette vite Polémon dans les voies de la sagesse et de la raison.

Chapitre 21

À son arrivée à Tarse, la reine fut reçue cérémonieusement par le roi Polémon II sur les marches de son palais. En découvrant le personnage, Bérénice songea à ces figures de félons qu'on voit habituellement dans les pièces de théâtre populaires, jouées sur les marchés. Une longue silhouette au crâne chauve, vêtue d'une tunique noire brodée de fils d'or, au visage garni d'un collier de barbe soigneusement taillé en pointe. Un sourire à peine esquissé et un œil égrillard complétaient le portrait d'un être qu'elle jugea à la fois malsain et dangereux.

Polémon l'aida à descendre de sa voiture et s'adressa à la foule, accourue sur la grand-place pour apercevoir la nouvelle venue.

– Peuple de Tarse, gloire à celle qui sera bientôt ta reine !

Il y eut quelques acclamations, surtout émises par les gardes du palais.

Polémon enlaça sa future épouse.

– Laisse-moi t'embrasser, belle Bérénice.

– Ta promesse d'abord, Polémon.

Elle s'écarta pour découvrir derrière elle le rabbi, qui avait emporté sa mallette à circoncire.

– Le plus tôt sera le mieux, Majesté, conseilla le vieil homme.

Polémon pâlit, mais se résigna.

– À ce soir au dîner, Bérénice.

« *Ce soir,* s'amusa Bérénikè, *tu seras sur ta couche, roi Polémon... en attendant que tes douleurs s'apaisent !* »

Mais toutes les douleurs ont une fin et Polémon fut rapidement sur pied, pressé de consommer son mariage. Le problème de Bérénice devint le suivant : d'un côté, il lui fallait respecter ses engagements. Polémon dûment circoncis et les épousailles prononcées selon le rituel, elle devait accompagner son époux dans sa chambre de noces. D'un autre côté, elle ne souhaitait en *aucun cas* que ce serpent humain la touche. Comment faire ?

Bérénikè, perfide, lui souffla la solution.

Une fois dans la chambre à coucher, Bérénice se dressa devant Polémon et fit une mise au point :

– Roi Polémon, je suis à présent ton épouse. Tu pourras donc me prendre selon les lois de la pureté judaïque. Sache cependant que je suis actuellement en état de *niddah*, qui interdit les relations charnelles pendant une période de sept jours. Après cette période, je me tremperai dans un bain rituel, un *mikvé*, afin que nos relations puissent commencer.

– Ah ? Je dois donc attendre ?

– C'est ainsi que l'exige ma foi hébraïque. Par ailleurs, je te rappelle les pratiques interdites par notre livre du

Lévitique : la sodomie, le plaisir obtenu par la douleur, les relations charnelles à plusieurs partenaires, la fellation...

– La fellation aussi ?

Il paraissait déçu.

– Sur ce point, précisa-t-elle, les opinions rabbiniques varient. Personnellement, je respecte les enseignements d'une école restrictive, qui insiste sur la nécessité de l'éjaculation vaginale pour respecter les objectifs procréatifs du mariage.

Polémon, qui n'était certes pas un imbécile, avait compris.

– Si je résume, Bérénice, tu te refuses à moi ?

– Je te rappelle seulement les lois de ma religion.

– N'en as-tu pas oublié une, fière Bérénice ?

– Laquelle ?

– Les relations charnelles entre frère et sœur. Voilà qui est dégoûtant, non ?

Elle le gifla si brutalement qu'il tomba à terre.

– Pour cette insulte, Polémon, je t'interdis de me toucher pendant quarante jours !

*

C'est ainsi que Bérénice joua pendant quelques semaines la comédie de ses épousailles avec Polémon II de Cilicie. En opportuniste des plaisirs, le roi de Tarse retourna vite à ses pratiques antérieures, qui lui procuraient les jouissances que Bérénice, elle, ne pouvait ni ne voulait lui donner.

Au début de l'automne, quand elle jugea que les méchantes rumeurs propagées par Drusilla et Felix s'étaient un peu apaisées, Bérénice signifia à Polémon sa décision de le quitter et de s'en retourner vivre auprès de son frère Agrippa, à Césarée de Philippe.

Dans cette courte aventure, conclut Polémon en la voyant s'éloigner, il avait gagné une dot confortable, mais perdu un petit morceau de chair qui lui laissa une cicatrice amère.

Chapitre 22

En l'an 60, quand Bérénice fêta ses trente-deux ans, une bonne nouvelle parvint de Rome : le procurateur Felix était relevé de ses fonctions et rappelé en Italie pour y être jugé.

– Et qui sera son remplaçant ?

– Je le connais, répondit Agrippa. Il s'appelle Porcius Festus. Ce n'est pas un ange, mais il a un minimum de sens politique.

En arrivant à son poste, Festus entreprit de normaliser les relations de l'occupant romain avec le grand-prêtre de Jérusalem et les institutions légales. C'est ainsi qu'il invita le roi Agrippa II et sa sœur Bérénice à assister au procès du chrétien Paul, qui devait se tenir dans la ville de Césarée.

Paul, *alias* Saul de Tarse, avait été emprisonné deux années auparavant. Ardent propagateur de la nouvelle foi chrétienne, il était accusé d'avoir conduit des non-Juifs dans la partie du Temple réservée aux Juifs, ce qui était strictement interdit par la loi juive. Cette accusation pouvant provoquer sa mise à mort, l'autorité romaine assura sa protection en le faisant arrêter. Son jugement avait pris l'allure d'un événement mondain, qui alimentait toutes les conversations de Césarée maritime.

– Je te salue, roi Agrippa, déclara Porcius Festus. Et toi aussi, reine Bérénice. J'ai appris de quelle manière grossière Antonius Felix avait enlevé votre sœur Drusilla et je tiens, pour cela, à vous présenter les excuses de Rome.

– Nous avons été très affectés par cette affaire, reconnut Agrippa.

– Je peux le comprendre, j'ai moi-même une sœur. Mais Felix a fini par épouser Drusilla, ce qui rend cette situation, disons, plus légitime. Sachez pourtant qu'il répondra de ses agissements en Judée devant l'empereur Néron.

– J'espère qu'il sera exécuté, grommela Bérénice.

– J'ignore si l'empereur ira jusque-là, répliqua Festus, mais sa main ne tremblera pas.

Il s'approcha et leur parla à voix basse.

– Euh... puisque nous assisterons aujourd'hui au procès de Paul de Tarse, je voudrais vous prévenir que votre sœur Drusilla, comme d'autres notables de Césarée, assistera à l'audience.

Bérénice se figea et serra les poings.

En début d'après-midi, une cinquantaine de personnes, des Romains et des Juifs (notamment les accusateurs dépêchés par les autorités du Temple) se pressèrent dans la salle d'audience. Tous ceux qui comptaient à Césarée étaient présents : les autorités romaines, les hérauts, les licteurs, les gardes en armes et les officiers supérieurs commandant les cinq cohortes stationnées dans la ville.

À la vue de son frère aîné, Drusilla fendit la foule et se précipita pour l'embrasser. Agrippa se laissa faire, mais Bérénice se détourna. Drusilla parla longuement à l'oreille de son frère, puis s'éloigna.

– Que t'a-t-elle dit ? demanda Bérénice.

– Elle nous supplie d'oublier le passé et de lui accorder notre pardon.

– Et qu'as-tu répondu ?

– Qu'il faudra du temps. Que pouvais-je dire d'autre ?

– Qu'il faudra *beaucoup* de temps.

Enfin, le prisonnier fut introduit dans le prétoire. Paul était un homme de petite taille, presque entièrement chauve, avec des sourcils rapprochés et un nez aquilin. Son visage était garni d'une barbe, comme la plupart des Juifs de son époque. Il promena son regard sur les présents, assis en arc de cercle autour de lui, comme dans un amphithéâtre. Bérénice nota ses yeux perçants, qui semblaient dénoter une intelligence vive.

Le procurateur Festus ouvrit les débats.

– Je propose d'abord aux représentants du grand-prêtre de formuler leurs accusations au sujet du prisonnier.

Les notables juifs exposèrent leurs griefs, qui se résumaient à la violation des règles strictes de fréquentation du temple de Jérusalem. Ils exigèrent, en punition, que Paul soit traduit devant les autorités juives, pour être condamné par les siens.

Paul se défendit en exigeant d'être jugé devant un tribunal impérial, puisqu'il était un citoyen romain. Il en avait même appelé à l'empereur.

Le roi Agrippa II, consulté, déclara :

– Tu es autorisé à plaider ta cause.

Paul commença par rappeler les grandes étapes de son histoire. Dans un premier temps, le farouche pharisien qu'il était s'était rangé dans les rangs de l'orthodoxie juive afin de pourchasser les chrétiens, considérés comme des hérétiques bafouant la loi.

– Je passais d'une synagogue à l'autre pour les faire punir et essayer de les contraindre à renier leur foi. C'est ainsi qu'un jour, muni des pleins pouvoirs que m'avaient accordés les prêtres, je me suis rendu à Damas.

Paul raconta comment, sur la route de Damas, le Christ lui apparut dans une lumière éblouissante. Cette vision le décida à se faire plus chrétien que les chrétiens et à convertir les païens. Il s'appellerait désormais Paulus, son second prénom romain, afin de faciliter ses relations avec les non-Juifs.

« *Intéressant, non ?* » souffla Béréniké à Bérénice.

Mais le procurateur Festus mit sèchement un terme au plaidoyer de l'apôtre.

– C'en est assez, Paul, tu délires !

Sans se démonter, Paul répliqua :

– Au contraire, Très Excellent Festus, je parle un langage de vérité et de bon sens.

Puis il s'adressa au roi Agrippa :

– Roi Agrippa, crois-tu aux prophètes ?

Agrippa, pris de court, décida de répondre par la dérision.

– Encore un peu, Paul, et tu me persuaderas de me faire chrétien !

– Plaise à Dieu, répliqua Paul, que tôt ou tard non seulement toi, mais encore tous ceux qui m'écoutent deveniez tel que je suis… sauf les chaînes que voici.

Rire général.

Quand vint l'heure du jugement, Festus, Agrippa et Bérénice, qui s'étaient réunis à part, conclurent à la sincérité de cet homme et à son innocence.

– C'est un exalté, mais il n'a rien fait qui mérite la prison.

– Le problème, regretta Festus, est qu'il en a appelé à l'empereur. Selon la loi romaine, il doit comparaître à Rome.

Il fut donc décidé que Paul prendrait, dans les prochains jours, un bateau qui le conduirait à Rome. Puis la séance fut levée.

Pendant que son frère discutait avec les notables, Bérénice s'adressa discrètement au procurateur :

– Festus, me permets-tu d'aller parler avec le prisonnier ?

– N'es-tu pas repue de ses délires ? s'amusa le Romain.

– J'aimerais éclaircir certains points.

– C'est accordé.

Il s'adressa à un centurion :

– Domitius, accompagne la reine Bérénice dans la prison de Paul. Elle voudrait prolonger le spectacle.

– À tes ordres, gouverneur.

Chapitre 23

La prison de Paul n'avait rien d'un cachot. C'était plutôt une pièce fermée, gardée par deux légionnaires, où Paul pouvait rédiger les courriers qu'il adressait aux communautés chrétiennes en Palestine et en Asie Mineure. Il fut surpris de découvrir qui était sa visiteuse :

– Reine Bérénice ? Viens-tu m'annoncer mon exécution ou ma libération ?

– Ni l'une ni l'autre, Paul, puisque tu en as appelé à l'empereur. Je le regrette. Sans cela, nous t'aurions fait libérer.

– Mon séjour à Rome est sans doute décidé par le Très-Haut, afin de poursuivre ma mission.

– Je me suis renseignée sur toi, Paul. Tu as parcouru une partie du monde pour convertir les Juifs et les païens, tu as laissé des lettres qui se transmettent à grande vitesse dans le monde chrétien. À ta manière, tu es devenu une célébrité !

– Ce n'est pas moi, mais la foi en le Christ sauveur qui parviendra à convaincre les cœurs des Juifs et des païens.

– Je suis juive, Paul, et je t'avoue franchement que je n'ai pas la tête religieuse. Depuis que j'ai accédé au trône aux côtés de mon frère, je cherche le bon moyen de réconcilier les Juifs et les Romains, pour éviter le bain de sang qui se prépare. Jusqu'ici, toutes nos tentatives ont été vaines. Quand les Romains ne se montrent pas intraitables, ce sont nos frères juifs qui appellent à la rébellion en invoquant l'arrivée prochaine du Messie.

– Pour nous, chrétiens, le Messie est déjà venu, reine Bérénice, c'est le Christ Jésus.

– Peu m'importe s'il est venu ou s'il reste à venir, je pense fermement que seule une religion nouvelle pourra mettre tout le monde d'accord. Ce ne peut être la religion impériale des Romains, qui ne parle pas assez au cœur.

– Pour moi, reine Bérénice, il n'y a plus ni Juif ni Grec, il n'y a plus ni esclave ni homme libre, il n'y a plus ni homme ni femme. Car tous les humains ne font qu'un en Jésus-Christ. La foi en Lui suffit à obtenir le Salut.

C'était précisément l'idée qu'elle avait en tête.

– Tu as dit le mot : le Salut ! J'ai entendu dire que vous autres, chrétiens, promettiez la résurrection des âmes après la mort.

– Pas seulement des âmes, reine Bérénice, mais aussi des corps. Quand Jésus est ressuscité, il est revenu parmi les hommes comme un corps glorieux.

– Qu'est-ce qu'un corps glorieux, Paul ?

– Dans le royaume de Dieu, tous les hommes ressusciteront, à l'exemple de Jésus, sous la forme d'un corps glorieux. Ni chair ni esprit, ce corps sera fait d'une substance nouvelle et éternelle.

– Je ne comprends pas tout ce que tu racontes, Paul, mais j'y vois l'amorce d'une espérance. Les Romains ne croient plus guère à la survie, telle qu'en parlaient leurs ancêtres. Les Juifs croient, eux, que les âmes des morts survivent dans le *Shéol*, un lieu gris et triste. Ce n'est guère enthousiasmant. Vous, chrétiens, apportez une croyance nouvelle : la résurrection des morts. C'est exactement ce que tous les peuples attendent !

Paul la fixait avec suspicion.

– Le christianisme n'est pas une mode, reine Bérénice, faite pour plaire aux peuples. C'est aussi une éthique exigeante, qui repose sur l'amour et sur la bienveillance envers son prochain.

– Je sais, Paul, je sais. Mais votre promesse est forte, c'est celle que je cherche depuis toujours pour empêcher le massacre qui s'annonce.

Paul, qui se méfiait de plus en plus, décida d'éclaircir la situation.

– Qu'attends-tu de moi, reine Bérénice ? Pourquoi es-tu venue me parler jusque dans ma prison ?

Bérénice respira un grand coup et dévoila sa grande idée :

– Voici ma proposition. Je crois que vous, les chrétiens, et toi particulièrement, avez trouvé la clé que nous cherchons pour apporter la stabilité en Palestine : une nouvelle religion qui réconcilierait Juifs et Romains. Je te certifie que je pèserai de tout mon poids auprès de l'empereur pour te faire libérer, si tu acceptes de venir à ma cour pour jouer le rôle d'un conciliateur. Tu seras le grand prêtre de la nouvelle religion, que nous propagerons dans tout l'empire. Une religion universelle, qui abolira les frontières entre les croyances et assurera à ses adeptes la survie après la mort. Naturellement, tu seras très bien payé pour tes services. Qu'en penses-tu ?

Le regard de Paul sur Bérénice avait changé. Il se teinta de mépris.

– Pour qui me prends-tu, reine Bérénice ? Pour une prostituée qu'on achète ?

Elle se dit aussitôt qu'elle avait été maladroite.

– Non, bien entendu. Mais je sais que tu es un homme raisonnable. Abandonnés à eux-mêmes, les chrétiens n'ont que peu de chances de dépasser les petits cercles où ils sont relégués. Si tu t'allies à nous, ta religion dépassera les frontières.

Paul se croisa les bras avec fermeté.

– Je te réponds non, reine Bérénice, trois fois non ! Le rôle que tu veux me faire jouer ne me plaît pas. Je ne suis pas un homme politique, que tu pourrais corrompre. Je suis et entends rester un homme de foi. Maintenant, laisse-moi.

Il la congédia, comme on le fait avec une servante.

À la vérité, Bérénice ne lui en voulait pas vraiment. Elle s'y était prise de la pire des façons, Paul était un authentique homme de foi. Mais elle ne renonça pas. Elle reviendrait à la charge quand la situation en Judée serait si critique qu'il ne pourrait pas reculer, à moins de vouloir la disparition d'Israël.

– IV –

SEULE CONTRE ROME

Chapitre 24

La Judée, en l'an 66 de l'ère commune

On s'illusionne souvent quand on estime que les crises politiques dépendent de facteurs multiples qui tiennent à la géographie, à l'économie ou à la psychologie des peuples. En réalité, elles relèvent des sciences physiques. Prenez un chaudron, remplissez-le d'un liquide et posez-le sur le feu. Pendant un long moment, vous ne verrez rien que des petites bulles se former à la surface. Et soudain, sans prévenir, le liquide se met à bouillir et à se renverser. C'est ce qui arriva en Judée, dans les premiers jours du mois d'avril 66.

Comme chaque année, la reine était venue à Jérusalem pour fêter la Pâque. Elle logeait dans son palais, sous la protection d'une petite troupe de gardes et de cavaliers. Son frère, le roi Agrippa, s'était absenté à Alexandrie.

Le procurateur, malheureusement, avait encore changé. Après la mort du regretté Porcius Festus, Rome leur avait envoyé deux gouverneurs pires que tous ceux qui avaient précédé. Comme si l'empereur s'ingéniait à nommer les pires voyous de la Terre pour gouverner la Judée, qu'il savait pourtant au bord de l'éruption.

Le premier, Lucceius Albinus, se mit en tête d'éliminer les sicaires de Jérusalem. Il n'arriva à rien, sauf à multiplier les enlèvements et les assassinats. Le dernier acte de sa procurature, quand il apprit qu'il était destitué, fut de vider les prisons des voleurs et des criminels, en échange de fortes sommes d'argent.

Mais, à tout prendre, Albinus paraît un homme de bien quand on le compare à son successeur, Gessius Florus. Il fut, lui, à l'origine de la guerre des Juifs contre les Romains. Une boucherie qui, quatre années durant, allait totalement ruiner le pays.

*

Tout commença par une querelle de voisinage dans la ville de Césarée, un jour d'avril 66. Un Grec possédait un terrain à l'entrée de la synagogue. Il refusait de le vendre aux Juifs qui voulaient l'acquérir et poussa la provocation jusqu'à pratiquer des sacrifices païens le jour du sabbat, ce qui mit les Juifs en rage. Il n'en fallut pas plus, dans ce climat surchauffé, pour provoquer une bataille de rues entre Juifs et païens, qui fit des dizaines de morts. Aussitôt, les notables juifs de Césarée firent appel au procurateur Florus pour faire cesser les troubles. Mais celui-ci fit la sourde oreille. Pire : comme s'il avait décidé de narguer le peuple dont il avait la charge, il décida le même jour de prendre dix-sept talents d'or dans le trésor de Jérusalem, « pour le service de l'empereur ».

Ce fut l'explosion.

À Jérusalem, Bérénice fut mise au courant de la situation par ses serviteurs, qui s'étaient mêlés à la foule.

– Les zélotes se sont répandus dans la ville, maîtresse, ils ameutent le peuple. Des citoyens ont fait circuler une corbeille dans les rues en demandant l'aumône pour le pauvre Florus, comme pour un malheureux dépourvu d'argent.

– Mais lui, où est-il passé ?

– Il a quitté Jérusalem ce matin, pour s'en aller réprimer les manifestations à Césarée.

– L'imbécile !

Elle regrettait amèrement l'absence d'Agrippa. Lui au moins aurait su calmer la foule, éviter les provocations inutiles. Elle fit envoyer un messager pour lui demander d'accourir au plus vite. Mais l'Égypte est loin. À Jérusalem, les événements se précipitèrent. Informé de la manière dont la foule l'avait tourné en ridicule, Florus envoya ses cavaliers dans la capitale. À leur arrivée, les manifestants se dispersèrent.

Le lendemain, le procurateur fit dresser une estrade figurant un tribunal sur la place du palais royal, là même où s'était enfermée Bérénice. Les grands-prêtres, les nobles et les notables se présentèrent aux pieds de Florus, qui leur parla avec sévérité.

– J'exige que vous me remettiez les insolents qui se sont moqués de moi au cours de la journée d'hier. Ils seront interrogés, puis exécutés.

Shimon Ben Lazar, un notable plus courageux que les autres, fit un pas en avant.

– Même si nous le voulions, Très Excellent Florus, nous ne le pourrions pas. La manifestation d'hier fut si spontanée, les participants étaient si nombreux que nous ne pourrions pas les identifier. Ce n'était qu'une plaisanterie de jeunes gens, procurateur, nous te demandons la clémence pour eux.

Florus resta inflexible.

– J'attends votre réponse. Si elle ne vient pas, je ferai mettre la ville à sac par mes légionnaires. Vous savez ce que cela signifie ?

Tous se regardèrent, effrayés. C'est alors qu'un vieux rabbi, qui marchait en s'aidant de béquilles, se dénonça.

– Je suis coupable, procurateur. C'est moi qui ai lancé l'idée de la fausse quête.

– Tu seras emprisonné, rabbi, non parce que tu es coupable, mais parce que tu cherches à couvrir les autres. Toujours pas de réponse ?

Seul répondit un silence angoissé.

Florus fit alors un signe à l'intention d'un officier, qui donna un ordre. Aussitôt, les légionnaires se dispersèrent par groupes de vingt et se répandirent dans la ville. Florus, lui, installa son quartier général dans la tour Antonia, sur le côté nord-ouest du temple de Jérusalem.

Ce fut une mise à sac dans les formes, comme Rome en avait tant organisé lors de ses guerres de conquête en Égypte ou en Asie Mineure. Bientôt, Jérusalem se remplit des cris des habitants violentés. Les maisons, les temples et les bâtiments publics furent pillés, les bibliothèques et les entrepôts aussi. De la fumée s'élevait des habitations incendiées, les lieux de culte étaient profanés, les objets sacrés détruits ou emportés comme trophées. On vit des légionnaires hilares s'enfuir, les bras chargés d'objets précieux dérobés chez les plus riches. Quant aux fuyards, ils étaient chargés par les escadrons de cavalerie répandus dans la ville.

Deux bâtiments échappèrent à la fureur des légionnaires : le grand temple d'Hérode et le palais royal, où logeait Bérénice. Il était tenu fermé par ses gardes du corps, qui ne laissaient pénétrer que ses informateurs. Léa, une servante, revint affolée.

– Madame ! Ils entrent dans les maisons, ils égorgent ceux qui s'opposent à eux et volent tout ce qu'ils trouvent !

Bérénice, fébrile, griffonna un billet manuscrit à l'intention de Florus et commanda à Joab, un officier de sa garde, d'intercéder auprès du procurateur pour faire cesser le massacre.

Aucune réponse.

– Je n'ai même pas pu l'approcher, Majesté, il m'a fait jeter dehors par ses gardes du corps.

La colère enflamma Bérénice, attisée par la voix de son *daimôn* :

« *Bérénice, n'es-tu pas la reine de Judée ?* »

Une fièvre nouvelle, surgie du fond de ses entrailles, se répandit dans tout son corps.

– Oui, Béréniké, je le suis.

« *Alors tu n'as qu'une chose à faire, y aller toi-même !* »

Chapitre 25

Bérénice commença par couper sa longue chevelure à mi-longueur avec un couteau affûté. Puis elle se vêtit d'un *kittel*, une tunique blanche que les Juifs portent parfois en signe de pénitence à l'occasion du *Yom Kippour*. La robe était faite dans une étoffe grossière, ceinturée à la taille. Le blanc signifiait la pureté et le désir d'être purifié de ses péchés. Elle posa sur sa tête un grand voile blanc, puis elle retira ses chaussures.

– Ouvrez, ordonna-t-elle à ses domestiques.

– Maîtresse, que fais-tu ? Où vas-tu, pieds nus ?

– Je vais parler au procurateur.

– C'est dangereux, il y a des Romains dehors !

– Je suis la reine de Judée, j'ai un habit de pénitente, personne ne me touchera.

L'officier en chef du palais, Joab, était sceptique.

– Les Romains se moquent bien de nos rituels de pénitence.

– Nous verrons bien.

– Veux-tu que je t'accompagne, ma reine ?

– Oui, Joab, ouvre mon chemin. Proclame à voix haute que je suis la reine de Judée et que je demande à parler au procurateur Gessius Florus.

– À tes ordres, reine.

Sur un signe de Bérénice, Joab déverrouilla la porte du palais royal. Le soleil de la mi-journée les éblouit, car le bâtiment était longtemps resté plongé dans l'obscurité. La fumée âcre des incendies lui piqua les yeux. On entendait des cris dans la ville, des pleurs, des hurlements de douleur, des malédictions proférées en hébreu, la langue liturgique.

Bérénice et Joab s'avancèrent sur quelques mètres. Un cavalier romain les dépassa. Au passage, il cracha sur elle.

Joab, lui, faisait ce qu'on attendait de lui :

– Place à Bérénice, la reine de Judée. Elle demande à parler à Gessius Florus, le procurateur. Place à Bérénice !

En tournant dans la rue, ils croisèrent un groupe d'habitants terrorisés. Une femme vint embrasser sa robe.

– Tu es une sainte, Bérénice !

Le chemin entre le palais royal et la tour Antonia, d'où Florus dirigeait la mise à sac de Jérusalem, n'était pas très long. Sur le trajet, ils découvrirent des corps se vidant de leur sang. Des blessés étaient en train de râler et d'implorer des secours.

À mesure que la reine s'approchait de la tour Antonia, accolée au temple d'Hérode, la foule s'agglutinait. On louait Bérénice, on l'implorait de faire cesser le massacre.

– Place à la reine de Judée ! s'époumonait Joab.

En se retournant, Bérénice constata qu'elle était suivie par des dizaines de Judéens. Elle eut le plus grand mal à retenir des pleurs, mais elle tint bon.

« *Tu es la reine, Bérénice*, lui souffla Bérénikė. *Ils sont tes sujets et te demandent protection.* »

– Je meurs de peur, Bérénikė !

« *Mais non, tu as presque gagné.* »

Bientôt, l'étrange cortège se heurta à un barrage de soldats. Surpris d'abord, ils se montrèrent ensuite ouvertement moqueurs. Un centurion s'approcha.

– Que veux-tu ?

C'est Joab qui répondit.

– La reine de Judée, Julia Bérénice, demande à parler au procurateur Gessius Florus.

– Il t'a invitée ?

Les soldats éclatèrent de rire.

Bérénice écarta Joab et fixa le centurion.

– Je veux parler à Florus et je lui parlerai. Ou alors tue-moi ici même !

Le centurion cligna des yeux et se détourna. Il eut un regard vers la foule des Jérusalémites qui suivait Bérénice.

– Bon, attends ici.

Il entra dans la tour Antonia. Bérénice et Joab patientèrent. Un jeune homme se détacha de la foule et vint parler à l'oreille de la reine.

– Reine Bérénice, je m'appelle Danaël, je suis un zélote. Nous sommes nombreux dans le quartier. Un signe de toi et nous accourrons avec nos hommes. Nous n'avons que des poignards, mais nous savons nous en servir. Nous attendions un chef. Enfin tu es là !

– Je te l'interdis, Danaël. Ne crois-tu pas que le sang a assez coulé ?

Le jeune homme fronça les sourcils.

– De quel côté es-tu, reine. ?

– Du côté de la paix. Maintenant, va-t'en !

Quelques minutes après, le centurion revint.

– Le procurateur accepte de te recevoir. Toi seule !

Joab n'était pas d'accord.

– Ma reine, un mot de toi et…

– Reste ici, Joab. Je te suis, centurion.

Chapitre 26

L'entrée principale de la tour Antonia était fermée par un portail massif, fait de bois renforcé de métal. Il fut entrouvert à la vue du centurion, accompagné de Bérénice. Des gardes romains étaient postés à l'entrée, armés de glaives et protégés par des boucliers.

– Prends l'escalier, ordonna le centurion.

Ils arrivèrent au premier étage, dans une vaste salle chauffée par une cheminée. Un homme, une coupe de vin à la main, l'attendait, avachi contre une longue table de bois. C'était Florus. Il ne se distinguait guère de la plupart des soudards qui mettaient la ville à sac. Une forte carrure débarrassée de son armure, une tignasse rousse et la barbe d'un guerrier.

– Qui voici ? La reine Bérénice en personne ?

Il avait la voix pâteuse des ivrognes.

– Excuse-moi, reine de Judée, j'ai abusé du vin. Tes compatriotes m'ont mis dans une telle rage, hier, qu'il m'en a fallu beaucoup pour oublier.

– Du vin et du sang, Florus.

Il se saisit d'une dague et la planta d'un geste sec dans le bois de la table.

– Ce sont nos meilleurs arguments, belle Bérénice. Le sang pour défaire nos adversaires, le vin pour fêter nos victoires. C'est ainsi que nous sommes faits, nous les Romains.

– Belle preuve de civilisation.

Pris d'une soudaine colère, il lança sa coupe dans la pièce.

– C'est ainsi que tu es venue me supplier ?

« *Ne te laisse pas impressionner, Bérénice,* insista Béréniké. *Dis-lui pourquoi tu es venue.* »

Bérénice joignit ses mains et baissa la tête.

– Très Excellent Florus, je viens te demander de pardonner à mon peuple et de faire cesser les massacres. Mon frère, le roi Agrippa, ne va pas tarder à arriver. Je te donne ma parole de tout faire avec lui pour calmer les ardeurs de mon peuple et le rendre plus conciliant avec les Romains. Ces dix-sept talents que tu as pris dans le trésor du Temple ont beaucoup choqué. C'est l'or du Saint-Béni-Soit-Il.

Il ricana.

– L'or du Saint-Béni-Soit-Il ! Et que fait-il de son or, votre Dieu ? Il s'achète des femmes pour les b… ?

Bérénice ferma les yeux à l'écoute de ce blasphème.

« *Du calme, Bérénice*, insista Béréniké. *Laisse-le éructer sa rage.* »

Il prit une autre coupe et se servit à nouveau du vin.

– Même votre vin est dégoûtant. Nous avons tellement mieux à Rome !

Il avala son vin et s'essuya la bouche d'un revers de la main.

– Tu es venue négocier, dis-tu ? Et que m'offres-tu en échange ?

Il fit quelques pas vers elle, menaçant. Bérénice arracha alors son voile et déchira le haut de sa robe.

– Ma vie ! Égorge-moi, Florus, mais épargne mon peuple de Jérusalem.

La brusquerie de son geste surprit le procurateur et le fit reculer. Puis il eut un regard vers la poitrine de Bérénice, qu'elle avait imprudemment dévoilée.

« *Attention, Bérénice,* prévint Béréniké, *tu l'as excité.* »

Elle se recouvrit aussitôt avec son linge déchiré.

– Je sais ce que je veux en échange, Bérénice. On m'a souvent vanté ta beauté, on ne m'a pas trompé. Tu veux te sacrifier ? Viens ici...

Il la saisit par un bras, mais elle le repoussa avec violence.

– Tue-moi, mais ne m'humilie pas, Florus !

« *C'est trop tard, Bérénice* », jugea Béréniké.

Florus appela deux de ses gardes.

– Maintenez-la à terre !

Les deux légionnaires l'obligèrent à s'agenouiller devant le procurateur.

– Tu vas voir, belle Bérénice, comment un Romain traite ses captives.

Dans un ultime sursaut, Bérénice se souvint de ce que lui avait appris son maître d'armes syrien, Abgar. Elle se releva brusquement en tordant le poignet d'un des Romains qui la maintenaient prisonnière. On entendit un craquement.

– La s… ! Elle m'a cassé le poignet !

L'autre soldat, un vétéran qui pesait deux fois son poids, réussit à la coucher à terre et posa ses deux genoux sur ses épaules.

– À toi, Florus !

Le procurateur s'avança et empoigna les deux chevilles de Bérénice, en lui ouvrant largement les cuisses. Pendant quelques secondes, il soutint le regard de la reine, qui laissait éclater sa fureur. Puis il la lâcha.

– Non, trop vieille !

Les secondes qui s'écoulèrent semblèrent durer une éternité. Florus recula et s'adressa à son vétéran.

– Lâche-la, elle en a eu pour son argent.

– Et mon poignet ? hurla l'autre soldat.

– Tu as raison, Mucius, laisse-lui un souvenir.

De son bras valide, Mucius la frappa de toutes ses forces et la renvoya à terre. Elle sentit le goût du sang dans sa bouche et se prépara à bondir. Mais Béréniké l'arrêta.

« *Veux-tu te suicider ? Abandonne et sauve-toi !* »

C'est ce qu'elle fit. Déjà, Florus et ses deux soudards l'avaient oubliée. Bérénice gagna la sortie de la forteresse en se traînant à quatre pattes, sous les quolibets des autres soldats.

– Florus t'a rendu son hommage, reine de Judée ? Le plaisir romain ne t'a pas fait chavirer ?

À l'entrée de la tour Antonia, elle fit un signe à Joab. Il se précipita et l'aida à se redresser. La foule regardait la scène, anxieuse.

– Reine Bérénice, a-t-il…
– Que t'a-t-il fait ?
Le pire fut une question, posée par une vieille femme.
– En échange, as-tu obtenu la fin des massacres ?

Chapitre 27

« Mort aux Romains ! »

Encore tremblante, Bérénice tourna la tête. Une foule furieuse, armée de couteaux et de piques, la dépassa et se rua vers l'entrée de la forteresse Antonia. Aussitôt, les gardes romains fermèrent les lourdes portes de bois. Parmi les assiégeants, Bérénice reconnut Danaël, le jeune homme qui l'avait interpellée quand elle attendait d'être reçue par Florus. Elle regarda vers Joab :

– Les zélotes ?

– Oui, ma reine, ils viennent de la ville basse. Ne restons pas ici !

Une fois que Bérénice fut à l'abri, ses servantes la déshabillèrent et pansèrent ses plaies.

– Maîtresse, t'a-t-il… ? lui demanda Léa.

– Non, non. Je voudrais prendre un bain.

Une fois plongée dans l'eau chaude, Bérénice se frotta le corps à s'en arracher la peau, comme si ses ablutions pouvaient effacer l'humiliation qu'elle avait subie. Puis elle fit venir Joab, qui était reparti aux nouvelles.

– Ce qui est arrivé est incroyable, ma reine ! Les zélotes ont encerclé la citadelle Antonia. Certains criaient « Vive la reine ! », comme s'ils avaient décidé de te venger. Florus a envoyé un détachement pour les arrêter, mais la masse du peuple, excitée par les rebelles, a accablé les Romains à coups de pierres. Incapables de les repousser, les hommes de Florus ont battu en retraite.

– Et maintenant ?

– J'y retourne, car cela devient de plus en plus intéressant.

Bérénice ferma les yeux. Florus, se dit-elle, n'était qu'un lâche, il finirait comme un lâche.

À la nuit tombée, les cris avaient cessé. Joab, à nouveau, vint lui rendre compte.

– Florus a fui !

– Comment est-ce possible ?

– Voyant qu'il était mal engagé, il a tenté de négocier. Il a rencontré le grand-prêtre et ses conseillers et s'est dit prêt à quitter la ville en leur laissant une cohorte pour maintenir l'ordre. Puis il a repris le chemin de Césarée, avec le reste de ses hommes.

C'est alors que Léa vint la chercher.

– Maîtresse ! Le peuple de Jérusalem s'est massé devant le palais. Il te demande.

– Que veulent-ils ?

– Ils voudraient te remercier pour ton sacrifice.

– Mais je n'ai rien sacrifié, je n'ai fait que prendre des coups !

« *Et alors ?* intervint Bérénikè. *Fais ce qu'ils disent, Bérénice, notre peuple a besoin de héros !* »

Joab l'encouragea à le suivre.

– Je resterai prêt de toi, tu n'as rien à craindre d'eux.

Ils étaient des milliers, avec des torches, devant le palais des Hasmonéens.

« Vive la reine Bérénice ! »

Tous l'acclamaient. Ils ignoraient ce qui était arrivé à l'intérieur de la tour Antonia. Ils ne retenaient qu'une chose : leur reine, en habit de pénitence, s'était offerte en sacrifice au chef romain pour les sauver. Et Dieu les avait entendus.

– Ils ont besoin de toi, ma reine, lui chuchota Joab. Tu leur as rendu leur fierté, telle la Yaël de la Bible.

Yaël était cette héroïne du Livre des Juges qui avait tranché la tête de l'ennemi des Hébreux, le Philistin Sisera.

– Je n'ai pas tranché la tête de Florus, Joab.

– Tu l'as fait décamper, c'est encore mieux !

Pour confirmer les paroles de Joab, la foule entonna le chant de la prophétesse Déborah, qui avait salué à sa manière la prouesse de Yaël :

Écoutez-moi, ô rois !
Prêtez l'oreille, ô princes !
Je veux chanter pour l'Éternel,
Voici qu'un faible a triomphé des grands.
Ô Éternel, que tous tes ennemis périssent de la sorte !
Et que tous ceux qui t'aiment soient comme le soleil
Quand, tout éclatant, il se lève !

Chapitre 28

Mais la guerre des Juifs contre les Romains ne faisait que commencer. Les plus superstitieux en avaient perçu quelques signes annonciateurs : dans le ciel de Jérusalem, une comète en forme de sabre avait brillé une année durant ; pendant la Pâque précédant les hostilités, une lumière intense avait auréolé l'autel ; une vache avait mis bas un agneau à l'intérieur même du Temple et la porte orientale, que vingt hommes suffisaient à peine à fermer, s'était ouverte toute seule à la sixième heure de la nuit ; peu après la fête, enfin, on avait aperçu au coucher du soleil une bataille céleste. Ce n'étaient que des fabulations, certes, mais elles reflétaient l'agitation des esprits.

Ce qui fut bien réel, au contraire, se déroula au début du mois d'août à Massada, une redoutable forteresse réputée imprenable, située dans le désert de Judée. Les Romains, très sollicités par Florus sur d'autres fronts, n'y avaient laissé qu'une petite garnison.

Au cours de la nuit du 7 au 8 août, un groupe de sicaires gravit silencieusement la paroi rocheuse qui menait à la forteresse. Il était mené par Éléazar ben Yaïr, le petit-fils de Juda de Gamala qui, au début du siècle, avait mené la première révolte juive contre les Romains et avait péri crucifié. Armés de leur fameuse *sica*, un poignard courbe rappelant une faucille, les sicaires jaillirent comme des diables de la falaise et fondirent sur les Romains, qui étaient en train de manger.

– Pas de quartier !

Aucun Romain n'en réchappa.

*

La nouvelle de la prise de Massada se répandit dans Jérusalem le jour où le roi Agrippa II fit son entrée avec sa troupe, dans le but de ramener un peu d'ordre après le départ précipité du procurateur Florus.

– Enfin tu es là ! s'exclama Bérénice en le serrant dans ses bras.

– J'ai fait aussi vite que j'ai pu, j'ai réuni près de 1 400 hommes à Yavné. La situation est grave, Bérénice, il faut empêcher les zélotes de nous entraîner à la catastrophe.

– Ce sont les zélotes qui m'ont sauvée, fit remarquer Bérénice. Sans eux, les Romains nous auraient taillés en pièces.

– D'accord, mais à présent nous devons arrêter cette folie. Sais-tu ce qui est arrivé à Massada ?

– Ici, on ne parle que de ça !

– C'est grave, ma sœur. Jamais les Romains ne nous pardonneront le massacre de leur garnison.

– Que veux-tu faire ?

– Tu t'es conduite en héroïne, il faut en profiter pour asseoir notre autorité sur la Judée. Peut-être est-il temps de restaurer en Judée une vraie royauté face aux Romains. Viens avec moi, nous allons parler au peuple !

Agrippa l'entraîna sur l'esplanade du Temple, où il avait choisi de haranguer les habitants de Jérusalem. Le seul nom de Bérénice suscita une foule d'acclamations. Agrippa prit alors la parole :

– Peuple de Judée, vous avez subi de terribles outrages de la part des Romains et vous avez trouvé le moyen de faire face. Ignorant les plus graves périls, ma sœur Bérénice s'est présentée devant le procurateur Florus et lui a intimé l'ordre de faire cesser les massacres. Terrifié par cette apparition en tenue de pénitence, qui semblait venir du fond des âges, Florus a reculé.

« *Qu'est-ce qu'il raconte ?* » protesta Bérénikê.

Bérénice resta muette et le laissa faire.

– Cet acte de courage de Bérénice a sonné l'heure de la contre-offensive. Surgissant de tous les quartiers de Jérusalem, le peuple s'est rué en nombre sur les Romains et les a fait reculer.

« *Il refait l'histoire*, jugea Bérénikê. *C'est cela, la politique ?* »

– Pour toujours, poursuivit Agrippa, le nom de Bérénice incarnera pour nous tous l'esprit de résistance des Juifs face aux Romains !

On entendit des « Vive Bérénice » venant de toutes parts.

– Désormais, vous pouvez compter sur moi, Agrippa II, roi de Judée, pour restaurer la fierté de notre patrie.

– Proclamons notre indépendance ! cria quelqu'un.

– Non, ce serait la voie du suicide, répondit Agrippa. La puissance romaine est telle que nous serions anéantis en quelques semaines. Jamais Néron ne laissera la Palestine lui échapper, ce serait un signal désastreux pour les autres peuples de l'empire.

– Que proposes-tu ?

– Si vous me faites confiance, je parlerai désormais d'égal à égal avec les Romains. Nous signerons des traités qui interdiront à des criminels comme Florus de recommencer ses exactions.

– Envoyons une ambassade à Néron pour demander le renvoi de Florus ! proposa un commerçant.

– Ce ne serait pas une bonne idée, répliqua Agrippa. Néron n'acceptera pas, sur notre insistance, de démettre un fonctionnaire qu'il a lui-même nommé. Tous les changements que nous voulons se feront, mais progressivement. Florus a compris que notre capacité de résistance était réelle, il se méfiera avant de recommencer.

– Et Massada ?

– Il faut se retirer de la forteresse, estima Agrippa. Continuer à l'occuper serait une offense grave contre Rome.

– Jamais !

Bérénice sentit que la foule n'était qu'à moitié convaincue par le discours d'Agrippa.

Soudain, un messager arriva en courant. Il grimpa sur l'estrade et parla à voix basse au roi Agrippa, qui s'adressa à la foule.

– Je reçois des nouvelles inquiétantes, mes amis. Ce messager m'apprend que le légat de Syrie, Cestius Gallus, a quitté Antioche avec la XIIe légion au grand complet et marche actuellement sur Jérusalem.

– C'en est fini de nous ! se désola un vieillard en déchirant ses vêtements.

La cérémonie inaugurée par Agrippa tourna à la débandade, car chacun courut se protéger en attendant l'arrivée des Romains.

– Rentrons à Césarée de Philippe, proposa Agrippa à Bérénice.

– En abandonnant Jérusalem ?

– En restant éloignés des combats, nous trouverons le moyen d'intervenir en conciliateurs. À nouveau, Bérénice, ce sera ton heure.

Elle ne le suivit pas, comme si elle entrait en résistance.

– Non, Agrippa, je n'aime pas le rôle que tu me fais jouer.

Pour la première fois, son frère eut un mouvement de colère.

– Ne dis pas de sottises ! Préfères-tu le rôle que tu as *réellement* joué ? Celui d'une reine bafouée par un Romain qui ne l'a même pas violée parce qu'il la trouvait trop vieille ?

– V –

UN GÉNÉRAL NOMMÉ TITUS

Chapitre 29

À une journée de cheval de Jérusalem se trouve la chaîne montagneuse de Beit Horon, située à proximité des monts de Judée. C'est là, selon la légende biblique, que Josué vainquit les rois amorrites avant d'arrêter le Soleil et la Lune. Sans se méfier, la légion de Cestius Gallus emprunta un étroit défilé, long d'un kilomètre, propice à tous les traquenards.

Sur les hauteurs, le zélote Éléazar ben Simon et deux mille de ses hommes guettaient le passage de l'armée romaine. À son signal, une pluie de flèches et de lourdes pierres s'abattit sur les légionnaires.

– Taillez-les en pièces !

Quatre cents zélotes, armés de glaives, surgirent à l'intérieur du défilé pour achever les blessés. Voyant que tout était perdu, Cestius Gallus donna l'ordre de la retraite et s'enfuit vers Antioche avec les survivants. Cinq mille trois cents légionnaires et quatre cent quatre-vingts cavaliers furent les victimes d'une des pires défaites de l'armée romaine depuis des années.

*

Agrippa et Bérénice apprirent la nouvelle à Césarée par la voie de Joab :

– Quand les zélotes ont annoncé qu'ils avaient terrassé l'armée romaine, ce fut une explosion de joie dans la population de Jérusalem. Certains y voyaient un miracle, comme au temps de Josué. D'autres annonçaient la venue prochaine du Messie, qui allait se ranger derrière notre peuple pour chasser les Romains et restaurer le royaume de David.

– Il faut y retourner, estima Agrippa. Sans quoi, les zélotes se rendront maîtres de la Judée.

Il se tourna vers sa sœur.

– Viendras-tu avec moi ?

Elle approuva. Il fallait leur rappeler qui était le roi.

« *Et moi, je dis que c'est trop tard* », grinça Bérénikè.

L'accueil que reçut le couple royal à Jérusalem fut plus que mitigé. Les notables furent satisfaits de revoir le roi, mais le peuple restait méfiant. Sitôt après son arrivée, Agrippa demanda à parler au grand-prêtre, qui se montra très inquiet :

– On ne peut plus arrêter ces enragés, roi Agrippa. Ils citent les prophètes à tout bout de champ en détournant leurs prédictions de leur sens ! Ils se croient invincibles.

– Combien sont-ils ?

– Plus d'un millier, mais leur nombre augmente chaque jour. Chaque faction a son chef. Les zélotes de Jean de Gischala sont les plus radicaux de tous. Ils sont opposés à toute forme de compromis et vous dénoncent, toi et ta sœur, comme des collaborateurs des Romains. Ils sont associés aux sicaires, les mêmes qui occupent la forteresse de Massada. Ils ont aussi fait appel aux Iduméens de Simon bar Gioras, des Bédouins qui campent en dehors de la ville et attendent leur heure.

– Qui encore ?

– Quelques membres de la caste aristocratique, certains pharisiens et une poignée de sadducéens ont été gagnés par le mouvement de rébellion, ils apportent une aide financière importante.

La caste aristocratique des sadducéens prenant le parti de la rébellion ? Agrippa avait du mal à y croire.

– Eux aussi veulent se débarrasser des Romains ?

– Je pense plutôt qu'ils préservent leur avenir, au cas où la situation tournerait à l'avantage des rebelles, comme au temps des Macchabées. Quoi qu'ils en pensent, ils seront débordés par les plus fanatiques.

– Que pouvons-nous faire ?

– Tu es le roi, Agrippa, seul toi peux les ramener à la raison.

Le grand-prêtre se tourna vers Bérénice.

– Tu leur as laissé le souvenir de ton héroïsme, Bérénice, ils t'écouteront.

Elle détestait ce rôle qu'on lui faisait jouer, mais se résigna.

– Essayons.

Agrippa et Bérénice, accompagnés des prêtres, se montrèrent à nouveau sur les marches du Temple. Devant eux, sur l'esplanade, s'était rassemblée une foule à l'apparence hostile. Il y eut des crachats et des injures dans les rangs des enragés.

– Qu'es-tu venu faire à Jérusalem, roi Agrippa ? Ta place est avec les Romains !

Agrippa ne se laissa pas démonter. Il s'adressa à l'homme qui l'avait interpellé :

– Qui es-tu, toi qui me parles ?

– Je m'appelle Jean de Gischala, les zélotes à Jérusalem m'ont élu à leur tête.

Le grand-prêtre chuchota à l'oreille d'Agrippa.

– Jean vient de Galilée, il a beaucoup d'influence.

– Que fais-tu à Jérusalem, Jean ? répliqua Agrippa. Ta place est en Galilée.

– Ma place est partout où s'organise le combat contre les Romains ! Nous avons vaincu Cestius Gallus à Beit Horon, nous ferons de Jérusalem un camp retranché. L'heure de l'insurrection est venue.

Bérénice s'avança à son tour vers le chef rebelle.

– Sais-tu qui je suis, Jean ?

– Tu es Bérénice, la reine de Judée. Comme tous les autres ici, j'ai salué ton courage devant le procurateur Florus. Depuis, Bérénice, tu as choisi ton camp. Tu préfères être la reine d'un pays conquis par les Romains que la citoyenne libre d'une Judée libre. Toi et ton frère ne songez qu'à préserver votre pouvoir. Nous, les zélotes, voulons rendre le pouvoir au peuple.

– De belles paroles, Jean, propres à abuser les naïfs qui te suivent ! Crois-tu que Néron vous laissera faire ? Il enverra deux et même trois légions pour raser la Palestine, car votre exemple pourrait être contagieux. Le résultat sera un massacre qui ruinera notre pays et fera des millions de victimes. Contrairement à ce que tu avances, le roi Agrippa et moi voulons négocier une paix juste avec les Romains. Vous leur avez montré votre force, les Romains comprennent ce langage. Si vous nous laissez faire, Agrippa et moi, nous sauverons ce qui peut l'être.

– En courbant la tête, une fois de plus ? s'insurgea Jean. Ce temps est fini, reine Bérénice. Les Romains ont leurs légions. Nous aurons, nous, le Messie et ses anges. Le roi David descendra du ciel pour nous sauver des Romains et reconstituer le royaume brisé d'Israël.

Bérénice était atterrée. Que pouvait-elle répondre à cet homme qui ne se situait plus sur le terrain de la raison, mais sur celui de la pensée magique ?

Une pierre vola dans leur direction. Les prêtres s'enfuirent et allèrent se mettre à l'abri. Agrippa fut atteint au front.

– Mort aux traîtres !

Les gardes d'Agrippa se dépêchèrent de protéger le roi et sa sœur avec leurs boucliers et les entraînèrent à l'intérieur du Temple, où ils se réfugièrent.

Le jour suivant, on apprit que les Grecs de Césarée maritime s'étaient soulevés contre la population juive, avec la complicité du gouverneur Florus. Le massacre fit plus de vingt mille victimes. La vieille rivalité entre les Grecs et les Juifs, qui s'était endormie un temps, venait de se réveiller.

Chapitre 30

Le silence qui tomba alors sur la Judée, en cette fin d'année 66, n'annonçait rien de bon. Depuis la défaite de Cestius Gallus, chaque camp observait l'autre, attendant le signe du début des hostilités.

À Jérusalem, un semblant de vie normale avait repris, mais ce n'était qu'un semblant. Les habitants faisaient encore leur marché, mais beaucoup de marchandises manquaient, puisque personne n'osait s'aventurer au-delà des murs de la ville. Les « milices du peuple », comme se nommaient eux-mêmes les groupes de zélotes qui assuraient la sécurité et l'ordre à l'intérieur de la cité, préparaient leur défense en faisant l'inventaire des armes laissées par les Romains. Les prêtres, eux, invoquaient, sans trop y croire, la protection de l'Éternel.

Bérénice et Agrippa avaient regagné leur forteresse de Césarée de Philippe, baptisée par Agrippa *Neronias* à l'arrivée de Néron à la tête de l'empire. À la fin de l'année, Bérénice fêta ses trente-huit ans. Pendant l'absence de son frère, parti à Rome pour resserrer ses liens avec l'empire, elle en fit autant avec le peu qui lui restait de famille.

Son fils Bérénicien, âgé de vingt-cinq ans, resta sourd à ses lettres. Capitaine dans la garnison de Chalcis, où il avait choisi de résider, il avait été élevé dans le mépris d'une mère qui avait honteusement trompé son père, Hérode, puis l'avait quitté pour s'en aller vivre aux côtés de son frère Agrippa, avec qui – *dixit* son père – elle couchait.

Son second fils, Hyrcan, un peu plus jeune, était un érudit qui passait son temps à lire et écrire. Hélas, sa santé fragile inquiétait Bérénice. Ses quintes de toux, au cours desquelles il crachait du sang, faisaient penser aux médecins qu'il ne vivrait pas longtemps.

Restaient ses deux sœurs. Mariamne, l'aînée, était morte en accouchant. Drusilla s'était exilée en Italie avec son époux, Felix, et vivait à Tarquinia, dans la province de Viterbe, à trois jours de cheval de Rome. Comme on jette une bouteille à la mer, Bérénice lui écrivit une longue lettre pour l'informer des derniers événements en Judée. Son mari, ancien procurateur, suivait sans doute l'actualité de près, mais lui transmettait certainement le point de vue romain. Bérénice estima nécessaire de lui communiquer celui des Juifs. Elle en profita pour regretter leurs disputes et reconnaître ses torts, espérant que Drusilla en ferait de même. Celle-ci lui répondit sur le même ton, se réjouissant de retrouver enfin des relations plus apaisées avec sa grande sœur. Elle lui apprit que Felix, resté volage malgré son âge, courait d'une aventure à l'autre, mais elle en avait pris son parti.

« J'aurais peut-être dû t'écouter, ma chère sœur, et vivre auprès de ce bon roi Aziz, qui m'aurait donné la vie confortable et tranquille à quoi j'aspirais. Mais j'étais jeune, tout le monde me disait belle et je voulais profiter de mes atouts sans prendre en compte que la vie les efface vite. J'espère que la situation en Judée finira par se calmer et que tu viendras un jour me rendre visite dans ma petite ville du Latium. »

*

Après douze années de règne, l'empereur Néron décida, à la fin 66, d'entreprendre un voyage en Grèce, où il participa activement à de nombreux concours artistiques et sportifs, incluant les Jeux olympiques. Passionné par les arts et la culture grecs, il se produisit comme chanteur et acteur, remportant des prix souvent arrangés, faut-il le préciser, pour le flatter.

Mais Néron était irrité. Il avait remarqué qu'un des généraux qui le suivaient, Titus Flavius Vespasianus, s'endormait souvent lors de ses séances de chant. Aussi convoqua-t-il le vieux soldat de soixante ans au *Leonidaion*, le luxueux palais d'Olympie où il logeait avec sa cour :

– Tu m'as fait demander, très excellent Néron ?

– Général, mes conseillers me disent que tu as bien servi mon oncle adoptif Claude au cours de ses campagnes en Bretagne, et aussi comme proconsul en Afrique.

– Je n'ai fait en cela que mon devoir.

– Pour de bons soldats comme toi, la retraite ne vaut rien et finit par émousser ses ardeurs. Je prévoyais, vois-tu, de t'engager comme chanteur dans ma chorale…

Les mignons qui accompagnaient Néron s'esclaffèrent.

– ... mais je me suis laissé dire que ma poésie et mes chants avaient sur toi un effet légèrement soporifique.

Vespasien, confit de honte, baissa la tête.

C'est pourquoi j'ai pensé que le meilleur endroit où t'employer serait sur le champ de bataille, en Judée. As-tu suivi les événements récents, dans cette province ?

– Je les ai suivis, Majesté.

– Qu'en penses-tu ?

– Si nous laissons faire, l'esprit de rébellion qui prévaut en Judée finira par contaminer la Syrie et d'autres provinces d'Asie Mineure. Mais la reconquête de la Judée sera une tâche rude, car les rebelles occupent une grande partie du pays.

– De quoi auras-tu besoin ?

– Il me faudrait au moins trois légions. Si tu me les accordes, je souhaiterais commander la *Legio X Fretensis*, une excellente légion formée par Jules César ; la *Légio V Macedonica*, formée par Auguste ; la *Legio XV Apollinaris*, que j'ai déjà eue sous mes ordres.

– Cela fait beaucoup d'hommes.

– Parce que je prévois une campagne difficile, vénérable Néron, contre un ennemi exalté qui ne craint pas de mourir.

– C'est accordé.

– J'ai un dernier souhait...

– Oui ?

– Je souhaiterais avoir comme second mon fils Titus Flavius Vespasianus, qui a servi comme tribun en Germanie et en Bretagne. Il sera mon meilleur auxiliaire dans cette campagne, que je prévois difficile.

– Accordé aussi, général Vespasien. Que ta main ne tremble pas. Reviens-moi vainqueur de cette révolte juive et tu bénéficieras du plus beau des triomphes à mes côtés, sur le forum de Rome.

Vespasien frappa son poing sur sa poitrine et s'inclina. Puis il tourna les talons. Mais Néron n'avait pas fini :

– Un mot encore, général.

– Oui, vénérable ?

– Prends garde à ne pas t'endormir sur le champ de bataille, les Juifs ne seront peut-être pas aussi généreux que moi !

Chapitre 31

La Judée, en l'an 67 de l'ère commune

Au début de l'hiver, après une forte poussée de fièvre, Hyrcan, le plus jeune fils de Bérénice, rendit l'âme. Pour la première fois de sa vie, la reine sombra dans une profonde dépression, comme si ce décès pourtant attendu résumait tous ses échecs : comme femme, comme mère, comme souveraine. Elle se vêtit d'un voile de lin pendant la semaine de *Shiva* (les sept jours de deuil après les funérailles) et s'enferma dans ses appartements, remuant les idées noires qui s'accumulaient en désordre.

Mais Béréniké, dans son for intérieur, vint à son secours :

« *Il faut reconnaître, ma pauvre Bérénice, que tu n'as pas la tâche facile. Quelle reine de Judée a-t-elle traversé autant d'épreuves ?* »

– J'aurais pu faire un autre choix, vivre la vie d'une mère de famille à Alexandrie, en compagnie de Marcus, mon premier mari. Mais je l'ai laissé mourir, sans venir à son secours.

« Et s'il n'était pas mort ? À quoi ressemblerais-tu aujourd'hui ? Tu serais deux fois plus grosse, à l'image de nos mères. Tu serais entourée de cinq ou six enfants et ta vie serait mortellement ennuyeuse. Tu ne serais plus Bérénice, mais une autre. »

– Crois-tu que je sois plus heureuse aujourd'hui, prise en étau entre les rebelles juifs et la puissance romaine ?

« Il est vrai que certains de nos frères juifs sont pris d'une passion suicidaire qui ne peut mener le pays qu'à la ruine. La seule voie raisonnable est de réconcilier Juifs et Romains. Pour cela, il faut rester au pouvoir. Peut-être négocier un statut spécial pour la Judée ? »

– Nous y avons souvent pensé, avec Agrippa. Mais que peut-on négocier avec les zélotes ?

« Ils ne sont pas seuls, tu peux compter sur les notables du Temple. Ils ont trop à perdre à un incendie général. »

– Et du côté des Romains ? S'ils nous envoyaient un nouveau Florus ?

« Attends le retour d'Agrippa. Il ne tardera pas à revenir de Rome avec des nouvelles fraîches. C'est de là-bas, peut-être, que viendra la solution. »

*

Le roi Agrippa regagna Neronias quinze jours plus tard. Ce qu'il lui apprit laissa Bérénice perplexe.

– Vespasien ? Je n'ai jamais entendu parler de lui.

– Il a un avantage sur les autres envoyés de Rome, il est plus âgé et sa carrière plaide pour lui. Il a toujours évité les mesures extrêmes.

– Agrippa, ne nous cachons pas qu'il vient en Judée comme général, à la tête de trois légions, et pas comme gouverneur.

– Un général raisonnable n'aime pas envoyer ses troupes au massacre. Nous pourrions prendre langue avec lui et lui proposer notre projet d'un statut autonome de la Judée ?

« *Ton frère n'a pas tort*, estima Béréniké. *Pourquoi ne pas tenter une alliance avec Vespasien ? Il faut te sortir de ce deuil qui n'en finit pas.* »

– Où est Vespasien, à l'heure qu'il est ?

– Il a franchi l'Hellespont et marche en direction de la Syrie avec deux légions. Titus, son fils, est parti en Égypte pour en ramener une troisième. Nous pourrions les rencontrer à Antioche.

– Laisse-moi quelques jours, Agrippa. J'ai besoin de redevenir moi-même.

Elle appela Léa, sa servante.

– Léa, convoque mes femmes de service. Je voudrais changer de maquillage et confectionner de nouveaux vêtements.

Léa se réjouit de voir Bérénice sortie de sa tristesse.

– Nous repartons, maîtresse ? Pour où ?

– La Syrie d'abord, la Judée ensuite. Et l'espoir au bout.

Chapitre 32

Antioche, située sur le fleuve Oronte, était depuis Alexandre le Grand une des villes les plus importantes de l'Antiquité. Sous les Romains, elle devint la capitale de la province romaine de Syrie. On y trouvait une population cosmopolite, des marchés animés, des villas luxueuses. Ce fut aussi, au Ier siècle, un lieu de rendez-vous pour l'apôtre Paul et les premiers chrétiens. C'est même à Antioche, dit-on, que naquit le terme « christianisme ».

La banlieue de Daphné, célèbre pour son sanctuaire d'Apollon et ses magnifiques jardins, était un lieu de détente et de loisirs pour les élites de la ville. C'est là que fut organisée la première rencontre entre le roi Agrippa II, sa sœur Bérénice et le général Vespasien.

Quelques secondes suffisaient généralement à Bérénice pour se faire une idée de la personne à qui elle avait affaire. Elle avait ses classifications : fourbe, sincère, manipulateur, brutal, grossier, calculateur, généreux. « *Apaisant* » fut sa première pensée à la vue du général Vespasien. Il était plutôt inattendu de penser cela à propos d'un général romain, mais son expérience de la vie, qu'il portait inscrite sur son visage, semblait avoir débarrassé ce vétéran des passions ordinaires. De taille moyenne, il avait une constitution robuste et solide, le cheveu rare et blanc et de profondes rides sur le front, accentuées par de fortes expositions au soleil. Pourtant, son visage sévère se colorait par instants d'une certaine bonhomie et parfois même d'humour.

– Je te salue, roi Agrippa. Et toi aussi, reine Bérénice. Nous nous rencontrons dans un moment difficile, mais si nous trouvons le moyen de collaborer, nous éviterons les tueries que j'ai souvent observées, au cours de mes campagnes, dans les guerres civiles. Et celle-ci en est une, en dépit de la présence de l'armée romaine.

– C'est exact, général, admit Agrippa. Des enragés se sont emparés de Jérusalem, au détriment des autorités constituées.

– Pour être franche, général Vespasien, intervint Bérénice, la situation s'est détériorée à cause d'un procurateur romain, Gessius Florus, qui s'est cru tout permis, y compris sur ma personne.

– Je l'ai entendu dire, reine Bérénice, et je le déplore. Sachez que Florus a été destitué et qu'il est actuellement en disgrâce. L'empereur n'est guère indulgent envers les gouverneurs qui se conduisent mal. Au nom de Rome, reine Bérénice, je vous prie de pardonner les exactions d'un fonctionnaire qui n'était pas digne du poste qu'il occupait.

« *Enfin un Romain civilisé,* commenta Bérénikè. *Un peu âgé, mais...* »

Bérénice devinait ce que Bérénikè n'osait suggérer. Elle percevait dans l'œil de Vespasien cette petite lumière qu'elle ne manquait jamais d'allumer chez les hommes sensibles à son charme.

– Est-ce un effet du soleil d'Antioche, reine Bérénice, ou avez-vous vraiment les yeux violets ?

– Ils sont bleu sombre, répondit Bérénice en souriant, mais il est vrai que, dans certaines conditions de lumière, ils peuvent apparaître violets.

– C'est très rare, reconnut Vespasien. J'ai beaucoup voyagé, mais je n'ai jamais rencontré des yeux pareils. Vous êtes une élue de Vénus, reine de Judée !

Il y eut un petit flottement.

« *À trente-neuf ans, tes yeux restent un argument sérieux,* constata Béréniké. *N'est-ce pas rassurant ?* »

– Et si nous passions à table ? proposa le général. La cuisine d'Antioche, m'a-t-on dit, est exquise. Nous en profiterons pour parler de ma campagne.

Ils s'installèrent sur des couches disposées sur une terrasse fleurie. On leur servit une multitude de petits plats contenant des nourritures appétissantes et colorées : de la purée de pois chiches mélangée à de la pâte de sésame, des aubergines grillées au citron et à l'huile d'olive, du boulgour au persil et à la menthe, des falafels grillés, des feuilles de vigne roulées au riz et à la viande hachée, des poivrons rouges à l'huile d'olive.

– Une nourriture plutôt appétissante, jugea Vespasien. Aide-moi, reine Bérénice, par quoi faut-il commencer ?

– Par ce qui te chante, général. Tu te sers de cette galette moelleuse pour choisir ce qui te convient, dans l'ordre qui te convient. C'est ainsi qu'on mange dans nos contrées, en accompagnant le plaisir de la dimension de la liberté, car l'un ne va pas sans l'autre. Et ce n'est que le prélude, car ensuite viendront les viandes.

– C'est un enchantement d'être guidé dans mon repas par une experte telle que toi. J'envie ton époux, qui doit être un heureux homme.

– Je ne suis pas mariée, général, mais veuve deux fois et divorcée une fois.

– Ah ?

– Mais assez parlé de moi. Quelles sont tes forces ?

Vespasien, qui s'était senti glisser sur ses coussins, se redressa pour retrouver sa prestance de militaire.

– Je suis venu avec deux légions de six mille hommes, la cinquième et la dixième, accompagnées par dix-huit cohortes d'environ cinq cents hommes chacune. Cinq autres viendront les rejoindre de Césarée, avec une aile de cavalerie romaine et cinq ailes de cavalerie syriennes. J'attends en outre l'arrivée de mon fils, Titus, qui ramènera d'Égypte la XVe légion, composée de soldats très aguerris.

Il se tourna vers Agrippa.

– Et toi, roi Agrippa, quelles forces m'amènes-tu ?

– Le gros de mon armée : deux mille archers à pied et mille cavaliers.

– Je t'en remercie, ils me seront très utiles. Avec les appoints des rois Antiochus et Sohémos, je pourrai compter sur près de cent mille hommes.

– Quel est ton plan ?

– Puisque vous êtes mes alliés, je peux bien vous le dévoiler.

Il appela son ordonnance.

– Lucius, apporte-nous une carte. Débarrassez-moi cette table, ordonna-t-il aux servantes.

Il étala sa carte et l'examina avec attention.

– Le centre de la rébellion est ici, à Jérusalem. Mon idée est de l'assiéger en disposant mes troupes ici, ici et ici. Je brûlerai les récoltes et les villages autour de la ville, pour priver les rebelles de ressources. Je compte aussi construire une ligne de fortifications qui empêchera toute sortie et toute entrée dans la cité. J'enverrai à Jérusalem des espions qui exploiteront les divisions entre les rebelles, en excitant les factions les unes contre les autres. Avec un peu de chance, la ville tombera comme un fruit mûr avant l'hiver. Qu'en dites-vous ?

Un silence sceptique lui répondit.

– Je ne vous ai pas convaincus ?

Bérénice le regarda droit dans les yeux.

– Puis-je te parler franchement, général ?

– Parle, reine Bérénice.

Elle se rapprocha de lui et se pencha sur la carte.

– Ta stratégie est bancale. La prise de Jérusalem rendra fous de rage les autres peuples de Palestine, qui viendront de toutes les directions pour vous assiéger à votre tour. Les assiégeurs deviendront des assiégés. Mon avis est qu'il faut procéder tout autrement.

Surpris par la franchise de la reine, Vespasien ne savait trop quelle contenance adopter.

– Je vais donc recevoir mes instructions du plus charmant général qui se puisse imaginer ?

Elle ignora ce pauvre compliment et tourna délibérément la carte de son côté.

– Si j'étais toi, je procéderais du nord vers le sud. Le nord est moins bien défendu, tes victoires auront un grand retentissement à Jérusalem et affaibliront le moral des rebelles.

– Tu commencerais donc par la Galilée ?

– Exactement. Et par deux forteresses : Gamala et Jotapata. Jotapata est une place redoutable, entourée de ravins. Vous aurez les plus grandes difficultés à la faire tomber. Quant à Gamala, sur les hauteurs du Golan, on la surnomme « la Massada du nord ». Elle aussi, comme Jotapata, est bien équipée pour résister aux sièges.

Vespasien, un peu piqué, tint à faire une précision :

– Si tu le permets, reine Bérénice, j'ai fait tomber de nombreuses forteresses au cours de ma carrière de militaire, je dirais même que c'est une spécialité des Romains.

– Si tu parviens à te rendre maître de ces deux places fortes, général, tu domineras la Galilée. Tu pourras alors rassembler tes armées et te diriger vers Jérusalem. Fais-en le siège à ta manière, mais prends garde au Temple, j'en ai personnellement la charge avec mon frère Agrippa. Je te le répète donc : *ne touche pas au Temple !*

– Je tiendrai compte de ton avertissement. Et après Jérusalem ?

– Il ne te restera qu'à attaquer la dernière forteresse tout au sud, Massada. C'est le roi Hérode, mon arrière-grand-père, qui l'a bâtie. Hérode le Grand avait de nombreux défauts, mais il savait construire des forteresses. Les sicaires réfugiés à Massada te donneront du mal, tu peux m'en croire.

Vespasien hocha la tête et se leva de table.

– Tu viens de me donner un magnifique cours de stratégie, reine Bérénice.

– Ne te moque pas, Vespasien, je t'en prie.

– Je suis très sérieux au contraire, je vais y réfléchir avec mes officiers. Serait-ce trop vous demander, à vous deux qui connaissez admirablement votre pays, de m'accompagner tout au long de cette campagne ? Vous en serez largement récompensés par l'empereur. J'ai juste une question…

– Nous t'écoutons.

– C'est ton peuple que nous allons combattre, roi Agrippa. N'est-ce pas un problème pour toi ?

– Aucunement. Les factions qui poussent notre nation à la rébellion ne sont pas mon peuple, mais ses plus redoutés adversaires.

– Fort bien. Et toi, reine Bérénice ?

– La seule récompense à quoi j'aspire, général, sera de reconstituer et fortifier notre royaume de Judée, pour en faire l'interlocuteur privilégié des Romains après la guerre.

« *Et conserver le pouvoir, comme l'ont fait ton père et le père de ton père* », ajouta Béréniké, perfide.

– Voilà une belle idée. À présent, trinquons !

Le repas terminé, Agrippa et Bérénice retournèrent vers leurs montures.

– N'en as-tu pas trop dit, Bérénice ?

– Je lui ai indiqué la meilleure façon de finir cette guerre en peu de temps. Plus vite elle se terminera, mon cher frère, moins il y aura de victimes.

Chapitre 33

Pour un court instant, oublions la reine Bérénice et intéressons-nous à cet homme qui porte beau, n'a que vingt-neuf ans et appartient à l'une des plus riches familles de Judée. Pour la postérité, il s'appellera Flavius Josèphe.

En l'an 67, quand le général Vespasien commença à déployer ses troupes en Palestine, Josèphe s'appelait encore Yossef ben Matityahou Ha Cohen. Nous nous contenterons de Josèphe, puisqu'il n'est pas encore Flavius (nous dirons plus tard comment il le devint).

Le jeune homme avait une très haute opinion de lui-même. En l'an 64, il fit un voyage à Rome et négocia avec Poppée, l'épouse de Néron, la libération de prêtres juifs emprisonnés par le procurateur Felix, de sinistre mémoire. Dès son retour à Jérusalem, peu après le début de la rébellion juive, il fut convoqué devant le gouvernement provisoire récemment formé par les rebelles.

– Approche-toi, Josèphe.

Il fit face à une douzaine de représentants du peuple, récemment élus par les assemblées révolutionnaires. Les autorités du Temple avaient mis à leur disposition une ancienne salle de prière en beau bois verni. Josèphe, qui ambitionnait de jouer un rôle important dans ce gouvernement improvisé, ne fut pas déçu. Éléazar ben Simon, un des chefs du parti zélote, lui parla sans détour :

– Tu as reçu de l'éducation, Josèphe, et tu fais partie de l'élite de notre nation. Serais-tu capable d'assurer une fonction politique très importante ?

Exactement le discours que Josèphe voulait entendre. Il répondit par l'affirmative, avant même de savoir ce qu'on lui demandait.

– Nous te confions la charge de représenter notre gouvernement juif révolutionnaire en Galilée. Va à Tibériade, occupe le palais du gouverneur et dresse un état complet de nos défenses.

Josèphe venait d'être bombardé gouverneur de Galilée, il n'en demandait pas tant. Mais ce n'était pas tout.

– Sillonne la région et prépare nos citoyens à recevoir les Romains comme ils le méritent. Le principal assaut de Vespasien aura lieu, pensons-nous, à Jotapata. Si tu tiens Jotapata, Jérusalem sera sauvée.

À ce point, avouons-le, Josèphe fut parcouru d'un frisson. Serait-il à la hauteur ? Certes il avait touché aux armes, comme tous les fils des familles d'aristocrates juifs, mais seulement en amateur. Être bombardé chef de guerre n'était-il pas au-dessus de ses forces ? Il n'en laissa rien paraître et remercia le gouvernement provisoire pour sa confiance.

– Sans plus tarder, Éléazar, j'obéirai à tes ordres. Tu peux avoir confiance en moi.

Éléazar apposa son sceau sur un papyrus qu'il avait rédigé.

– Voici ta lettre d'accréditation. Tu la présenteras aux autorités actuelles de Galilée et tu prendras tous les pouvoirs. Vive la Judée libre !

Josèphe lui répondit de la même façon. Mais, en quittant le Temple, il avait les jambes flageolantes.

*

Quelques jours après, l'armée romaine se regroupa à Ptolémaïs (l'actuelle Saint-Jean-d'Acre). Le général Vespasien eut la satisfaction d'y retrouver les troupes des royaumes-clients alliés de Rome, dont le roi Agrippa et sa sœur Bérénice.

– Quand Titus, mon fils, nous aura rejoints, annonça Vespasien, nous serons au complet.

Il adressa un grand sourire à Bérénice.

– Mes officiers sont allés dans ton sens, reine Bérénice, nous commencerons notre offensive par la Galilée. Mes espions m'ont appris que leur gouverneur venait de changer, l'envoyé des rebelles s'appelle Josèphe ben Matthias. Le connaissez-vous ?

– Je l'ai croisé à Rome dans l'entourage de Poppée, répondit Agrippa. C'est un jeune homme très cultivé, très sûr de lui. Je le crois aussi très rusé.

– Nous verrons s'il tiendra le choc quand nos forces seront déployées dans sa région. Nous commencerons par Tibériade et Sepphoris, dont les habitants grecs et romains nous accueilleront à bras ouverts. Après, nous nous attaquerons aux forteresses. Puisque mon fils tarde à arriver, je vous propose de l'attendre en déjeunant sous ma tente.

Dans l'intervalle, Bérénice s'était renseignée sur Titus. Serait-il aussi manipulable que le père ? Les portraits sur médaillons que Vespasien leur avait montrés évoquaient un jeune homme idéalisé, un blond aux cheveux bouclés, pareil à ceux que les Romains aiment voir représentés sur leur statuaire. Vespasien, comme tous les pères fiers de leurs enfants, vantait sa forme physique : quoique de petite taille, Titus était de constitution très robuste, excellent cavalier et adroit dans le maniement des armes.

– À mon contact, il a aussi appris à commander les hommes. Il ne craint pas d'affronter le danger et de se mêler à la troupe au cours de longues marches. « Sois proche de tes hommes, lui ai-je appris, mais garde la distance nécessaire et le ton qu'il convient pour rester leur chef. Tu es avec eux, mais tu n'es pas eux. »

– J'ai entendu dire que Titus était un bon vivant, ajouta Agrippa.

Ce n'était pas le compliment que Vespasien préférait entendre à propos de son fils.

– Bien plus que moi, certainement. Mais peut-être suis-je trop austère, avec mon vieux passé de Romain à la Scipion. Comme tous les jeunes de sa génération, mon fils aime faire la fête. Les mauvais exemples sont venus de Caligula et de Néron. Titus, je le reconnais, s'est parfois adonné à la débauche, mais en restant dans certaines limites. C'est aussi un poète, savez-vous ?

– Un général poète ? s'étonna Bérénice.

– Mais oui ! Il a beaucoup lu Ovide, notamment son *Art d'aimer*.

– Je l'ai lu aussi, s'amusa Bérénice. C'est un manuel fort bien écrit du parfait séducteur. On y apprend des astuces intéressantes pour plaire aux femmes.

– Quand tu verras mon fils, belle Bérénice, tu constateras qu'il n'a pas besoin d'un manuel, fût-il d'Ovide, pour exercer ses ravages.

– Je n'en doute pas, Vespasien. Je constate que le père que tu es est content de son fils, c'est une chance que tous les pères n'ont pas.

Vespasien parla plus bas et continua sur le ton de la confidence.

– Ce que je vais vous dire doit rester entre nous, mais je vous considère comme des amis plus encore que des alliés. Quand j'observe les empereurs qui ont suivi Tibère, j'en vois un sage mais faible comme Claude, un autre fou et cruel comme Caligula, et un troisième imprévisible et peu sérieux comme Néron. J'estime que Titus, qui bénéficie des atouts de la jeunesse, ferait un merveilleux empereur. Je vais même vous faire une confidence : j'ai consulté un haruspice dans la *Domus Publica,* la maison du grand pontife à Rome. Il a examiné longuement devant moi un foie de génisse, abattue selon les rituels. Et le devin m'a dit ceci : « Ton fils sera le premier à Rome. » Je l'ai ensuite interrogé sur mon destin personnel. Il a consulté un autre foie de génisse et m'a répondu, troublé : « Toi aussi, Vespasien, tu seras le premier des Romains. »

Bérénice ne put réprimer un sourire.

– Peut-être aurait-il dit la même chose à mon frère Agrippa ? Ton haruspice était très accommodant !

Vespasien fut un peu piqué par la plaisanterie de la reine.

– Ne te moque pas, Bérénice, l'haruspice devine le destin mieux que nous.

Agrippa trouva le moyen de mettre chacun d'accord.

– Qui sait, ma sœur ? Cet haruspice a peut-être raison, nous vivons des temps instables où le destin peut prendre des chemins inattendus.

Un bruit de cavalerie et le son des buccins interrompirent leur conversation.

– Ah, voici Titus qui arrive. Ne bougez pas, mes amis, je vais le chercher.

Une fois Vespasien sorti, le frère et la sœur eurent un échange discret.

– Étonnant, non ? Vespasien et son fils lorgnent la plus haute place de l'empire.

Agrippa haussa les épaules.

– La flatterie d'un haruspice complaisant, rien d'autre.

– Les haruspices sont de fins observateurs de l'âme humaine, ils excellent à déceler les pensées secrètes de ceux qui les consultent.

Quelques minutes après, Vespasien rejoignit ses invités. Il était suivi par son fils, qui avait conservé son uniforme de combat. Le jeune homme retira son casque. Il apparut bronzé, sous sa tignasse blonde. Bérénice, qui avait douze ans de plus, fut assaillie par un sentiment qu'elle ignorait jusque-là.

Elle se sentit subitement… vieille.

Chapitre 34

– Mon fils, dit Vespasien, laisse-moi te présenter nos alliés judéens, le roi Agrippa et la reine Bérénice. Ils ont décidé de se joindre à nous avec leur armée, pour pacifier la Judée.

Titus marqua de la surprise :

– Des Judéens ? Vous allez donc combattre votre propre peuple ?

« *Décidément,* railla Béréniké, *le fils, comme le père, a du mal à y croire !* »

– Parce que nous considérons que nos concitoyens s'égarent, répliqua Agrippa. Une partie d'entre eux, la fraction la plus exaltée, pourrait entraîner les autres dans une aventure sans lendemain.

– Après tout, pourquoi pas ? César s'est bien fait aider par des Gaulois contre d'autres Gaulois.

Bérénice ne pouvait laisser passer.

– César a aussi combattu Pompée et Marius est entré en guerre contre Sylla, lança-t-elle à Titus. Vous autres Romains nous avez précédés, je crois, en matière de luttes fratricides !

Titus perdit son sourire.

– J'observe que votre épouse, roi Agrippa, connaît bien l'histoire romaine.

– J'ai lu *AUC*, général.

Titus fit des yeux ronds.

– Pardon ?

– *Ab Urbe condita libri,* l'histoire de Rome composée par Tite-Live. Elle contient de quoi enseigner la modestie, même à un Romain. Par ailleurs, je ne suis pas l'épouse du roi Agrippa, mais sa sœur.

Titus se dépêcha d'abandonner la partie en s'inclinant.

– Comment contredire une historienne pourvue d'aussi beaux yeux ?

– Historienne et stratège, précisa Vespasien. C'est la reine Bérénice qui m'a suggéré le bon moyen de conquérir la Judée. J'ai fait étudier ses plans par nos officiers, qui les ont trouvés judicieux. À présent mange, mon fils, tu dois être affamé.

– Affamé et assoiffé, père, déclara Titus en se servant une coupe de vin.

– Raconte-nous ton voyage en Égypte.

Titus rapporta avec quelle surprise il avait trouvé la quinzième légion *Apollinaris* inacceptablement avachie dans ses quartiers d'Alexandrie.

– C'est le climat, expliqua Agrippa. Et les douceurs égyptiennes, qui sont redoutables.

– Ah oui ? Je peux vous dire, en tout cas, que je les ai réveillés ! Dès mon arrivée, j'ai…

Pendant qu'il parlait, Bérénice l'observait. Une chevelure et des sourcils blonds comme l'été, des yeux bleus comme le ciel. Si différent des hommes qu'elle avait connus jusque-là. Elle pensa à certains barbares de l'extrême nord de l'Europe. Elle ne le trouvait pas seulement beau, mais différent, comme s'il venait d'un autre monde. Un *alienus,* comme disent les Latins pour parler d'un voyageur venant d'un autre pays, un étranger quelque peu étrange.

Lui, tout en parlant, semblait ne pas la regarder. Il s'adressait apparemment à son père et à son frère Agrippa. Elle s'en irrita, puis finit par comprendre. Il fixait intensément un miroir de bronze poli au fond de la pièce, qui lui renvoyait l'image de Bérénice. Il la regardait, croyant qu'elle ne le voyait pas la regarder. Finalement, leurs regards se croisèrent dans le miroir. Il lui fit un petit signe discret, mais complice.

Le plus surprenant était que ce guerrier redoutable avait de belles mains, très fines. Comment pouvait-il manipuler le *gladium* avec de telles mains ? Bérénice était très sensible aux mains des hommes, si souvent grossières. Celles de Titus faisaient penser à des mains de musicien ou de poète. Elle repensa justement aux confidences de Vespasien et n'hésita pas à interrompre leur conversation de militaires :

– Général Titus, je me suis laissée dire que vous aimiez la poésie ?

Il hocha la tête avec un sourire malicieux.

– Puis-je vous faire un aveu que vous ne répéterez pas, reine Bérénice ?

– Allez-y, répondit-elle en souriant.

– Je me pique parfois d'écrire des vers. Très mauvais, très, très mauvais. Mais, si mauvais soient-ils, ils sont meilleurs que ceux de l'empereur Néron !

Éclat de rire général.

– Pour me changer de ces mauvais vers, je lis parfois Ovide. Connaissez-vous son *Art d'aimer* ?

Elle récita le début du poème, qu'elle connaissait par cœur :

« *Si parmi vous, Romains, quelqu'un ignore l'art d'aimer, qu'il lise mes vers. Qu'il s'instruise en les lisant, et qu'il aime...* »

Titus applaudit et poursuivit le poème :

« *Soldat novice qui veux t'enrôler sous les drapeaux de Vénus, occupe-toi d'abord de chercher celle que tu dois aimer ; ton second soin est de fléchir la femme qui t'a plu ; et le troisième de faire en sorte que cet amour soit durable. Tel est mon plan, telle est la carrière que mon char va parcourir, tel est le but qu'il doit atteindre.* »

Il avait prononcé ces vers en plongeant ses yeux dans ceux de Bérénice. Pour la première fois depuis longtemps, elle rougit. Elle dissimula son embarras en jouant les cuistres :

– J'aime bien Ovide, mais c'est de la poésie facile.

– Facile ? s'indigna-t-il.

– Je préfère ce très long poème de Lucrèce, *De la nature des choses*, dans lequel il dévoile l'intimité du monde à la lumière des principes d'Épicure.

« *Là, ma fille, tu marques un point !* » jugea Bérénikè.

– Je n'ai jamais lu Lucrèce, que je trouve difficile. Mais je ne suis qu'un pauvre soldat et vous une princesse comme on n'en voit que dans les rêves. À propos... si le roi Agrippa est votre frère, quel prince est votre mari ?

– Ma sœur est deux fois veuve, expliqua Agrippa.

– Et j'ai abandonné mon troisième époux, qui ne me plaisait pas, compléta Bérénice.

– Alors je chercherai partout le secret.

– Lequel ?

– Celui destiné à vous plaire. Je sais déjà que je ne le trouverai pas dans Ovide !

Nouvel éclat de rire général. Vespasien se leva de table.

– Que j'aime ces charmants échanges, qui nous offrent une excellente distraction avant les choses sérieuses ! Je vous propose, roi Agrippa et reine Bérénice, de nous retrouver demain matin à notre réunion d'état-major, pour lancer notre offensive sur la Galilée. À présent, je vais discuter avec Titus de quelques affaires qui nous concernent et n'auront aucun intérêt pour vous.

En se séparant de ses hôtes, Bérénice tendit sa main à Titus. Il la retourna pour embrasser tendrement sa paume parfumée.

Chapitre 35

Pendant les trois journées qui suivirent, Agrippa et Bérénice assistèrent à toutes les réunions d'état-major de Vespasien et de son fils Titus. Leurs regards ne cessèrent plus de se croiser. Elle en fut vite certaine, Titus n'était pas un général romain ordinaire. Sa manière de dominer son auditoire, sa prestance, son allure faisaient penser, comme le prédisait le père, à un homme promis aux plus hautes destinées.

Chaque jour, ils ne cessaient de se frôler. Lors des repas, il choisissait la couche la plus proche d'elle, il lui murmurait de soi-disant secrets sans importance pour le seul plaisir de sentir son haleine, de s'approcher de son oreille.

Elle sentait monter son envie de lui, telle une vague irrésistible à quoi elle devait faire barrage, subissant sans relâche les railleries de Bérénikê :

« *Il te plaît, n'est-ce pas ?* »

Surtout, elle devait veiller à ce qu'il ne la prenne pas pour une de ces idiotes, incapables de résister à un beau général. Elle devait faire monter son prix, lui rendre le désir insupportable en se dérobant. Et Bérénice savait y faire. Il finirait par tomber, elle en était sûre, mais cela ne lui suffisait pas. Où était son point de faiblesse ? Ils en ont tous et elle en avait tant vus et tant eus. Elle ne tarda pas à trouver celui de Titus : il avait besoin de l'approbation des autres.

C'était peu étonnant, finalement, avec un père comme Vespasien, qui avait rendu son fils – comment disent les Grecs ? – *hétéronomos.* Certains hommes sont ainsi faits : ils ont besoin d'une autre personne pour les rassurer, pour donner plus de poids à leurs paroles. Même les bonnes idées de Titus devaient être validées par son père ou ses officiers, voire par Agrippa. Cette étrange habitude se trahissait dans les regards quêtant l'approbation qu'il jetait à ses interlocuteurs, dans ses phrases laissées inachevées, dans les « n'est-ce pas ? », « non ? » qu'il lançait à tout-va.

Au cours de ses lectures « romaines » (Virgile, Horace, Sénèque), Bérénice avait déjà rencontré un autre homme comme lui. Un grand et fort guerrier, mais cassable comme du verre : le Marc Antoine de Cléopâtre, conté par ceux qui l'avaient connu. Habile à manier le glaive, mais manipulable, ô combien, par une reine plus forte que lui.

Cette fragilité, alliée à la promesse, que Bérénice pressentait, d'un destin exceptionnel, lui donna un fol espoir : *Et si c'était lui ?* Si Titus était l'instrument choisi par Dieu pour la sortir, elle, de la géhenne, mais aussi pour sauver Israël ? S'il était son Assuérus ?

*

Le 12 mai de l'an 67, le général Vespasien avisa son état-major que la bataille de Galilée allait commencer. Pendant cette campagne, que Vespasien estimait facile à mener et qui ne devrait pas, selon lui, excéder une soixantaine de jours, son fils Titus ferait un aller-retour auprès de Néron, à Rome, afin de lui rendre compte.

– Je serai revenu au début de l'été, expliqua Titus, afin de participer à l'offensive contre Jérusalem. Bonne chance à tous !

La tente de Vespasien se vida, mais Bérénice resta en place. D'un commun accord tacite, ils attendirent d'être seuls. Elle s'approcha de lui.

– Tu ne m'avais pas annoncé que tu partais ?

– Je ne pensais pas que Néron exigerait ma présence pour lui dire ce que n'importe quel officier aurait pu lui dire à ma place. J'aurais certainement été plus utile auprès de mon père, mais il est impossible de discuter les caprices de l'empereur. Il est comme un adolescent, pris d'impulsions subites.

Elle lui prit tendrement la main.

– Reviens-nous vite. Tu...

Elle hésita.

« *Allez, dis-le !* » insista Bérénikè.

– Tu me manqueras.

– Toi aussi, Bérénice. Peut-être refuseras-tu de le croire, mais, pendant tout ce voyage, tu hanteras mes pensées. Bien plus que Rome, Néron ou la Judée.

Elle se moqua.

– Des mots, des mots, des mots.

Il se rapprocha d'elle, jusqu'à frôler son corps.

– Que crois-tu ?

– Le farouche soldat en oublierait-il sa mission ?

– Le farouche soldat voudrait être ton amant, Bérénice.

Elle posa la main de Titus sur un de ses seins.

– Viens…

Elle l'entraîna, mais il la ramena en arrière et l'embrassa fougueusement.

Chapitre 36

Dès sa prise de poste comme commandant en chef des forces juives en Galilée, Josèphe ben Matthias se heurta à l'hostilité du chef rebelle Jean de Gischala. Il s'était déjà illustré à Jérusalem, mais venait aujourd'hui lui disputer le pouvoir en Galilée. Il manifesta son opposition lors de la première réunion convoquée par Josèphe avec les notables de la région :

– Nous ne t'avons pas vu à Jérusalem, Josèphe, lors de notre révolte contre le procurateur Florus ?

– Je revenais de Rome, où j'étais en mission diplomatique.

– J'ai entendu dire que, lors de ton séjour à Rome, tu avais entretenu de bonnes relations avec l'impératrice Poppée ?

Josèphe, qui le voyait venir, fit une précision :

– Grâce à Poppée, j'ai pu faire libérer plusieurs de nos frères juifs inculpés par le procurateur Felix. Sans elle, ils croupiraient actuellement en prison.

Voyant qu'il n'obtiendrait rien de cette manière, Jean essaya une autre tactique :

– J'ai une autre question : comment un aristocrate comme toi peut-il se retrouver bombardé à la tête de notre mouvement révolutionnaire en Galilée ?

– Parce que nos chefs m'ont fait confiance. Plus qu'à toi, Jean, qu'ils prennent pour une tête brûlée !

Cette saillie mit son interlocuteur en fureur.

– J'ai une autre hypothèse, Josèphe ben Matthias. Tu pourrais avoir bénéficié de complicités dans le gouvernement provisoire et travailler secrètement pour le roi Agrippa II, un complice des Romains.

Un torrent de protestations accueillit l'accusation de Jean.

– C'est indigne, Jean de Gischala, je t'interdis de parler ainsi !

Soyons franc. En dépit des protestations vertueuses de Josèphe, l'accusation du chef zélote n'était pas dénuée de fondement. Quand il apprit que Josèphe était arrivé en Galilée, le roi Agrippa dépêcha en effet un émissaire à Tibériade, où s'étaient regroupées les troupes rebelles. Il proposa à Josèphe une entrevue secrète au milieu de la nuit. Le message ayant été transmis par un ami digne de confiance, le jeune gouverneur accepta la rencontre.

La porte de la cabane où était prévu ce contact était ouverte. À l'intérieur, une lampe à huile brûlait sur une table en bois. Josèphe entendit du bruit. C'était le messager d'Agrippa, qui arrivait à cheval. Il était vêtu d'une grande cape dont la capuche était rabattue sur son visage. Josèphe resta sur ses gardes et serra son poignard, glissé dans sa tunique. Sans un mot, le mystérieux personnage lui fit signe d'entrer. Quand ils furent assis, il souleva sa capuche.

– Toi, reine Bérénice ?

– J'ai tenu à venir te parler en personne, Josèphe ben Matthias, pour te faire une proposition. Je te connais de réputation, je connais ta famille, je sais que tu es un homme cultivé et raisonnable. Je ne te confonds surtout pas avec les rebelles qui ont entrepris de ruiner notre pays.

Josèphe eut un geste fataliste.

– Les extrémistes ont pris le pouvoir à Jérusalem, c'est un fait. Ils ne semblent pas mesurer la disproportion des forces avec les Romains. Ou, s'ils le font, ils espèrent un miracle.

– Il n'y aura pas de miracle, leur entreprise est suicidaire.

– Ils me disputent aussi mon commandement en Galilée. Mais si je leur donnais l'impression de me ranger de ton côté, reine Bérénice, ma vie ne vaudrait pas cher !

– Je ne t'en demande pas tant. Organise la défense de cette région, comme on te l'a demandé. Mais quand les hostilités commenceront, procède à l'évacuation des campagnes vers les villes fortifiées. Ainsi, nous éviterons à la Galilée d'être ravagée.

Josèphe était d'accord sur ce point : une fois la guerre terminée, il fallait penser à la reconstruction du pays. On ne le rebâtirait pas sur des cendres.

– Et que ferons-nous, une fois réfugiés dans nos forteresses ?

– Donnez le change au début, résistez aux Romains. Puis nous trouverons ensemble un moyen de faire cesser les combats.

– Vespasien est-il averti de votre stratagème ?

– Pas encore. Je le ferai en temps et en heure, si tu suis mes conseils.

– Qu'y gagnerai-je ?

– Ce que nous gagnerons tous : un royaume de Judée renforcé, allié avec les Romains qui auront appris à nous respecter. Nous le débarrasserons des rebelles qui appellent à une résistance sans espoir. Ni moi ni mon frère ne voulons d'un nouvel exil à Babylone.

– Très bien, reine Bérénice, je ferai ce que je pourrai.

– Restons en contact. Je te reparlerai en temps et en heure.

Dans les jours qui suivirent, Josèphe manœuvra avec habileté pour neutraliser son concurrent Jean de Gischala, qui fut rappelé à Jérusalem par le gouvernement provisoire. Par la suite, secondé par des vétérans de l'armée, il fit rassembler tous les Galiléens en âge de porter les armes et forma une armée composite, faite de bourgeois, d'artisans et de paysans. Il fit aussi fortifier plusieurs villages comme Jotapata, Tarichée, Gamala et d'autres, pour les préparer à l'offensive des Romains. Mais son inquiétude grandissait. Quel était le stratagème de la reine Bérénice pour arrêter la tragédie qui se préparait en Galilée ?

Chapitre 37

Au début du mois de mai 67, Vespasien lança son attaque sur la Galilée. Il commença par occuper la ville nouvelle de Sepphoris, dont les habitants se rangèrent rapidement du côté des envahisseurs. Pendant que Placidus, son fidèle second, semait la terreur dans les campagnes, les Galiléens, sur les instructions de Josèphe, trouvèrent refuge dans les villes fortifiées. Celle de Jotapata en accueillit un grand nombre et se prépara à une défense héroïque.

Le village était entouré par trois profonds ravins et n'était accessible que par le nord. En attendant la venue de Vespasien, Placidus déploya ses légionnaires sur toute l'étendue de la colline et fit encercler la forteresse par deux rangs d'infanterie et plusieurs escadrons de cavalerie.

Deux armées se faisaient face : l'une, disciplinée, aguerrie, confiante en ses chefs ; l'autre, dépenaillée, sans beaucoup d'armes, conduite par des chefs peu connus, n'inspirant ni confiance, ni prestige. Les Romains espéraient qu'une simple démonstration de force suffirait à décourager les assiégés. Une fois la forteresse de Jotapata tombée, les autres villages fortifiés ne tarderaient pas à se rendre.

Mais rien ne se passa comme prévu. Le lendemain de son arrivée devant la cité fortifiée, Vespasien ordonna un premier assaut pour tester ses défenses. À la surprise générale, les assiégés se défendirent comme des lions.

– Ils reculent !

Surprise par la multitude des traits jaillissant des remparts, l'armée romaine exécuta un repli pour limiter ses pertes. Les chefs militaires insurgés, encouragés par ce qu'ils prenaient pour une fuite, décidèrent de tenter une sortie :

« Vive la Judée ! Vive la Galilée ! »

Par centaines, ils surgirent de la forteresse et se heurtèrent frontalement à leurs ennemis. Le choc fut terrible et sanglant.

– Ordonnez une retraite, décida Vespasien, ces diables de Juifs ont du courage. Nous reprendrons le combat demain.

Cette première (et malgré tout modeste) victoire enthousiasma les rebelles, qui parlaient à présent de vaincre les Romains et même de les chasser, plus seulement de leur résister. Étant leur chef, Josèphe ne pouvait qu'aller dans leurs sens.

Puis Vespasien ordonna une seconde attaque. À nouveau, pendant cinq jours consécutifs, les sorties des rebelles alternèrent avec les assauts des Romains. Devant l'absence de résultats, le général Vespasien tint un conseil de guerre.

– Où trouvent-ils la force de résister encore ? Selon nos informations, reine Bérénice, ils sont commandés par quatre généraux, dont votre allié secret Josèphe ben Matthias. Dans quel camp est-il, celui-là ?

Bérénice eut un geste fataliste.

– Nous avons communiqué. Il ne peut aller contre la fougue de ses lieutenants, qui se méfient déjà de lui.

Vespasien était contrarié. Il réfléchit quelques secondes et prit sa décision.

– Alors nous élèverons des *aggeres* !

L'*agger* était une invention redoutable du génie romain. Il s'agissait d'une vaste plateforme de terre, élevée par des terrassiers jusqu'à la hauteur des murailles de la ville assiégée. On y plaçait toutes sortes de machines de guerre comme des balistes, des scorpions et des catapultes. Les tours de siège, elles, permettraient aux soldats d'atteindre le sommet des murs fortifiés.

Les terrassiers se mirent au travail, protégés par les légionnaires et leurs boucliers des pluies de traits et des jets de pierres des insurgés. Pourtant, quand la plateforme romaine fut achevée, elle ne fut pas aussi efficace qu'espéré. Car les rebelles, de leur côté, avaient construit un haut mur qui forma un nouveau rempart de protection.

– Nous n'y arriverons pas ainsi, jugea Vespasien, il faut employer les grands moyens. Apportez un bélier !

Cette fois, la situation devint critique. Le bélier permettrait de créer une brèche qui ouvrirait la place fortifiée et permettrait aux légionnaires de livrer enfin un combat au corps-à-corps.

– Venez voir ! lança un guetteur rebelle.

Retenant leur respiration, les insurgés virent s'avancer vers eux la masse menaçante d'un très lourd bélier, tiré par un attelage composé d'une dizaine de bœufs.

– Que l'Éternel nous protège !

Josèphe, qui ne se faisait aucune illusion, réunit les chefs militaires de la forteresse et leur fit une proposition :

– Réduits à nos seules forces, nous sommes perdus. Cette nuit, avec quelques hommes, je quitterai la ville pour gagner l'arrière-pays et alerter les Galiléens sur notre situation. Nous lèverons une armée qui viendra vous secourir et prendra les Romains à revers.

– Non, Josèphe !

À sa grande surprise, l'assemblée du peuple s'opposa à son projet.

– Si nous devons tous mourir, tu mourras avec nous.

– Je ne cherche pas à sauver ma vie, plaida Josèphe, seulement à trouver une issue pour nous sortir de cette situation.

Sa plaidoirie ne convainquit personne. Josèphe céda donc à ses compagnons, il resterait avec eux. Mais il se dépêcha de prendre contact avec la reine Bérénice, via des messagers convenus. Tous deux convinrent, en secret, d'une nouvelle stratégie. Risquée, certes, mais prometteuse.

Chapitre 38

Le 20 juillet, à l'aube, le rempart principal de la forteresse céda. Le bélier utilisé par les Romains avait l'allure d'un mât de navire suspendu à une poutre et garni à l'une de ses extrémités d'une énorme masse de fer. Une fois le premier coup porté, le bélier revenait, par son balancement naturel, au point de départ. Un second coup ébrécha la forteresse.

– Les marmites ! ordonna un des chefs de la rébellion.

Les assiégés firent remplir six marmites d'une huile d'olive locale (la spécialité de la région) qu'on avait fait bouillir.

– Renversez !

Les hommes se mirent à quatre pour déverser le contenu de chaque marmite sur les fantassins romains, visant particulièrement ceux qui manipulaient le bélier. On entendit des hurlements de douleur.

Momentanément, l'attaque au bélier cessa. Mais Vespasien fit venir une masse d'hommes supplémentaire, protégés par leurs boucliers.

– Attaquez, la brèche est faite !

Le portail de la forteresse venait en effet de céder. Les insurgés sautèrent à bas des remparts, il était trop tard pour préparer de nouvelles marmites d'huile. Les Romains se répandirent par les ouvertures dans la forteresse et fondirent sur tous les rebelles qui se tenaient sur leur chemin. On n'entendit qu'un cri, au milieu des hurlements de douleur :

– Tue, tue !

Josèphe, de son côté, avait pris ses précautions. Il avait remarqué en faisant ses inspections l'existence d'une citerne d'eau vide, qui pourrait fournir une bonne cachette. Trente-sept fugitifs le suivirent. Mais ils n'avaient ni échelle ni corde, et la citerne était profonde.

– Il va falloir sauter, les amis.

– Mais… on va s'écraser !

– Préfères-tu les Romains ? Moi, je saute.

Agile, Josèphe plia les jambes et les bras et se jeta dans le vide. Il atterrit sur ses pieds joints. À l'intérieur de la citerne, il amassa un petit tas de terre à la verticale du point de chute, afin d'amortir leur saut.

– À vous !

Un deuxième fugitif sauta, puis un troisième. Certains des trente-sept se foulèrent une cheville ou se cassèrent une jambe, mais c'était mieux que d'être égorgé. Tous se regroupèrent dans une semi-obscurité, attendant en silence que cesse le fracas des combats.

– Qu'allons-nous faire, Josèphe ?

– La citerne communique avec une grotte latérale, invisible d'en haut. Dans deux ou trois jours, quand les

Romains cesseront leurs recherches, nous tenterons une sortie discrète.

Mais Vespasien, à la surface, ne pouvait se satisfaire de la prise de la forteresse, il lui fallait aussi les chefs. Aucune victoire, chez les Romains, ne pouvait être considérée comme complète si les chefs avaient pu s'enfuir.

– Interrogez les prisonniers. Torturez-les si nécessaire !

Le résultat ne se fit pas attendre : une malheureuse, incapable de résister à la torture, révéla la cachette de Josèphe et des autres. Aussitôt, les Romains encerclèrent la citerne. Un tribun connu de Josèphe, Nicanor, fut chargé par Vespasien de négocier leur reddition. Ils communiquèrent en criant par l'ouverture de la citerne.

– Josèphe, rends-toi ! Sans quoi les Romains mettront le feu à votre refuge, vous mourrez tous brûlés ou asphyxiés.

Josèphe fit comprendre à ses compagnons d'infortune qu'ils n'avaient pas d'autre solution que la reddition.

– Jamais de la vie ! répondit un de ses compagnons. À peine serons-nous sortis qu'ils nous tueront.

– Préférez-vous mourir ici ? Faites-moi confiance, je négocierai notre vie avec les Romains.

– Non, Josèphe, nous n'avons plus confiance en toi. De quel côté es-tu ?

– Du côté de la vie, mes amis. Vous, que proposez-vous ?

Samuel, visiblement un zélote, livra sa funeste réponse.

– Nous mourrons comme des zélotes, nous nous suiciderons.

Les autres, fatalistes, approuvèrent.

– Samuel a raison. Plutôt la mort que l'humiliation.

Ils décidèrent de voter à main levée. Trente-quatre étaient pour le suicide, quatre contre.

– Soit, s'inclina Josèphe, nous allons nous suicider. Mais dans quel ordre ?

Samuel ne sut quoi répondre. Jamais à court d'idées, Josèphe fit une proposition.

– Tirons au sort l'ordre dans lequel nous mourrons. Le premier tombera sous le coup du numéro deux et ainsi de suite jusqu'au dernier.

– Et le dernier ?

– Il sera le seul à se suicider.

Tous tombèrent d'accord sur ce procédé. Ils notèrent des numéros de un à trente-huit sur des tessons de céramique, dans lesquels ils piochèrent à tour de rôle.

– Qui a le numéro un ?

Un jeune homme, Caleb, leva la main.

– Et le deux ?

Ce fut Razaël.

Josèphe lui tendit un glaive à double tranchant.

– C'est un glaive romain, affûté des deux côtés. Courage, mes amis.

Caleb s'agenouilla. Il ferma les yeux et fut promptement égorgé par Razaël. Quand il tomba, tous crièrent en chœur :

– Vive la Judée libre ! Mort aux Romains !

– Pour le moment c'est nous qui trépassons, commenta Josèphe, amer.

– Oui, mais sous le regard de l'Éternel, ajouta Samuel le zélote.

– Grand bien Lui fasse. Qui a le numéro trois ?

C'était justement Samuel, qui s'agenouilla et se plia à l'horrible rituel.

La funeste séance se poursuivit ainsi pendant plus d'une heure, sous l'œil incrédule des Romains. Dans la relation que Josèphe fit plus tard de cet événement, il note : « *À la fin, soit que le hasard, soit que la Providence divine l'ait ainsi voulu, Josèphe* [il parle de lui à la troisième personne] *resta seul avec un autre.* »

Il est fort probable que la « Providence » dont il parle n'était qu'une habile tricherie, car Josèphe avait hérité du numéro trente-sept. Son partenaire, un quadragénaire joufflu, s'appelait Yaakov ben Zacharia.

– Veux-tu mourir, Yaakov ?

– Et toi, Josèphe ?

– Pas particulièrement.

– Moi non plus.

– Alors laisse-moi faire.

Josèphe cria à nouveau pour appeler Nicanor, le messager des Romains.

– Nicanor ! Nous avons réfléchi, nous nous rendons.

– Combien êtes-vous ?

– Deux.

– Et les autres ?

– Tous morts. Mais nous, nous préférons vivre. Et J'ai une communication importante à faire au général Vespasien.

Il y eut un court instant de flottement. Puis la voix du tribun Nicanor se fit à nouveau entendre :

– Nous allons t'envoyer une échelle de corde, Josèphe. Nous vous attendons à la surface.

Yaakov monta le premier, Josèphe le suivit. La lumière crue du soleil lui fit fermer les yeux. Il avait soif, il avait faim, mais il était vivant.

– Où se trouve Vespasien ?

– Dans sa tente. Il t'attend.

Sous la surveillance de deux légionnaires, Josèphe fut conduit devant le général romain. Vespasien était accompagné de son adjoint Placidus, du roi Agrippa et de la reine Bérénice. Josèphe se planta devant Vespasien et lui tint ce langage :

– Général Vespasien, en me faisant prisonnier, tu crois n'avoir en ton pouvoir qu'un simple captif. Mais je suis bien plus que cela, j'ai le don des prophètes, j'ai des visions.

– Qu'est-ce que tu racontes ? lui lança Vespasien.

– Josèphe dit vrai, confirma Bérénice. Il est réputé, depuis son jeune âge, posséder le don de prophétie. Il l'a plusieurs fois prouvé dans le passé.

– Ah ?

C'était parfaitement faux, mais qui pour la contredire ?

– Et que prophétises-tu, Josèphe ?

Josèphe prit un ton solennel pour prononcer sa prophétie.

– Tu seras César, ô Vespasien, tu seras empereur. Et ton fils Titus aussi. Tu n'es pas seulement mon maître, ô César, tu es celui de la terre, de la mer et de toute l'humanité.

– Allons ! se moqua Vespasien, tu as inventé ce stratagème pour sauver ta vie.

Bérénice se pressa d'intervenir.

– Et s'il disait vrai ? Si tu étais, Vespasien, l'élu qui succédera à Néron et transmettra les rênes de l'empire à ton fils Titus ?

Il est des mensonges auxquels on a tant envie de prêter foi qu'ils finissent par sonner comme des vérités. Vespasien, flatté, commença aussitôt à croire en sa propre destinée.

– Gardez-lui ses chaînes, ordonna-t-il à propos de Josèphe. Mais donnez-lui à manger et à boire, ainsi que des vêtements propres. Tu me suivras, Josèphe, dans la suite de cette campagne, aux côtés du roi Agrippa et de la reine Bérénice. Vous serez mes conseillers et mes guides. Et, si les dieux le veulent, vous éclairerez mon destin.

Dans le joyeux tumulte qui suivit, personne ne remarqua le clin d'œil complice de Josèphe à Bérénice.

Chapitre 39

Quand l'armée romaine s'en retourna à son quartier général de Ptolémaïs, la Galilée était vaincue, toutes les places fortes étaient tombées. Informé à son arrivée au camp, Titus afficha un grand sourire.

– Je vois que vous ne m'avez pas attendu !

– Nous avions de bons conseillers, mon fils. En voici un, Josèphe ben Matthias, qui mérite d'être connu, car il a un don de prédiction.

– Ah ? Et qu'a-t-il prédit ?

Bérénice alla au-devant de Titus et le prit par la main.

– Viens, général, je vais te raconter.

Ils sortirent, sous les regards surpris de Vespasien, de ses officiers, de Josèphe et du roi Agrippa. Une fois dehors, Bérénice l'embrassa longuement, sensuellement. Il lui rendit son baiser, qui fut pour elle une source de félicité, car il était franc et sincère. En dépit de leur séparation, il ne l'avait pas oubliée, comme elle l'avait craint.

– Si tu savais à quel point tu m'as manqué !

– Toi aussi, ma reine. Si je n'avais pas cette lourde armure...

– Viens, la plage n'est pas loin, nous irons dans l'eau.
Ils s'éloignèrent dans un coin du campement romain, se débarrassèrent de leurs vêtements et pénétrèrent dans l'eau. C'était le plein été, la mer était chaude et caressante. Ils s'unirent à plusieurs reprises, caressés par les flots.

*

Au milieu de la nuit, elle retourna sous la tente réservée au roi Agrippa. Son frère était encore debout et s'occupait en déplaçant des osselets sur un plateau de mancala, son jeu de société favori.

– Tu joues tout seul au mancala, mon frère ?

– Faute de partenaire, je me suis inventé un adversaire.

– Et tu gagnes ?

– Non, je perds.

« *Prends garde,* souffla Béréniké, *je crois qu'il est jaloux.* »

Il y eut un court silence. Puis…

– Inutile de te demander d'où tu viens, Bérénice ?

– Tu n'as pas à le faire, Agrippa. Tu es mon frère, pas mon mari.

– J'ai peut-être aussi le droit d'être un peu irrité ?

Elle lui répondit vertement.

– Tu as aussi celui de te consoler avec un beau garçon. Ils ne manquent pas, au camp de Vespasien !

« *Bien envoyé !* » lança Béréniké

Agrippa, qui connaissait bien Bérénice, sentit qu'elle s'était préparée à cette séance de reproches et qu'elle était toutes griffes dehors. Il préféra l'attaquer sur un autre front.

– Je te rappelle que Titus a la réputation d'être un homme à femmes et qu'il n'est guère regardant sur les sexes, m'a-t-on dit, quand il s'adonne à des orgies.

Elle ne répondit rien et se retira pour passer un vêtement de nuit. Agrippa changea alors d'attitude et vint poser sa tête sur l'épaule de sa sœur. Il se fit suppliant, comme un petit garçon.

– Ne m'abandonne pas, Bérénice !

Elle lui caressa la nuque.

– Tu seras toujours mon frère chéri, Agrippa.

– Je sens pourtant que… tu t'en vas.

– Viens, on va s'étendre.

Une fois de plus, il se retrouvèrent comme deux enfants sur leur lit, à se raconter leurs secrets.

– Je pourrais te mentir, mon frère, te dire qu'en séduisant Titus j'ai surtout pensé à nous faire un allié qui nous aidera, avec son père, à faire cesser cette guerre et à reconstruire notre royaume. Si je te disais cela, Agrippa, tu l'accepterais très bien. Mais non, il y a quelque chose de plus.

– Tu l'aimes ? Tu l'aimes vraiment ?

– Pour la première fois de ma vie, mon frère, j'aime vraiment un homme comme une femme.

– Et moi ?

– Nous avons franchi quelques limites, c'est vrai, mais tu restes mon frère, un autre moi-même. Alors que lui…

– Titus est plus jeune que toi, Bérénice.

– Plus de douze ans, c'est vrai. J'y pense souvent. Mais est-ce si grave ? Cette différence d'âge, qui pourrait m'éloigner de lui, me le rend plus proche, au contraire.

Quand je le serre dans mes bras, je sens qu'il a besoin de moi. Il est si fragile…

– Fragile avec ces muscles ! railla Agrippa.

– Fragile de l'âme.

– Prends garde, Bérénice, la vie est sans pitié. Tu vieilliras avant lui.

Elle s'insurgea.

– La vie a une dette envers moi. Je n'ai jamais aimé aucun homme jusque-là, je n'ai même pas aimé mes enfants. Bérénicien, je l'ai oublié. Il ressemblait tant à son père que je haïssais. Quant à Hyrcan, ce petit être chétif, j'éprouvais pour lui de la pitié. Avec Titus, c'est…

– Ne rêve pas trop, ma sœur, c'est ton frère qui t'aime qui te le dit, ne rêve pas trop.

« *C'est assez, Bérénice,* rompit Béréniké. *Souhaite-lui bonne nuit et va te coucher.* »

– Bonne nuit, Agrippa

– Bonne nuit, Bérénice.

Chapitre 40

À l'aube, le général Vespasien en grand uniforme grimpa sur un promontoire rocheux, face à toute son armée. Il tira son glaive de son fourreau et le frappa plusieurs fois contre son bouclier. Son mot d'ordre était simple :

– À Jérusalem !

Les soldats répondirent de la même façon, en frappant leur bouclier. Puis Vespasien ordonna de lever le camp. Ses trois légions, suivies d'une trentaine de cohortes et des armées des rois alliés, prirent le chemin de la Ville sainte.

*

Ayant très peu dormi, Bérénice choisit de faire la route dans une voiture bâchée, où elle se retrouva seule avec Josèphe.

« *Et si vous discutiez un peu ?* » lui suggéra Béréniké.

Bérénice ne savait trop pourquoi, mais Josèphe lui inspirait une vraie confiance, en dépit de ses trahisons successives. Il était jeune, quasiment le même âge que

Titus ; plutôt beau garçon, souple et bien bâti ; rompu aux exercices physiques comme on pouvait l'être dans les riches familles juives, où l'on se piquait d'imiter les habitudes grecques. Mais ce qui différenciait Josèphe des autres était une intelligence vive, qui se devinait au premier regard. Ses yeux verts, une caractéristique plutôt rare chez les Juifs de Palestine, ne rendaient pas seulement son regard séduisant, ils laissaient transparaître une attitude légèrement détachée, un scepticisme amusé devant le spectacle de ses contemporains. N'hésitons pas à le dire, Josèphe ne croyait en rien. Ni aux discours enflammés des rebelles, ni même au souhait affiché du roi Agrippa de retrouver la paix en Judée (traduisons : de reconstituer ses privilèges d'antan). Ce réalisme, s'il pouvait être désespérant aux yeux des crédules, avait pour Bérénice quelque chose de sain. Et si Josèphe était l'homme à qui elle pouvait se confier, en ces jours où sa vie basculait ? Elle en avait tant besoin ! Prudente, elle y alla à petits pas.

– C'est la première fois que nous pouvons nous parler seule à seul, Josèphe, après ta reddition à grand spectacle !

– Un spectacle dont tu m'as prescrit les règles, reine Bérénice. Je les ai suivies à la lettre, n'est-ce pas ?

– Admirablement.

– J'en ai retiré un premier bénéfice, c'est de survivre. Le second est de vous suivre, toi et ton frère, jusqu'à Jérusalem. Je ne sais encore comment se terminera cette aventure, mais j'aurai plus tard à plaider devant mes concitoyens pour les convaincre de ne pas me lapider !

Elle rit.

– Je te fais confiance, tu sauras t'en tirer.

– Espérons. Comme j'ai quelque aptitude à l'écriture, je songe à retracer toute cette histoire dans un livre qui prendra la distance nécessaire pour juger de ce qui nous arrive à la lumière du grand dessein de l'histoire.

Elle fit une grimace sceptique.

– Pour autant que l'histoire ait un dessein, Josèphe. Je n'en suis pas si sûre. Peut-être n'est-elle qu'une farce sans queue ni tête, qui s'écrit avec le sang des peuples ?

– Et le Très-Haut qui nous regarde, qu'en pense-t-il, selon toi ?

Elle mit sa main devant sa bouche et parla plus bas.

– Crois-tu encore au Très-Haut, Josèphe ?

Il afficha une mine sceptique.

– Quand je vois ce que je vois, je n'en suis pas certain. Si le Très-Haut existe, il est probable qu'il lui arrive d'avoir la tête ailleurs. Ou peut-être a-t-il mieux à faire sur d'autres mondes que le nôtre ?

À son tour, il se pencha vers elle.

– Puisque nous en sommes aux confidences, reine Bérénice, quel est le sens de cette comédie que tu m'as fait jouer avec Vespasien ? N'était-elle destinée qu'à me sauver la vie ? Permets-moi d'en douter.

Bérénice hésita à en dire plus, mais Bérénikè l'encouragea :

« *Si tu veux t'en faire un allié, mets-le dans la confidence.* »

– Il se trouve, reprit Bérénice, que j'ai souvent entendu Vespasien, au cours de nos entretiens, critiquer cette manière, je dirai… fantasque qu'a Néron de diriger son empire.

– « Fantasque », ma reine, est un délicat euphémisme !

– J'ai bien senti que Vespasien, avec quelques autres Romains, aimerait ajouter un peu de sérieux à la gestion d'un ensemble aussi vaste, où vivent tant de peuples différents.

– Veux-tu dire qu'il se verrait bien à la place de Néron ?

– Lui ou son fils, ou l'un après l'autre. La dynastie des Flaviens après celle des Julio-Claudiens.

– J'ai donc servi à lui apporter, moi un pauvre Juif, la caution du Ciel ?

– Avant, il n'osait y croire. Après ta prédiction, il y croira un peu plus. À ce que m'a appris Titus, plusieurs prétendants au trône attendent le moment favorable où Néron sera devenu si insupportable que…

– Tu aimerais que Vespasien s'y prépare à son tour, j'ai compris. Mais qu'y gagneras-tu, toi ?

– Le bon moyen d'arrêter cette guerre.

Josèphe parut perplexe.

– Les rebelles de Jérusalem se moquent bien que Vespasien ou un autre soit l'empereur de Rome. Ce qu'ils veulent, c'est se libérer des Romains.

Bérénice décida de dévoiler le plan qu'elle avait en tête :

– Il ne faut pas se méprendre, Josèphe, les zélotes ne sont pas fous. Ils savent parfaitement que l'avantage, dans cette guerre, est du côté de Rome. Livrés à eux-mêmes, ils sont perdus. C'est pourquoi ils implorent l'arrivée miraculeuse d'un Messie, un nouveau Moïse envoyé par Dieu qui leur donnera la victoire.

– Quel rapport avec Vespasien ?

– Souviens-toi de cette phrase du prophète Isaïe : « *Ainsi parle l'Éternel à son oint, Cyrus, qu'il tient par la main pour terrasser les nations devant lui.* »

Josèphe connaissait parfaitement ce texte.

– Isaïe identifiait le roi de Perse au Messie, ma reine, parce qu'il a délivré les Juifs de leur prison de Babylone.

– Exact. Et si le nouveau Messie s'appelait Vespasien ?

Josèphe eut quelques secondes de silence.

– Veux-tu faire croire aux insurgés de Jérusalem que le Messie qu'ils attendent sera un général romain devenu empereur ?

– Oui, comme le Messie d'Isaïe était le roi des Perses.

Il commençait à entrevoir la stratégie de Bérénice. Mais son entraînement aux joutes dialectiques de ses maîtres grecs lui suggéra quelques objections.

– Qui te garantit, reine Bérénice, que Vespasien sera un libérateur ? Peut-être ne sera-t-il qu'un autre Felix ou un autre Florus ?

Elle l'arrêta.

– C'est précisément là où nous intervenons, Josèphe.

– Qui, nous ?

– Mon frère Agrippa, moi, toi, le grand-prêtre de Jérusalem, les rabbis les plus respectés de notre peuple. À nous tous, nous guiderons le nouvel empereur Vespasien vers le bon chemin : neutraliser les zélotes qui mènent le pays à la ruine, limiter les morts et les destructions, négocier une paix honorable et construire une collaboration durable entre Rome et un royaume juif restauré et indépendant.

Josèphe devait convenir que le plan qu'elle avait exposé se tenait, à un détail près :

– Vespasien n’est pas encore empereur, reine Bérénice.

– Fie-toi à mon sens politique : cela ne tardera pas.

Josèphe la regarda avec un étonnement mêlé d’admiration. Puis il se couvrit la face avec les mains et garda le silence. Elle s’en étonna.

– Que fais-tu ?

– Pardonne-moi, reine Bérénice, c’est ainsi que je réfléchis. Ce que tu proposes est si nouveau !

– Réfléchis tant que tu veux, Josèphe, mais évite les bavardages.

– Tu peux compter sur moi, ô reine.

Puis il ajouta, avec un sourire entendu :

– Me permets-tu de te poser une dernière question ?

– Je t’écoute.

– Je te préviens, elle est indiscrète.

Elle devinait ce qu’il avait en tête, mais ne recula pas.

– Parle.

– Ton plan est très subtil. Est-ce pour cette raison que toi et Titus…

Elle se détourna.

– Non, Josèphe. Titus, c’est… autre chose.

Une larme perla aux yeux de la reine. Avec son index, délicatement, Josèphe l’empêcha de couler. Sans le dire, il venait à son tour de tomber amoureux de Bérénice.

Chapitre 41

Rome, en l'an 68 de l'ère commune

Pendant ce temps, à l'autre bout de l'empire, tout se passa comme si la transformation physique de Néron avait accompagné son plongeon dans l'abjection. Au fil des années, le jeune homme roux, charmant et gracile que fut le premier Néron se changea en ce tyran bouffi, malodorant et aux yeux glauques qu'a retenu l'Histoire.

En cette fatale année 68, son règne devint franchement impopulaire. Ses dépenses inconsidérées, ses extravagances et ses crimes (il avait fait tuer sa propre mère, Agrippine, puis son épouse, Octavie) choquèrent l'opinion. À présent, il faisait face à un conseiller qui venait l'informer :

– Vindex s'est-il soulevé contre moi ?

Vindex était le gouverneur de la Gaule. Il appelait les Romains aux armes pour rétablir la république.

– Oui, grand Néron. Et Galba s'est joint à lui.

Servius Galba était le riche gouverneur de l'Hispanie Tarraconaise. D'autres notables pourraient amplifier le mouvement de rébellion. Néron tripota son collier de barbe, puis :

– Quel beau sujet pour une tragédie ! Je m'en vais l'écrire.

Il alla s'installer à son écritoire, laissant son interlocuteur désarmé.

– Et l'insurrection, excellent Néron ?

– Elle s'éteindra d'elle-même, ces traîtres n'ont aucun talent.

Néron avait eu tort de minorer la révolte. Peu à peu, il perdit le soutien de l'armée et de la population. Au début du mois de juin, le Sénat se réunit en séance plénière.

– Néron, réveille-toi !

L'empereur fut tiré de sa sieste par son affranchi Phaon.

– Il est arrivé une chose terrible : le Sénat vient de reconnaître Galba comme empereur et t'a déclaré « ennemi public ».

– Mais c'est impossible ! Mes gardes, où sont mes gardes ?

Ses appartements étaient déserts, tous ses gardes l'avaient abandonné. Il retourna dans sa chambre, en quête d'une boîte où il avait caché du poison. Elle aussi avait disparu. Il s'adressa à Phaon.

– Trouve-moi le gladiateur Spiculus, qu'il vienne m'égorger !

Mais Phaon ne trouva personne. L'affranchi proposa alors à l'empereur déchu de l'héberger.

– Je possède une petite maison à la périphérie de Rome, je t'y cacherai.

– Oui, vite !

Une fois sur place, Néron demanda à Phaon de lui décrire les supplices qui attendaient un ennemi public. Phaon s'exécuta :

– On dépouille le coupable, on lui passe le cou dans une fourche et on le bat de verges jusqu'à la mort.

– Ah ?

Le lendemain, 9 juin, Néron décida de se donner lui-même la mort. Il commença par faire creuser une tombe à sa taille et la fit entourer de quelques morceaux de marbre. Puis il soupira devant la fosse :

« *Qualis artifex pereo.* »

Phaon tendit l'oreille :

– Des cavaliers approchent, maître !

Néron se dit à lui-même : « Allons, réveillons-nous. » Puis il saisit un glaive…

Et pendant ce temps, en Judée…

À la date du 10 juin 68, Vespasien avait fini d'encercler Jérusalem. Il convoqua une réunion d'état-major à laquelle étaient présents son fils Titus, ses officiers et ses principaux conseillers dont le roi Agrippa, la reine Bérénice et Josèphe ben Matthias. Vespasien ouvrit la séance :

– J'ai demandé à notre allié Josèphe de mener une enquête complète sur la situation à Jérusalem. Il va nous faire une synthèse…

– D'après les témoins que j'ai contactés, Jérusalem a connu une amorce de guerre civile au cours des premiers mois de l'année. Il aurait été opportun d'attaquer la ville pendant cette période, mais l'armée romaine n'avait pas pris position. Aujourd'hui, les zélotes ont gagné la partie. Le peuple se prépare à résister, des barricades ont été installées dans les rues, des pièges attendent l'armée romaine. Sur les remparts, il y aura…

Josèphe fut interrompu par l'arrivée soudaine d'un messager venu de Rome.

– J'ai une nouvelle importante pour le général Vespasien.

– Parle, soldat.

– Néron s'est donné la mort !

– VI –

TEMPÊTE SUR JÉRUSALEM

Chapitre 42

Les informations se succédèrent au cours de la journée. Néron s'était suicidé avec l'aide de son affranchi Phaon. Ses dernières paroles, disait la rumeur, auraient été : « *Quel artiste périt avec moi !* »

Vespasien haussa les épaules :

– Quel histrion, surtout !

– Qui pour lui succéder ? demanda Titus.

– Le Sénat a choisi Galba, dit-on.

Mais Vespasien, qui connaissait Galba, eut un jugement sévère :

– Galba n'a pas la trempe d'un empereur. Et il a trop d'adversaires pour tenir longtemps.

Quoi qu'il en soit, le premier effet de la mort de Néron fut d'interrompre les hostilités en Palestine. Du général au simple soldat, tous furent gagnés par l'incertitude. Ce sentiment n'épargna ni le roi Agrippa ni Bérénice, qui interrogea Titus :

– Que comptes-tu faire ?

– Je n'ai jamais vécu une pareille situation. Pour le moment, nos légionnaires encerclent Jérusalem et ne bougeront pas. Mon père a fait envoyer un message urgent à Galba, pour connaître ses instructions.

– Pourrait-il vous rappeler à Rome ? Vous nous abandonneriez ?

Titus sentit l'inquiétude de Bérénice.

– Je ne veux pas te mentir, mon amour, nous devons nous attendre à tout. La situation est si instable à Rome que Galba aura peut-être besoin de nos légions pour combattre ceux qui voudront lui disputer le trône.

– Il y en a ?

– J'en vois au moins deux : Othon et Vitellius.

– Des concurrents sérieux ?

– Othon voudrait se faire désigner comme héritier de Galba, qui refusera. Dans ce cas, je crains le pire.

– Et Vitellius ?

– Il gouverne la Germanie. C'est un démagogue et un ambitieux, prêt à tout pour monter sur le trône.

Elle lui serra le bras.

– Qu'attend donc ton père pour se déclarer ?

Titus baissa les yeux.

– Mon père est légaliste, Bérénice, il attend les ordres.

Elle eut un mouvement d'humeur.

– C'est à désespérer ! Regarde…

Elle montra les remparts. On voyait une foule de zélotes qui sautaient de joie et injuriaient les Romains à distance, en se moquant d'eux.

– Ils sont à la fête, reconnut Titus. Je le serais moi aussi, si j'étais eux.

– Pour la Judée, c'est la pire façon de mourir : pourrir sur place, parce que chacun attend !

Le seul événement notable des journées qui suivirent la mort de Néron fut un acte officiel du roi Agrippa. Il décida de changer à nouveau le nom de sa ville, Neronias, en lui rendant son ancien nom de Césarée de Philippe. Bérénice, en l'apprenant, eut un haut-le-cœur. Josèphe, qui l'observait, s'approcha d'elle.

– C'est la politique, ma reine, composer avec les puissants du jour...

Elle l'entraîna à part. Josèphe devinait ce qui la contrariait autant.

– Vespasien hésite, n'est-ce pas ?

– Il m'exaspère, s'irrita Bérénice. Comme beaucoup d'hommes, il ne sait pas ce qu'il veut. Il se verrait bien empereur, mais il ne tentera rien pour prendre le pouvoir. Résultat : ce sont les autres qui se servent ! Galba d'abord, avant d'autres ogres affamés.

– Et Titus ?

– Tu sais à quel point je l'aime, Josèphe. Mais Titus est comme son père : impulsif au combat, velléitaire en politique. Non, il ne nous aidera pas.

– Alors nous l'aiderons malgré lui. Connais-tu le rabbi Yohannan ben Zakkaï ?

– J'ai entendu parler de lui. C'est un de nos sages ?

– Oui, un de nos meilleurs commentateurs de la Torah.

– Et alors ?

– Il nous rejoindra bientôt. Mais dans un cercueil !

Chapitre 43

Exaspéré par les tensions à Jérusalem et par les mensonges que les zélotes diffusaient à longueur de journée parmi le peuple, Yohannan ben Zakkaï, un des rabbis les plus célèbres de son temps, avait en effet décidé de quitter la ville. Mais comment procéder sans se faire prendre et passer pour un traître ? Ses partisans lui suggérèrent la meilleure des solutions : mourir. Ou plutôt faire croire qu'il était mort. Ils se lamentèrent publiquement.

– Le bon rabbi est mort ! Priez pour lui !

À les entendre, la santé fragile du vieux rabbi n'avait pas résisté aux conditions difficiles du siège de Jérusalem. Il était mort paisiblement et fut couché dans un cercueil, qu'on transporta sur une charrette.

Le rabbi était bien vivant, au contraire. On l'avait installé sur des couvertures qui lui rendraient le voyage vers le cimetière plus confortable. On avait aussi ajouté un peu de nourriture. Quelques trous discrets, percés sur les côtés du cercueil, lui permettaient de respirer.

Compte tenu de la trêve instaurée entre les deux camps, les Romains accordèrent à la charrette l'autorisation de sortir de la ville. À deux cents mètres de la cité, Josèphe prit le relais et guida le cheval jusqu'à la tente de Vespasien et Titus.

– Général, nous avons un visiteur !

À la surprise de tous, Yohannan ben Zakkaï souleva le couvercle de son cercueil et fit une apparition-surprise. Elle arracha un cri de stupéfaction à tous les présents. Vespasien applaudit.

– Un moyen original, je le reconnais, de s'enfuir en toute quiétude !

Josèphe n'en avait pas fini. Il haussa le ton et fit une annonce solennelle.

– Général Vespasien, je te présente un des plus grands sages de la Judée actuelle, le rabbi Yohannan ben Zakkaï.

Le vieil homme, aidé par Josèphe, se mit debout… pour s'incliner bien bas devant Vespasien en le saluant en latin :

– *Ave domine imperator !*

Comme l'avait fait Josèphe à Jotapata, le rabbi ben Zakkaï saluait Vespasien du nom d'empereur.

– Bien plus que moi, insista Josèphe, le rabbi possède le don de vision des prophètes. Et comme moi, il prédit que tu seras empereur.

– Une très ancienne prophétie, ajouta le rabbi, annonce que les temps sont proches où un homme venu de Judée deviendra le maître du monde. Il sera plus qu'un empereur, il sera le Messie que nous attendons.

Comme la dernière fois en Galilée, Vespasien ne savait plus s'il devait sourire ou prendre au sérieux les paroles du vieil homme.

– Mais prends garde, général, ajouta le rabbi.

– À quoi dois-je prendre garde ?

– Si tu laisses passer ton tour, Satan prendra ta place et la nuit tombera sur le monde.

– De quel Satan parles-tu ?

– Tu connais la réponse.

Vespasien hocha la tête et s'en alla, pensif. Bérénice, elle, s'approcha de Josèphe.

– C'est toi, Josèphe, qui as manigancé ce petit spectacle ?

Josèphe eut un geste fataliste.

– Tu voulais que la situation se débloque, n'est-ce pas ?

– Penses-tu Vespasien aussi naïf ?

– Je crois qu'en ce moment il s'écoute lui-même. Et que sa décision ne tardera pas.

Quelques heures après, Titus rejoignit Vespasien dans sa tente.

– Le rabbi Yohannan ben Zakkaï nous demande l'autorisation de le laisser aller avec ses partisans à Yavné, sur la plaine côtière, pour y fonder une école rabbinique où il perpétuera l'enseignement de l'école pharisienne. Que décides-tu ?

– C'est accordé. Nous ne voulons pas la fin du judaïsme, seulement celle de la rébellion menée par les zélotes.

– Voilà une bonne décision, mon père.

Vespasien le retint.

– Que penses-tu de sa prophétie, Titus ?

– Je ne crois guère aux prophéties, mon père. Je pense seulement que les Juifs raisonnables, comme beaucoup d'entre nous, préféreraient te voir empereur plutôt qu'avoir à supporter le désordre actuel, qui n'apportera rien de bon.

Vespasien approuva et prit une décision.

– Nous avons en effet assez attendu. Titus, va à Rome avec le roi Agrippa. Vous vous présenterez tous les deux devant Galba, vous lui résumerez la situation en Judée et tu t'inquiéteras de ce qu'il souhaite. Devons-nous poursuivre la mission que nous a donnée Néron, ou bien retourner à Rome ? En fonction de sa réponse, je prendrai ma décision.

Titus était déçu. Le pusillanime Vespasien n'avait pas encore pris le parti de passer le Rubicon.

– Nos légionnaires n'attendent qu'un mot de toi, mon père, pour te proclamer empereur.

– Je dois d'abord savoir les intentions de Galba. Ensuite, nous verrons.

*

La nouvelle du départ de Titus parvint vite aux oreilles de Bérénice. Elle courut vers son amant.

– Sois prudent, mon amour.

Il ne l'avait jamais trouvée si belle, pareille à une mère romaine s'inquiétant pour son enfant. Il la prit dans ses bras.

– Ne tremble pas pour moi, Bérénice, je veux continuer à vivre pour te retrouver au plus vite.

Elle alla ensuite vers Agrippa, qu'elle étreignit longuement.

– Prends soin de toi, mon frère. Veillez l'un sur l'autre, tenez-moi informée à chaque instant.

En les voyant s'éloigner, l'un et l'autre, elle se dit que c'était la moitié de sa vie qui s'en allait. Sans ces deux hommes, qu'elle aimait au-delà du possible, rien n'aurait plus de sens pour elle.

Chapitre 44

Titus et Agrippa firent le voyage par mer à bord d'une liburne, un navire léger et rapide pourvu d'une grande voile et propulsé par deux rangs de dix-huit rameurs. Le mois de décembre était réputé périlleux pour traverser la *Mare Nostrum,* mais il y avait urgence.

Agrippa, un peu secoué par les coups de mer, préféra ne pas rester dans sa cabine et alla respirer sur le pont. Il aperçut, assis à l'avant du bateau, la silhouette de Titus, qui semblait plongé dans ses pensées.

– Je te dérange ?

– Non, viens t'asseoir. D'après le capitaine, nous accosterons demain à Corinthe. Je pense que, là, nous aurons des nouvelles fraîches de Rome.

– Je te voyais pensif. Le nouvel empereur t'inquiète ?

– Galba ? Si tu savais, mon ami, à quel point il m'indiffère. Non, je pensais à mon avenir.

– Ton avenir dans l'armée ?

– Je songeais à ce que sera le reste de ma vie. J'ai vingt-huit ans. Dans l'armée, c'est l'âge des choix. Certains, comme l'a fait mon père, décident de poursuivre une carrière militaire. Ils vivront le reste de leur existence sous la tente, en Germanie ou en Syrie, au gré de leurs commandements. Ils devront se résigner à ne pas avoir de famille ou, s'ils en ont une, d'en profiter si peu. Ils mourront un jour, à cause d'un méchant coup de glaive. S'ils survivent, ils atteindront la soixantaine, comme Vespasien. Et que crois-tu ? Compte tenu de son âge, et parce qu'il ne voudra pas de concurrents, Galba le mettra peut-être à la retraite et l'enverra finir sa vie dans une petite maison de Campanie, où il mourra d'ennui.

– Quel est l'autre choix ?

– Faire de la politique, mais je ne suis pas très doué pour ça. Il faut avoir l'échine souple, ce qui n'est pas mon cas. Ou laisser tomber le métier des armes, vivre avec la femme que j'aime et fonder avec elle une famille en cultivant des olives ou du blé.

– Tu penses à Bérénice, n'est-ce pas ?

Titus ouvrit son cœur avec un accent de sincérité qui surprit son interlocuteur.

– Agrippa, je n'ai jamais rencontré une femme comme ta sœur. Ce n'est pas seulement une question de sexe, crois-moi. Du sexe, j'en ai obtenu jusqu'à plus soif. Non, je suis attaché à elle comme… par une corde de marin. Ovide aurait trouvé une meilleure métaphore, mais elle dit bien ce que je ressens. J'ai besoin d'elle, Agrippa, comme on a besoin de l'air qu'on respire. Pardonne-moi, je sais que toi et elle…

Agrippa lui sourit amicalement.

– C'est du passé, Titus. Je reconnais qu'elle aussi a changé. Nous avons grandi séparés, moi à Rome, elle en Égypte et en Palestine. À mon retour, j'ai découvert une femme forte, que la vie avait rendue légèrement égoïste et qui avait appris à se suffire. Je l'ai toujours admirée pour sa force d'âme, sa faculté à ne jamais se laisser entamer par personne. Et je la découvre aujourd'hui fragile, inquiète, parfois désemparée.

– Comme je le suis moi-même, Agrippa. C'est l'amour qui nous a changés, celui dont parlent Horace ou Virgile, qui n'est pas qu'une lubie de poète.

– Je le reconnais, mais…

Agrippa posa sa main sur l'épaule de Titus.

– Pour elle comme pour toi, mon ami, je te rappelle que Bérénice a quarante ans, douze de plus que toi. Il est peu probable qu'elle puisse encore avoir des enfants.

– Quelle importance ? Nous en adopterons. Il y a tant d'orphelins dans les provinces que nous avons conquises. Un petit Grec, un petit Arabe, un petit Juif…

– Je vois une autre difficulté. Elle est juive. Imagine que ton père devienne empereur, tu serais amené à lui succéder. La bonne société romaine n'a guère apprécié Cléopâtre, elle aimera encore moins une impératrice juive.

Titus éclata de rire.

– Tu rêves autant que les zélotes, Agrippa. Pour le moment, l'empereur, c'est Galba !

*

Corinthe, située dans la belle province d'Achaïe, en Grèce, possédait deux ports principaux : Lechaion au nord et Cenchrées à l'est. Ils choisirent Lechaion, car c'était un port de commerce utilisé pour les échanges avec l'Italie. Sur les quais, on voyait des groupes de soldats qui attendaient leurs ordres avant d'embarquer pour telle ou telle région de l'empire.

Titus sauta à terre en premier. Il alla vers quatre légionnaires accroupis qui jouaient aux dés. En reconnaissant un général, ils se redressèrent et se mirent au garde-à-vous.

– À quel régiment appartenez-vous, soldats ?

– À la *Legio Adiutrix,* général, actuellement en route pour le Danube.

– Avez-vous des nouvelles de Rome ?

– Oui, dit un autre. Et elles ne sont pas bonnes.

– Soyez plus clairs.

– Galba vient d'être assassiné !

Titus pâlit.

– Que dis-tu ? Quand est-ce arrivé ?

– Pas plus tard qu'hier sur le forum, m'a-t-on dit.

– Qui l'a frappé ?

– Les prétoriens, parce que Galba refusait de payer ce que Néron avait promis aux troupes.

C'était un coup d'État, prestement réalisé. Alors que Galba allait plaider sa cause sur le forum, il fut jeté à bas de sa litière et promptement décapité. Sa tête fut présentée à son successeur, Othon, qui aurait plaisanté sur la calvitie de Galba.

– C'est donc Othon qui le remplace ?

– Oui, mais Vitellius lui conteste le pouvoir, il a décidé de marcher sur Rome.

Titus les considéra tous les quatre avec sévérité.

– Rome est en danger et vous jouez aux dés sur les quais de Corinthe ?

– Quand il y a trop de chefs, railla un des soldats, le mieux est de patienter en attendant que le meilleur gagne !

Agrippa, qui avait entendu, prit Titus à part.

– Que vas-tu faire ?

– Je te parie un an de solde que, lorsque nous arriverons à Rome, Othon sera mort à son tour, remplacé par Vitellius, qui ne vaut guère mieux. Je retourne à Jérusalem, pour en parler avec mon père.

Agrippa sourit.

– Es-tu certain que c'est la vraie raison ?

Titus se détourna, sans répondre. Mais il avait choisi : quel besoin avait-il de perdre son temps (et peut-être sa vie) dans des disputes vaines entre ces candidats empereurs qui lui demanderaient forcément de choisir son camp, quand il pouvait revenir à Jérusalem auprès de Bérénice ?

Agrippa n'était pas de son avis.

– Je n'ai pas ta motivation, Titus. J'ai des amis à Rome, qui m'accueilleront. Je veux observer de près comment le vent va tourner.

– Le vent viendra de l'Orient, Agrippa.

– Tu penses à Vespasien ?

– Aux dieux de choisir !

Chapitre 45

Rome, en l'an 69 de l'ère commune

Quand, après avoir traversé la méditerranée, le roi Agrippa entra incognito dans Rome, la ville était en pleine ébullition. Il fut accueilli par un riche négociant juif de Jérusalem, Philippos ben Talmaï, qui lui offrit de loger chez lui. Sa luxueuse maison, qui se trouvait dans le quartier de la *Domus Aurea*, l'ancien palais de Néron, offrait une vue imprenable sur le quartier du forum.

Mais l'heure, en ce début d'année 69, n'était pas au tourisme. Des bandes d'agitateurs allaient et venaient dans les rues, se déclarant les uns pour Othon, les autres pour Vitellius, d'autres pour Vespasien. Les moins nombreux tenaient pour un retour à la république des pères fondateurs, la république sénatoriale.

– Donc ici aussi…, marmonna Agrippa.

– De quoi parles-tu ?

– On se croirait dans Jérusalem ! À Rome aussi, les habitants se regroupent en factions en lutte les unes contre les autres.

– C'est une loi générale, déplora Philippos. Ni la Torah, ni les lois d'Auguste n'ont trouvé la solution pour réconcilier les hommes.

– Où en est Vitellius, pour le moment ?

– Othon a rassemblé son armée et marche à sa rencontre vers le nord. Tout se jouera en une seule bataille.

*

La bataille de Bedriacum mit fin à l'indécision. Les troupes d'Othon et celles de Vitellius se rencontrèrent près de Crémone, en Italie du Nord. Othon subit une défaite décisive. Il choisit lui-même de se suicider après seulement trois mois de règne. Il n'avait que trente-six ans.

Quelques jours après, le nouvel empereur entra dans la capitale. Comme s'il voulait remercier ses légions de leur fidélité, il les autorisa à mettre Rome à sac. En d'autres termes : à piller, tuer, violer pendant quelques jours, comme les légions le faisaient dans les villes conquises. Mais, cette fois, c'était à Rome.

Agrippa se rendit discrètement sur le forum lors de la prise de fonctions du nouvel empereur. C'était un obèse à l'apparence vulgaire, dont le visage exprimait bien ce que serait sa future politique : celle d'un glouton.

Dans le discours qu'il tint devant le temple de Saturne, Vitellius annonça qu'il ferait rechercher et condamner à mort les criminels qui avaient trempé dans le meurtre de Galba. Il confisqua la plus haute magistrature en se nommant consul perpétuel et s'arrogea plusieurs pontificats. Applaudi par la pire engeance de Rome, il ordonna plusieurs jours de fête pour célébrer sa prise de pouvoir.

Agrippa en savait assez, il s'éloigna.

– Qui es-tu, toi ? D'où sors-tu ?

Il fut arrêté par un groupe de soldats avinés, alertés par sa tunique décorée de motifs judéens et son visage à l'apparence orientale.

– Je suis Agrippa II, roi de Judée, allié de Rome.

– Un Juif ? Un rebelle ?

Ils le retenaient par un bras et ne voulaient plus le laisser repartir.

– Je vous répète que je suis un allié du général Vespasien.

– Un traître !

– Vitellius nous a mis en garde contre le félon Vespasien. Viens, tu dois prêter serment à Vitellius.

Agrippa n'était pas formé au combat de rue, mais ses assaillants étaient heureusement ivres. Il parvint à se dégager et menaça celui qui le retenait avec la petite dague qu'il avait à la ceinture.

– Lâche mon bras ou…

– Ou quoi ?

Mû par son instinct de survie, Agrippa lui enfonça sa dague dans la gorge. L'autre, stupéfait, s'effondra. Le sang jaillissait de sa plaie à flots abondants. Ses amis reculèrent, mais appelèrent d'autres soldats. Heureusement, Philippos et ses affranchis vinrent à la rescousse d'Agrippa.

– Je te cherchais partout. Ils ont lancé une chasse aux Juifs !

– Mais pourquoi ?

– Vitellius accuse Vespasien de s'être allié aux rebelles juifs pour lui prendre le trône. Tu ne dois pas rester ici.

– Où allons-nous ?

– N'importe où, mais hors de Rome.

Il suivit Philippos dans les ruelles, où la plèbe s'en prenait aux petites gens. Des magasins étaient pillés, des échoppes saccagées, on entendait les cris des femmes qu'on violait. Le feu jaillit en plusieurs endroits.

– Ils font brûler le quartier juif !

Une charrette attendait Philippos au coin d'une rue.

– À Ostie, Samuel, fouette ton cheval !

Depuis la plage, à l'aube, ils virent monter dans le ciel les fumées de l'incendie à Rome.

– Prends le premier bateau, Agrippa, raconte à Vespasien ce qui se passe ici. Le pays a besoin d'ordre !

– Et toi, Philippos ? Et ta famille ? Ils vont tout te prendre.

– Nous avons l'habitude, nous nous cacherons. Mais toi, alerte Vespasien.

Dans les jours qui suivirent, comme s'il avait décidé d'ouvrir toutes les vannes de la vilenie, Vitellius et ses complices se laissèrent aller à une débauche de banquets et d'orgies comme Rome n'en avait jamais vu, même du temps de Néron. L'empereur dépensa pour cela de grandes sommes, qui alourdirent les finances déjà précaires de l'empire. Sa décision la plus étonnante, qui resta dans les annales, fut de faire exécuter les créanciers qui venaient le voir pour lui demander de régler ses dettes.

Chapitre 46

Vespasien fut indigné par le récit d'Agrippa. Une partie des événements qui venaient d'endeuiller Rome lui avaient déjà été rapportés par ses informateurs. Il en avait à présent un récit détaillé, vécu de l'intérieur. Il se redressa, la mine déterminée :

– J'ai pris ma décision, roi Agrippa. Il faut en finir.

La suite se déroula quelques jours après à Béryte, une ancienne cité phénicienne qui correspond au Beyrouth d'aujourd'hui. Après avoir été proclamé empereur par ses légions d'Égypte et de Judée, Vespasien y rencontra Mucien, le légat de Syrie. Il lui proposa un plan pour se rendre maître de l'Italie :

– Nous prendrons Vitellius en tenaille. Je partirai d'Alexandrie pour gagner l'Italie centrale tandis que tu envahiras l'Italie du Nord en passant par l'Anatolie et par la Thrace. Nous pourrons compter aussi sur les troupes d'Antonius Primus, stationnées en Pannonie.

– Quand il nous verra venir, approuva Mucien, Vitellius pourra compter ses jours !

Il s'inclina cérémonieusement devant Vespasien.

– *Ave Caesar, Dominus et Deus !*

Vespasien l'arrêta :

– Avant d'être un dieu, Mucien, il me faut vaincre !

*

Quand Titus revint seul à Jérusalem, Bérénice courut à sa rencontre.

– Tu n'es pas parti à Rome avec lui ?

– Non, ce serait inutile.

Il évita de la regarder en face, ce qui était mauvais signe. Elle insista :

– Vespasien t'a-t-il confié une mission, Titus ?

Son cœur s'était mis à battre, elle craignait le pire.

– Oui, il m'a ordonné d'en finir au plus tôt avec cette guerre et de prendre Jérusalem…

Il avait laissé sa phrase en suspens.

– … et ?

– Il a ajouté « quel qu'en soit le prix ». Ce sera, estime-t-il, le plus beau des trophées à offrir à Rome quand il accédera au trône

Bérénice n'en croyait pas ses oreilles.

– Titus, ce n'est pas possible. Cela signifie des milliers et des milliers de morts, peut-être toute la population de Jérusalem !

– Nous allons proposer aux rebelles une reddition honorable. Dans ce cas, nous les épargnerons. Mais s'ils refusent, alors oui, ils sont perdus.

Elle se raidit.

– Titus, peux-tu refuser cet ordre ?

– Non, Bérénice. Et pour deux raisons : Vespasien est mon supérieur et il est mon père. Bientôt, peut-être, il sera aussi le nouvel empereur.

Elle ne pouvait en supporter plus et fit le geste de s'en aller. Il eut la tentation de la rattraper, mais renonça, estimant que c'était inutile.

– Je ne pouvais pas refuser, plaida-t-il, un autre aurait pris ma place !

Elle ne répondit rien et alla s'enfermer dans sa tente.

*

Une heure après, Bérénice fit venir Josèphe.

– Ne me dis rien, ma reine, j'ai compris. C'était prévisible.

– Je suis effondrée, Josèphe. Il aurait pu attendre. Une fois devenu empereur, Vespasien pouvait faire un geste généreux.

– La mécanique impériale rend les hommes fous. Ils paraissent raisonnables tant qu'ils sont loin du trône, ils vitupèrent l'empereur en place, ils le critiquent. Mais quand vient leur tour d'être maître du monde, ils se métamorphosent et deviennent capables du pire. C'est ce qui est arrivé avec Othon et Vitellius. À présent, c'est le sage Vespasien qui est pris dans les mâchoires du monstre. Pour accéder aux plus hautes destinées, il offrira en holocauste au peuple romain les milliers de cadavres de nos frères juifs.

– C'est toute notre stratégie qui s'effondre, Josèphe. Nous imaginions pousser Vespasien à devenir empereur pour en faire notre partenaire.

– Et nous avons péché par orgueil ! Il ne nous écoutera plus et son fils non plus. Vespasien ne pouvait jouer le rôle sacré du Messie espéré par les Juifs. Ce n'était qu'un homme ordinaire, animé par des passions ordinaires.

Elle enfouit sa tête dans ses bras et se laissa aller à une crise de larmes. Josèphe, près d'elle, patienta le temps qu'il fallait. Au bout de quelques minutes, quand elle releva la tête, elle croisa son regard et lui sourit, les yeux humides.

– As-tu une autre idée, Josèphe ?

– Peut-être.

Elle esquissa un sourire en dépit de ses larmes.

– Tu es plus optimiste que moi ! Quand tu seras à l'article de la mort, tu continueras à dresser des plans pour je ne sais quoi. À quoi penses-tu en ce moment ?

– Au seul atout que nous ayons.

– Titus ?

– Et pourquoi pas ?

– Avec la meilleure volonté du monde, je ne parviendrai pas à le fléchir. Il exécutera sa mission jusqu'au dernier défenseur de Jérusalem.

– Je le crois aussi. Mais après ?

Elle ne comprenait pas ce que Josèphe avait en tête.

– Quand Jérusalem sera tombée, et si l'Éternel le veut, nous aurons Vespasien à Rome et son fils Titus à Jérusalem. L'un en Occident, l'autre en Orient.

– Et alors ?

Il prit place à côté d'elle, prit une plume sur l'écritoire et nota quelques chiffres sur un papyrus.

– C'est un calcul que je me suis souvent amusé à faire. En comptant l'Italie, la Gaule, l'Hispanie, les provinces d'Afrique du Nord et les provinces orientales, l'empire romain compte à peu près 70 millions d'habitants. C'est trop.

– Comment cela, trop ?

– Trop de monde pour un seul homme, l'empereur.

– Qu'envisages-tu ?

Il prit le papyrus et le déchira en deux.

– Non pas un, mais *deux* empires. L'un en Occident, l'autre en Orient. Ainsi l'empire romain deviendra mieux gouvernable, sans dépendre des caprices d'un seul homme, fût-il fou comme Caligula.

Ella avait compris.

– Vespasien empereur d'Occident, Titus empereur d'Orient ?

Josèphe approuva silencieusement.

– À partir de là, reine Bérénice, tout deviendra possible.

Chapitre 47

La fin de Vitellius fut atroce.

En octobre 69, ses troupes furent battues par celles de Vespasien à Bedriacum, là même où Vitellius avait battu l'armée d'Othon. Sentant sa position de plus en plus précaire, l'empereur tenta d'abord de négocier avec les partisans de Vespasien en lui faisant parvenir un message :

« *Vitellius à Vespasien,*

« *Je reconnais que mon armée n'était pas suffisante face à la tienne, augmentée par celle de Mucien et aguerrie par la guerre en Judée. Sois magnanime, ô Vespasien. Je te propose d'abdiquer en ta faveur si tu me laisses la vie sauve. J'attends ta décision dans ce palais, qui sera bientôt le tien.* »

Mais aucune réponse ne vint. En désespoir de cause, Vitellius se résolut à se déguiser en affranchi au service des cuisines impériales, espérant prendre la fuite à la première occasion. Mais il fut trahi par son physique, trop reconnaissable. Capturé par les soldats de Vespasien, il fut longuement traîné, enchaîné, dans les rues de Rome. La foule n'oublia pas celui qui avait ordonné de mettre la ville à sac. D'abord insulté, frappé et humilié, il fut ensuite emmené aux Gémonies, ces escaliers qui conduisaient du Capitole vers le Forum. Là, aux yeux de tous, il fut longuement torturé, puis étranglé. Son corps fut ensuite jeté dans le Tibre, un rituel de profanation réservé aux pires criminels.

*

Très loin de là, devant les murailles de Jérusalem, Josèphe accourut sous la tente du roi Agrippa.

– C'est fait, le Sénat a reconnu Vespasien comme empereur !

– Et Titus ? demanda Bérénice.

– Il a reçu le nom de César, ce qui le qualifie pour devenir un jour le successeur de son père.

– Je vais lui parler, décida-t-elle.

Elle traversa une partie du campement romain et se rendit au campement de Titus, que ses officiers étaient en train de féliciter. Quand il la vit, il l'entraîna dans un coin plus tranquille. Elle se serra contre sa poitrine.

– Prends garde, mon amour. Ta vie est précieuse, à présent.

– La tienne l'est pour moi tout autant, Bérénice.

Ils avaient oublié leur brouille, ce qui les unissait était plus fort. Titus tenta néanmoins de la rassurer.

– Fais-moi confiance, ma douce, je ne suis pas un boucher. Je voudrais terminer cette guerre de la meilleure façon, en faisant appel à la sagesse de tous.

« *Peux-tu le croire, vraiment ?* » prévint Bérénikê.

– Je vais recevoir en renfort une quatrième légion, la XIIe, venue de Syrie. Cela nous fera beaucoup d'hommes.

Mes officiers préconisent un assaut général contre Jérusalem, mais je m'y refuse. Je ne veux pas inaugurer le règne de Vespasien par une montagne de cadavres.

Elle embrassa ses mains en remerciement.

– Il faut parler avec les rebelles, Titus, ils finiront par entendre raison.

– C'est ce que je compte faire. À l'heure qu'il est, d'après mes informateurs, Jérusalem est en pleine ébullition. Les plus radicaux des insurgés, comme les zélotes, s'en sont pris aux plus modérés et engagent à présent une stratégie suicidaire. Mais le peuple de Jérusalem a trop souffert de ces tueries, il est fatigué. C'est pourquoi je vais vous envoyer, toi, Josèphe, Agrippa et d'autres parlementer avec eux pour leur proposer une reddition. Utilisez les arguments du cœur autant que ceux de la raison.

Elle était rassurée, elle retrouvait enfin le Titus qu'elle aimait. Fort, mais sage comme son père.

– Tu peux compter sur moi, mon amour

– Promets-leur la vie sauve s'ils se rendent.

– Et un bon traitement ?

– Le plus honorable que puisse leur accorder l'armée romaine. Dis-leur que tu tiens cette promesse de Titus en personne.

Un énorme fracas interrompit cet entretien.

– Attention !

C'était un gros quartier de roc, lancé avec force depuis Jérusalem. Il y eut un choc qui fit trembler la terre. Un de ses officiers accourut auprès de Titus :

– Pas de mal, général ?

– Non. Que s'est-il passé ?

– Ils nous tirent dessus avec une baliste. Le rocher s'est écrasé tout près. Prenez garde, ils visent nos postes de commandement.

– Où ont-ils trouvé ces machines de guerre ? demanda Bérénice.

Josèphe pensait avoir la réponse.

– Ils les ont volées aux Romains au début des combats. Heureusement, ils ne savent pas bien s'en servir.

– Ils apprendront.

Titus, pendant ce temps, avait réuni ses officiers.

– Répondez avec six balistes ! Visez les remparts avec des pierres noires.

Les Romains chargèrent leurs machines de quartiers de roc préalablement peints en noir.

– Pourquoi les ont-ils noircis ? demanda Bérénice à son frère Agrippa.

– Parce que les pierres blanches de Jérusalem sont trop voyantes et, la nuit, permettent aux insurgés de les voir venir de loin.

Les bras des machines, tendus par des cordes de torsion torsadées, étaient tirés en arrière à l'aide d'un treuil. Un artilleur réglait la tension en fonction du point d'impact.

– Tirez !

Une gâchette libéra le bras qui se détendit rapidement, propulsant le projectile avec une bonne précision, à tout le moins quand la machine était utilisée par des professionnels.

– Envoyez aussi plusieurs salves de flèches ! ordonna Titus.

Agrippa chuchota à l'oreille de Bérénice :

– Notre mission de parlementaires commence mal.

Chapitre 48

Le soir venu, à la lumière des feux de camp chez les Romains et de braseros improvisés sur les remparts, le roi Agrippa, suivi de quelques notables de sa cour, s'avança assez près pour se faire entendre des défenseurs. Il utilisa ses deux mains en porte-voix :

– Mes frères, écoutez-moi ! Je suis votre roi Agrippa. Je viens vous supplier de…

Il n'alla pas plus loin. Les pires injures lui répondirent.

– Félon !

– Tu n'es pas digne d'être notre roi !

Imprudemment, Agrippa se rapprocha et insista.

– Je ne vous trahis pas, croyez-moi, il faut en finir avec ces massacres. Je me suis entendu avec le général Titus. J'ai obtenu sa parole que…

On entendit un sifflement. Une pierre, projetée avec une fronde, ricocha contre un arbre proche et le blessa au bras. Un des gardes d'Agrippa le tira en arrière.

– Ne restez pas là, Majesté !

Le groupe des parlementaires prit la fuite.

– Le roi Agrippa n'est pas la bonne personne pour leur parler, jugea Josèphe, il s'est trop compromis avec les Romains. J'irai moi, demain soir.

– Alors j'irai avec toi, décida Bérénice.

*

Le lendemain, à la même heure, Josèphe longea le rempart en se tenant hors de portée des traits, tout en restant audible. Bérénice le suivait de près.

– Reste dans l'ombre, ma reine, ne te dévoile qu'à mon signal.

– Que vas-tu leur dire ?

– Je vais leur parler le seul langage qu'ils entendront : celui d'un rabbin.

Elle s'étonna.

– Mais tu n'es pas rabbin.

– J'ai reçu une éducation rabbinique, je connais leurs arguments.

Il éleva la voix :

– Mes frères de Jérusalem, écoutez-moi ! Certains d'entre vous me connaissent. Je suis Josèphe ben Matthias Ha Cohen. J'étais l'un des vôtres, j'ai défendu la forteresse de Jotapata en Galilée.

Les injures fusèrent.

– Parjure !

– Tu t'es vendu lâchement à Vespasien !

– Même ta mère a honte de toi, elle nous l'a dit !

– Pourquoi disent-ils cela ? demanda Bérénice.

– Mes parents sont restés à Jérusalem, ils les ont certainement menacés.

Josèphe reprit :

– Mes frères, soyez lucides. À Jotapata, j'ai compris une vérité cruelle : dans ce combat, *Dieu n'est pas avec nous !*

Un silence total accueillit cette sentence.

« *C'est cela, parler le langage des rabbins ?* » s'étonna Bérénikè.

– Il faut le reconnaître, mes frères, poursuivit Josèphe. Dieu était avec nous en Égypte, quand il envoya dix plaies sur nos bourreaux pour qu'ils libèrent notre peuple. Dieu était avec nous quand notre Arche sainte fut ravie par les Syriens et qu'il leur infligea de terribles ulcères qui forcèrent nos ennemis à nous rendre l'Arche sacrée. Dieu était aussi avec nous quand il ordonna à un ange de détruire l'armée du roi d'Assyrie, Sennachérib...

Une voix forte interrompit le récit de Josèphe.

– C'est assez, Josèphe, nous savons tout cela. Dieu sera encore avec nous quand il enverra ses anges détruire les Romains qui nous assiègent !

Josèphe reconnut cette voix.

– C'est Jean de Gischala, je le reconnaîtrais entre mille.

Josèphe lui répondit directement.

– Non, Jean ! Tu te trompes et tu trompes nos frères. Dieu, cette fois, vous a abandonnés. D'abord, ses anges vous ont égarés en vous jetant les uns contre les autres, en vous poussant à vous entretuer. Mais la suite sera bien plus terrible : si vous vous entêtez, les Romains entreront dans Jérusalem avec leurs quatre légions. Ils vous passeront tous au fil de l'épée et détruiront notre Temple sacré, la maison de l'Éternel.

– Que proposes-tu ?

Bérénice s'avança dans la lumière.

– C'est moi qui leur parlerai, Josèphe.

Il y eut un instant de silence, puis la voix de Jean de Gischala se fit à nouveau entendre.

– C'est la putain !

– Comment m'as-tu appelée, Jean ? Sais-tu qui je suis ?

Pas de réponse.

– Je suis Bérénice, votre reine. *Ta* reine, Jean. Il n'y a pas si longtemps, lors des émeutes de Jérusalem, je me suis présentée seule devant le gouverneur Florus, pieds nus, vêtue d'une robe de pénitence, pour qu'il cesse ses exactions. J'ai risqué ma vie pour vous…

– Une comédie !

– Crois-tu nous apitoyer ?

Bérénice, indifférente aux injures, poursuivit son récit.

– Aujourd'hui encore, Jean, je suis allée vers les Romains, j'ai parlé à Titus. J'ai obtenu des assurances.

– Tais-toi !

– Tu ne nous tromperas pas !

À bout de forces, elle continua de crier.

– Si vous acceptez de rendre les armes, les Romains vous…

Les insultes reprirent.

– Prostituée !

– Retourne forniquer avec ton frère !

Des pierres furent projetées dans sa direction. Elle insista encore.

– Si vous ouvrez les portes de la ville, les Romains vous traiteront dignement.

– Oui, en nous vendant comme esclaves !

– Plutôt mourir !

Josèphe l'entraîna en arrière.
– Viens, ma reine.

Ils retournèrent, abattus, vers le camp des Romains.
– Il n'y a donc rien à faire, Josèphe, pour éviter la catastrophe ?
– Parfois, quand il m'arrive de parler aux soldats romains, les Juifs leur apparaissent comme un peuple incompréhensible. L'un d'eux, un vétéran, m'a confié qu'il n'avait jamais vu, au cours de ses nombreuses campagnes, un tel entêtement, un tel acharnement à mourir.
– Mais pourquoi, Josèphe ?
– Parce qu'ils se croient les élus de Dieu et qu'ils ne le sont pas, parce qu'ils jugent leur Temple invulnérable et qu'il n'en restera pas pierre sur pierre, parce qu'ils croient à l'arrivée imminente du Messie et que le Messie ne viendra pas, voilà pourquoi.
– Sommes-nous donc le plus fou d'entre les peuples ? Et que fais-tu de Philon, le noble et sage Philon ? N'était-il pas la preuve du contraire ?
– Notre peuple compte beaucoup d'esprits brillants, ma reine, parce qu'il a mis un livre, la Torah, au cœur de sa foi. Pour son malheur, hélas, il est aussi habité par l'esprit messianique, par cette croyance funeste qu'il entrera le premier dans le royaume de Dieu, un lieu béni où la souffrance et la mort n'existent plus, où la rétribution des bons et le châtiment des méchants seront assurés par le Jugement du Tout-Puissant. L'esprit messianique est notre force autant que notre faiblesse, reine Bérénice. Il nous porte à l'espérance, mais il peut aussi nous porter au suicide.

Chapitre 49

Le roi Agrippa et Bérénice semblaient découragés quand un de leurs informateurs leur apporta ce qui pouvait être un message d'espoir.

– Majesté, un groupe d'insurgés demande à te parler, ils voudraient négocier une reddition avec le général Titus.

– Enfin !

Aussitôt, Titus fut prévenu.

– Où sont-ils ?

– Au sommet de la tour du Levant. Leur chef dit se nommer Castor.

Accompagné d'un groupe de soldats romains, Titus se précipita. Agrippa et Bérénice le suivirent en bas des remparts.

– Les voici, en haut de la tour.

Titus éleva la voix.

– Je suis Titus. Quelle est ta demande, Castor ?

– Je commande les zélotes de ce mur de défense. Nous estimons que Jérusalem est perdue, nous ne voulons pas mourir. Je t'implore, Titus, de nous laisser sortir. Nous sommes disposés à nous rendre, ayez pitié de nous.

– Tu peux nous faire confiance, Castor.

Titus défendit à ses archers de tirer des flèches sur ces insurgés qui avaient cessé le combat.

– Beaucoup d'autres de vos amis sont-ils disposés à vous suivre ?

– Oui, général, au moins une cinquantaine.

– Dans ce cas, je suis prêt à engager ma parole envers vous.

– Approchez-vous, Romains, nous allons descendre jusqu'à vous.

Josèphe fit un pas en avant. Avec son bras, il barra la route de Titus.

– Que fais-tu ?

– Méfie-toi, général.

On entendit le claquement sec d'une baliste.

– Garez-vous !

La chute d'un lourd quartier de rocher donna raison à Josèphe. Elle s'écrasa tout près de Titus, qui eut le réflexe heureux de sauter en arrière. Un éclat blessa un archer au visage.

En haut de la tour, les zélotes éclatèrent de rire.

– Dommage, Titus, nous t'aurions bien aplati et renvoyé ton cadavre à ton père dans une boîte !

Fou de rage, Titus ordonna à ses archers de les cribler de flèches. Tandis que le combat reprenait, il rentra au camp, furieux, et réunit ses officiers.

– Ils l'auront voulu !

– Quels sont tes ordres, général ?

– Puisqu'ils refusent de négocier, nous allons les affamer.

*

En principe, Jérusalem possédait plusieurs mois de réserves en eau et en vivres, bien assez pour résister à un très long siège. Le malheur est qu'à peine arrivés au pouvoir Jean de Gischala et son compère iduméen Simon bar Gioras les avaient fait brûler, afin d'inciter le peuple à la résistance.

– Combien leur reste-t-il de provisions ? s'enquit Titus.

Josèphe venait de recevoir un message de ses informateurs.

– Quelques jours à peine. Les plus menacés sont les jeunes enfants.

– Quand leurs nourrissons mourront de faim, ils nous supplieront de se rendre.

Il s'adressa à Valerius Pollo, le responsable du génie.

– Combien de temps te faut-il pour faire construire un mur de circonvallation autour de Jérusalem ?

– Pas facile, ils nous tireront dessus.

– Combien ? insista Titus.

– Je dirais une vingtaine de jours.

– Je t'en donne cinq ! Mets au travail tous nos soldats, je veux assurer un blocus parfaitement étanche autour de la ville. Au point où ils en sont, ils ne résisteront pas longtemps. Aucune nourriture ne doit y entrer, est-ce bien entendu ?

Pollo frappa son poing sur sa poitrine et partit se mettre au travail. Titus se tourna ensuite vers les légats de ses quatre légions.

– Il faut les impressionner. Ne vous contentez pas de tuer les fugitifs, crucifiez-les et exposez leurs cadavres face aux remparts. Ils ont voulu une guerre romaine, ils l'auront !

Bérénice et Agrippa échangèrent des regards désespérés.

Les légionnaires firent merveille, car la construction de l'enceinte autour de Jérusalem fut complètement achevée en trois jours. Le « mur de Titus », comme on l'appela, était long de trente-neuf stades. Un stade équivalant à cent quatre-vingt-cinq mètres, cela totalisait plus de sept kilomètres ! Treize fortins le flanquaient au-dehors.

– Organisez des rondes permanentes autour du mur, ordonna Titus. Surtout, ne laissez rien passer !

Bérénice observa, désarmée, la métamorphose de son amant en un général impitoyable. Il assurait chaque nuit, avec ses soldats, une ronde pour surveiller l'efficacité de sa construction. Coupés ainsi de l'extérieur, les rebelles perdaient au fil des jours toute espérance de salut tandis que la famine, qui étendait ses ravages, décimait des familles entières.

Des années plus tard, quand Josèphe sera devenu l'historien Flavius Josèphe, il contera ces jours tragiques dans Jérusalem assiégée :

« *Les terrasses étaient encombrées de femmes et de petits enfants exténués, les ruelles de vieillards morts ; des garçons et des jeunes gens erraient comme des fantômes, le corps tuméfié. Les malades n'avaient pas la force d'ensevelir les cadavres de leurs proches ; beaucoup tombaient morts sur ceux qu'ils ensevelissaient. Parmi tous ces malheurs, il n'y avait ni plaintes, ni gémissements, car la faim étouffait les émotions ; c'est avec des yeux secs et la bouche contrac-*

tée que les victimes d'une mort lente observaient ceux qui, avant eux, arrivaient au repos. Un silence profond, une nuit où dominait la mort, régnaient sur la ville, et, chose plus affreuse encore, les brigands y exerçaient leurs sévices. Fouillant les maisons devenues des tombeaux, ils dépouillaient les morts, arrachaient les vêtements qui recouvraient les cadavres ; ils sortaient avec des éclats de rire ; ils éprouvaient la pointe de leurs glaives sur les cadavres, et transperçaient quelques-uns de ces malheureux étendus à terre, mais encore vivants, pour essayer leur fer ; mais si quelqu'un les suppliait de leur prêter leur main et leur épée, ils l'abandonnaient dédaigneusement à la faim. »

Chapitre 50

Une odeur infecte, celle de la décomposition de milliers de cadavres qui s'entassaient dans les ravins, parvenait jusqu'au camp romain. Horrifiée par ce spectacle, Bérénice s'approcha silencieusement de Titus, qui était juché sur une hauteur. Il avait posé ses poings serrés contre ses yeux et implorait ses dieux romains :

– Ô dieux de mes pères, soyez témoins que je n'ai pas voulu cela !

– Reconnais que tu l'as décidé, murmura Bérénice.

– Je ne voulais pas ça, je voulais qu'ils se rendent. Jamais, en nul autre endroit, je n'ai observé une telle obstination à mourir.

Elle se tourna vers un feu de camp.

– Eux, en tout cas, sont moins affligés que toi.

Elle faisait allusion à un groupe de soldats romains qui banquetaient bruyamment face aux remparts. Ils avaient reçu du blé, de la viande et des fruits de Syrie et n'hésitaient pas à étaler leur bonheur aux yeux des assiégés torturés par la faim.

Titus appela un centurion.

– Dis-leur de déguerpir, et en vitesse !

Au même moment, à l'intérieur de Jérusalem, un groupe d'habitants s'était réuni dans une maison de la ville basse. Ils avaient décidé de désobéir aux ordres de la junte qui dirigeait la cité. Ils s'étaient donné un meneur du nom de Judas ben Uriel :

– Nous irons dans chaque famille de Jérusalem et nous gagnerons les citoyens à notre cause. Quand nous serons assez nombreux, nous parlerons clairement à nos chefs.

– Que vas-tu leur dire ? Que nous voulons nous livrer aux Romains ?

– Nous leur dirons, comme Josèphe ben Matthias l'autre soir, qu'il est devenu clair pour nous que Dieu n'est pas dans notre camp. Pourquoi nous obstiner ?

– Comment veux-tu procéder ?

– Nous nous entendrons avec Titus pour lui livrer un de nos remparts. Quand les Romains surgiront dans la ville, les zélotes prendront la fuite.

On entendit alors des coups frappés à la porte.

– Ce sont nos amis de Jérusalem-Ouest, annonça Judas.

La femme qui alla ouvrir fut bousculée par un groupe de zélotes en armes. La figure effrayante de Simon bar Gioras franchit le seuil.

– Judas ben Uriel, montre-toi !

Judas tenta de fuir par la porte de derrière, mais deux zélotes bondirent et le rattrapèrent.

– Il n'y a pas de place à Jérusalem pour les lâches !

Le lendemain matin, Judas et six de ses partisans furent conduits au sommet d'un des remparts. Simon bar Gioras s'adressa à la foule :

– Ces douze traîtres voulaient nous livrer aux Romains pour sauver leurs misérables vies…

Il saisit son poignard et se chargea lui-même d'écorcher vif le malheureux Judas, comme l'aurait fait un boucher. Ses hommes en firent autant avec les autres. Puis leurs dépouilles furent jetées au pied de la muraille.

– Nous vaincrons ensemble ou nous périrons ensemble !

Une nuit, Josèphe lui-même manqua de se faire capturer par les insurgés. Frappé à la tête d'une pierre de fronde, il perdit connaissance. Le commando de zélotes qui l'avait agressé tenta discrètement de l'entraîner à l'intérieur.

– Nous exhiberons son cadavre sur les remparts.

On entendit un cri :

– Halte ! Qui va là ?

Un soldat romain, alerté par le bruit, appela à l'aide. Les zélotes, trop peu nombreux, prirent aussitôt la fuite. Prévenue, Bérénice alla rejoindre Josèphe dans la tente où étaient soignés les blessés. Il avait les yeux gonflés et rouges et la tête entourée d'un bandage.

– Je ne dois pas être beau à voir, n'est-ce pas, ma reine ?

– Tu es vivant, Josèphe, c'est tout ce qui importe pour moi. Tu as frôlé la mort, n'est-ce pas ?

– Au point que nos ennemis sont repartis avec des cris de joie, assurant que le traître Josèphe était mort. Ce fut une étrange impression de voir tant de gens se réjouir de ma mort, c'était presque rassurant.

– Rassurant ?

– Ils m'ont fait comprendre que, même quand je ne serai plus rien, je serai quand même quelque chose !

Bérénice lui caressa le front.

– S'ils avaient réussi, mon ami, j'aurais perdu l'être le plus proche de moi.

– Plus proche que ton frère Agrippa ?

Elle sourit.

– Oui, Josèphe, parce que tu as l'humanité qu'il n'a pas.

– Et Titus ? Ce n'est pourtant pas l'humanité qui l'étouffe.

Elle resta pensive.

– Vous avez le même âge, n'est-ce pas ?

– À peu près.

– Et pourtant, vous êtes si différents. Tu es, toi, l'épaule contre laquelle je m'appuie sans honte. Et je suis, moi, celle sur laquelle s'appuie Titus.

– Tu l'aimes encore, malgré tous ces massacres ?

– Oui. C'est étrange, n'est-ce pas ?

Josèphe se redressa et baissa la voix.

– Reine Bérénice, si un jour, pour une raison que nous ne connaissons pas, ton amour pour Titus venait à flancher, sache que je serai là tout près et que je t'attends.

Elle se pencha et l'embrassa tendrement, puis sensuellement. Il garda les yeux clos afin de savourer son bonheur. Elle se redressa ;

– Soigne-toi à présent, ne fais plus d'imprudences.

– Oui, ma reine.

Chapitre 51

Parmi les fuyards qui réussissaient à passer le mur de circonvallation, la plupart étaient tués et crucifiés. Mais certains, peu nombreux, étaient au contraire bien accueillis par les Romains et gavés de nourriture pour tenter ceux, sur les remparts, qui n'osaient pas sauter le pas.

Mais, écrira plus tard Flavius Josèphe, « *un sort, plus terrible que les souffrances endurées dans leurs murs, les attendait au camp. Car l'abondance qu'ils trouvaient chez les Romains causait leur mort plus efficacement que la famine chez eux. Ils arrivaient, par suite de l'inanition, le corps enflé, semblables à des hydropiques. Ensuite, comme ils surchargeaient leur estomac vide d'une nourriture gloutonnement absorbée, ils finissaient par en crever, à l'exception de ceux à qui l'expérience avait appris à régler leur appétit et qui introduisaient peu à peu les aliments dans un corps déshabitué de ses fonctions* ».

Il y eut encore pire, si c'était possible. Un matin, un soldat surprit un de ces fuyards recueillis au camp romain en train de fouiller dans une fosse, parmi ses propres déjections.

– Que fais-tu ?

L'autre, apparemment pris sur le fait, ne savait quoi répondre. Intrigué, le soldat s'approcha. Il remarqua, parmi les immondices, quelques pièces d'or.

– À qui appartient cet or ?

– Il... est à moi, officier.

Le soldat comprit que l'homme avait eu l'étrange idée d'avaler ses pièces d'or au moment de prendre la fuite, espérant les récupérer après. Il éclata de rire et appela d'autres soldats.

– Venez voir, tous ! Les Juifs chient de l'or !

C'est ainsi que se constitua secrètement un groupe de soldats romains (auxquels s'ajoutèrent des auxiliaires arabes et syriens) qui se spécialisa dans une étrange tâche : ils accueillaient les fuyards qui arrivaient au camp, les entraînaient dans un coin à part et les éventraient encore vivants. En une seule nuit, jusqu'à deux mille malheureux furent ainsi éventrés.

Le sommet de l'horreur fut atteint quand la nouvelle se répandit, dans le campement romain, qu'une femme devenue folle de douleur, à Jérusalem, avait tué son petit enfant et l'avait mangé. Bérénice connaissait cette femme, qui lui avait jadis servi de couturière. Elle demanda à Josèphe de réunir dix hommes juifs qui prononcèrent pour elle un kaddish, la prière des morts. Ce n'était pas grand-chose, car cette pauvre femme était morte de l'autre côté des remparts. Mais, dans le vent de folie qui soufflait sur la région, Bérénice se devait de donner un peu de sens à ce qu'elle vivait.

Quand elle retourna à sa tente, elle découvrit une rangée de croix plantées par les Romains devant les murs de Jérusalem, où agonisaient une cinquantaine de condamnés cloués au bois, la tête en bas. Elle leva les yeux vers le ciel étoilé et s'adressa directement au Saint-Béni-Soit-Il en hébreu :

– איך רצית את זה, אדוני אלוהים ? Comment as-tu voulu cela, Seigneur Dieu ?

Sur un coup de tête, elle entra dans sa tente, prépara quelques affaires et alla seller son cheval. Elle croisa Josèphe, qui s'étonna :

– Que fais-tu, ma reine ?

– Je ne peux plus et je ne veux plus voir ça, Josèphe, je retourne à Césarée de Philippe. Je passerai mes journées à la synagogue, à prier pour tous les malheureux qui vont mourir ici. Rejoins-moi quand tout sera fini, pour me raconter. Préviens Titus et Agrippa de mon départ, ils comprendront.

Il la regarda s'éloigner dans la nuit, alors que les gémissements des suppliciés emplissaient l'obscurité.

Chapitre 52

Césarée de Philippe, en l'an 70 de l'ère commune

Pourtant, la nuit était douce. Les étoiles dans le ciel brillaient comme à l'habitude, dans leur indifférence glacée. Mais, quand elle regardait en direction de Jérusalem depuis son balcon de Césarée de Philippe, Bérénice pouvait entendre ses frères crier, supplier, invoquer Dieu.

Depuis qu'elle s'était enfuie de sa capitale, elle ne dormait pas, mangeait à peine, s'abreuvait peu. Dès qu'elle le pouvait, elle s'enfermait à la synagogue. Pas vraiment pour prier, mais pour se sentir proche de l'Éternel, pour arracher au Saint-Béni-Soit-Il le secret de ses pensées. Pour savoir comment il jugeait ce qui se passait là-bas. Seul le silence lui répondit.

Ou Dieu avait déserté la synagogue de Césarée, ou il refusait de lui répondre.

Ou alors le ciel était vide, tout simplement. C'était même le plus probable. Comment un Dieu bon et tout-puissant laisserait-il anéantir le peuple de sa ville sainte ?

À moins qu'il soit tout-puissant, mais pas bon ? Mais un dieu méchant est-il encore un dieu ?

Ou bien est-il bon, mais pas tout-puissant ? Mais, là encore, un dieu faible est-il encore un dieu ? Tout cela était bien trop compliqué, seul un philosophe comme Philon serait capable de lui répondre.

Le troisième jour, elle sentit une odeur de brûlé. Étaient-ce les fumées de l'holocauste qui avaient traversé l'espace pour venir jusqu'à ses narines ? Tous les habitants de Jérusalem jetés dans un immense brasier, comme dans les récits cauchemardesques qu'elle écoutait avec son frère Agrippa quand c'était leur vieille nourrice syrienne, Tamia, qui leur racontait des histoires de son pays.

Mais non, ce n'était qu'un simple feu allumé par un jardinier pour y brûler des feuilles et des brindilles. Au loin, elle vit son frère Agrippa revenir de sa promenade quotidienne. Il l'avait suivie, quand elle avait fui Jérusalem. Le roi et la reine de Judée étaient trop délicats, songea-t-elle amèrement, pour assister au massacre de leurs sujets. Ils voulaient le trône, mais sans les inconvénients qui vont avec. Elle enviait la capacité d'indifférence d'Agrippa, sa manière un peu lointaine, détachée, d'apprécier le spectacle du monde. Il semblait flotter à la surface des choses, quand elle, Bérénice, se sentait agrippée par les mille mains du réel, qui la suppliaient ou cherchaient à l'attirer à elles.

Titus, son beau Titus, lui, effectuait son travail de Romain. Sans y prendre de plaisir, elle l'avait bien vu, mais en le considérant comme une tâche à terminer parce que son père, l'empereur, le lui avait commandé.

À tout prendre, elle préférait cette attitude à celle de son frère, qui mettait ses sentiments de côté. Agrippa était né dépourvu d'émotions, comme s'il n'était qu'un corps mou, sans colonne vertébrale. Il traversait la vie sans la vivre, comme un souffle.

– Maîtresse…

C'était Léa, sa fidèle servante.

– Un homme vient de se présenter à la porte du palais. Il dit qu'il s'appelle Josèphe. Puis-je le…

Le cœur de Bérénice bondit.

– Oui, Léa, qu'il monte, qu'il monte !

Elle alla arranger sa coiffure devant son miroir, mais renonça vite. Il ne lui renvoyait que l'image d'une femme mûre de quarante et un ans, pas maquillée, pâle, aux yeux rougis qui avaient longtemps pleuré.

Enfin il était là, le fidèle Josèphe, avec sa belle tête d'intellectuel qu'on dirait tout juste sortie de ses livres. Pas rasé, en haillons, cela se comprenait quand on savait d'où il venait. Mais vivant, c'était là l'important. Elle courut l'enlacer et l'embrasser partout sur le visage, évitant à grand-peine les lèvres.

– Pardon, ma reine, de me présenter à toi dans cet état, j'ai eu les plus grandes difficultés à faire le chemin depuis Jérusalem.

– Tu es pardonné, mon bon Josèphe. Viens t'asseoir près de moi et raconte.

– Nous n'attendons pas le roi Agrippa ?

– Laissons-le finir sa promenade, je lui raconterai après.

Le visage de Josèphe s'assombrit.

– Je n'ai pas de bonnes nouvelles, reine Bérénice.

Elle s'assombrit.

– C'est fini ?

– Il n'y a plus de Temple à Jérusalem.

Ce fut comme un coup violent porté à même le cœur.

– Oh, Seigneur !

Elle ne pouvait s'empêcher de pleurer comme une enfant.

– Pardon, Josèphe, pardon. Je ne peux pas…

– Pleure, ma reine, c'est le seul bonheur qui nous reste. J'ai tant pleuré moi-même.

Un instant après, elle respirait mieux.

– Dis-moi, Josèphe…

Il poussa un profond soupir et commença. Nul ne savait raconter comme Josèphe, car sa mémoire ressuscitait même des événements qu'il n'avait pas vécus ! Mais il possédait cette faculté d'empathie qui permet à certains conteurs de vous immerger dans leur récit. Il commença…

Chapitre 53

– Peu après ton départ, reine Bérénice, Titus a tenu un conseil de guerre où il m'avait convié : faut-il détruire le Temple ? Les uns étaient d'avis d'appliquer la loi de la guerre. Jamais les Juifs ne cesseraient de se révolter tant que leur Temple serait debout. D'autres, à l'inverse, conseillaient de l'épargner si les Juifs l'évacuaient et si personne n'y avait placé d'armes…

– Et Titus ? s'inquiéta Bérénice.

– Il déclara qu'il ne se vengerait pas des fautes des hommes sur des objets inanimés et qu'il ne brûlerait jamais un si bel ouvrage.

Elle ne comprenait plus.

– Mais alors pourquoi le Temple a-t-il… ?

– Ce fut une horrible succession d'événements. Le lendemain, à l'aube, les zélotes de Jean de Gischala reprirent courage et tentèrent une sortie en force par la porte de l'Est. Les Romains, surpris, leur opposèrent une forte résistance et serrèrent leurs rangs. Titus se porta aussitôt à leur secours avec l'élite de ses cavaliers. Les Juifs ne purent soutenir le choc et partirent s'enfermer à l'intérieur du Temple…

Bérénice devinait la suite.

– À partir de là, ma reine, les événements se sont enchaînés, comme si un démon les avait spécialement alignés les uns derrière les autres, avec une perversité maligne. Au cours de l'assaut que donna Titus, un des soldats, saisi par une impulsion subite, s'empara d'un brandon enflammé et le lança à travers une fenêtre qui donnait accès aux habitations construites autour du Temple. Quand la flamme jaillit, les Juifs poussèrent des cris. Ils coururent en foule pour l'éteindre, sans prendre souci de leur vie.

Encore une fois, Bérénice voulut peser la responsabilité de Titus.

– Titus, ma reine, a voulu arrêter l'incendie, mais ses légionnaires étaient dans un état d'excitation incontrôlable. Alors que le feu s'étendait, les soldats égorgeaient tous ceux qui étaient sur leur chemin, les rebelles autant que les vieillards et les prêtres, affolés par ce qui arrivait à leur Maison de Dieu. Autour de l'autel, une multitude de cadavres s'amoncelait. Sur les degrés du Temple, les corps de ceux qu'on venait de massacrer roulaient d'une marche à l'autre.

– Mon Dieu, mon Dieu, gémit Bérénice, nous sommes maudits !

Josèphe poursuivit son récit, comme s'il revivait la scène.

– La plupart des soldats étaient aussi stimulés par l'espoir du butin : ils croyaient que tout l'intérieur du Temple regorgeait de richesses, en voyant les dehors de l'édifice revêtus d'or. Un des soldats mit le feu, dans l'obscurité, aux gonds de la porte. Aussitôt la flamme jaillit à l'intérieur, plus personne ne pouvait arrêter l'incendie. C'est ainsi que le Temple fut brûlé, reine Bérénice. Jamais une telle catastrophe ne s'était produite depuis la destruction du Temple de Salomon, six cent cinquante-sept ans avant cette funeste journée.

– Et le peuple dans Jérusalem, comment a-t-il réagi ?

– Beaucoup, en voyant le Temple en flammes, retrouvèrent des forces pour gémir et pour crier. Ils montrèrent alors au-dessus de la ville un astre semblable à une épée, qui venait d'apparaître et illumina le ciel.

– Veux-tu parler d'une comète ?

– Oui, un astre de malheur. Le peuple, en le découvrant, pensa que l'Éternel ordonnait la cessation des combats. Et toute résistance cessa.

– Et les responsables de cette catastrophe, que sont-ils devenus ?

– Ils furent retrouvés. Dans les souterrains où s'étaient réfugiés les défenseurs de la cité, les soldats romains furent accueillis par une épouvantable puanteur. Parmi les cadavres des suicidés et les victimes de la faim, ils découvrirent une vieille connaissance, Jean de Gischala.

– Le lâche, qui se cachait parmi les cadavres !

– Quant à Simon bar Gioras, son complice iduméen, il resta caché plusieurs jours au milieu des ordures, mais il fut finalement découvert.

– Ils doivent être mis à mort ! Les voilà, les grands responsables de nos malheurs.

– Ne les accablez pas, reine Bérénice, nous sommes tous responsables. Les uns par lâcheté, les autres à cause de leur folie suicidaire. Quant au Messie, que chacun attendait en cette heure tragique, il n'est pas venu. C'est lui, le plus grand des responsables. Dorénavant, ma reine, nous ne pourrons compter que sur nous-mêmes.

Chapitre 54

La guerre était finie, en tout cas en Judée.

Dans chaque camp, on s'occupait de soigner les blessés ou de rassembler les orphelins qui erraient, désemparés, dans Jérusalem saccagée.

Titus, lui, s'adressa à ses troupes.

– Gloire à vous, soldats romains, c'est par votre courage que...

Il n'alla pas plus loin, il vit qu'on ne l'écoutait pas. Même le plus soudard des Romains n'était pas très fier de ce qui s'était passé la veille. Il oublia les compliments et annonça à ses troupes qu'elles rentreraient à Césarée maritime, afin de reconstituer leurs forces.

Quand la plus grande partie de son armée fut en marche, Titus décida, avec ce qui restait, de faire route vers l'autre Césarée, Césarée de Philippe, où l'attendaient les seules autorités légitimes de la Judée, le roi Agrippa et la reine Bérénice. Officiellement, il devait leur rendre compte.

Mais la vérité était qu'il songeait surtout à Bérénice. Il n'était pas seulement motivé par le désir de revoir la femme aimée, il éprouvait aussi le besoin de calmer, si cela était possible, le tohu-bohu des pensées contradictoires qui agitaient son esprit. Elle seule pourrait, pensait-il, lui rendre la paix de l'âme. Mais le voudrait-elle, après ce qui s'était passé ?

*

Elle l'attendait dans ses appartements.

Elle hésita un peu avant de se jeter dans ses bras, car elle le trouva changé, comme si plusieurs années s'étaient abattues sur lui. Son visage était amaigri, presque émacié, le regard d'un homme vidé du dedans. Il ne s'en cacha pas.

– Observe la face d'un homme qui a vu le Mal à l'état pur, Bérénice, jamais je n'ai été témoin de telles horreurs. J'ai tenté ce que j'ai pu pour les éviter, mais il semble que chacun de mes actes, même les mieux intentionnés, se traduisait par des conséquences épouvantables.

Elle lui caressa le front avec une pièce d'étoffe parfumée à l'eau de rose.

– Josèphe m'a raconté. Moi aussi, j'ai pleuré. Mon rabbin, que j'ai interrogé, estime que Dieu a voulu nous faire passer un message, mais nous n'avons toujours pas compris lequel.

Titus eut un rire ironique.

– Votre Dieu est un mystère pour moi. Vous dites qu'il vous a élus parmi les autres peuples, mais il vous envoie malheur sur malheur !

– Quoi qu'il en soit, répondit-elle, cette catastrophe est derrière nous, à présent.

« *Le crois-tu vraiment, Bérénice ?* la sermonna Béréniké. *Ou fais-tu semblant de le croire ?* »

– Mon père, insista Titus, m'a ordonné de terminer la pacification de la Palestine, de la Judée à la Galilée, pour éteindre à jamais cette rébellion. Tout l'empire a suivi de près les événements, nous devons faire un exemple.

« Cela n'en finira jamais », songea-t-elle.

– Tu vas donc repartir en guerre ?

– Non, mes officiers vont s'en charger. Si Agrippa et toi acceptez de m'accueillir ici, à Césarée de Philippe, j'aimerais prendre du repos près de toi.

– Tu es ici chez toi, Titus.

Agrippa, qui était venu les rejoindre, hésita un peu avant de poser la question qui lui brûlait les lèvres.

– Mon royaume de Judée sera-t-il restauré ?

« *Après les effusions, revenons aux choses sérieuses* », grogna Béréniké.

Titus fit à Agrippa la seule réponse qu'il pouvait lui donner pour le moment.

– Pas immédiatement, mon ami. Nous ne pouvons plus prendre le moindre risque, d'autant que la citadelle de Massada, au sud, résiste encore. La Judée restera sous administration militaire, plusieurs légions seront stationnées dans le pays. Un nouveau procurateur sera nommé.

– Qui ?

– Sextus Vettulenus Cerialis, qui commandait la *Legio V Macedonica*. C'est un légat dur, mais juste. Il fera du bon travail.

Agrippa ne put retenir un geste de mauvaise humeur.

– Tu m'as toujours dit qu'après la guerre nous serions associés au gouvernement du pays ?

– Cela, c'était avant, Agrippa, quand nous pensions que les rebelles finiraient par se rendre. Ce qui s'est passé, cette résistance folle a rendu toute collaboration impossible, le peuple romain ne comprendrait pas. Beaucoup de nos légionnaires ont péri, souvent de manière abominable.

Agrippa fut piqué au vif.

– Veux-tu que je t'apprenne, Titus, combien de Juifs ont disparu dans cette guerre ? Josèphe a fait le calcul. Il a comptabilisé plus d'un million de morts juifs lors du seul siège de Jérusalem, en ajoutant les combattants et la population civile.

– Ne nous envoyons pas nos morts au visage, Agrippa. Quoi que tu en dises, les ordres de l'empereur ne peuvent être discutés. Le pays restera sous administration romaine, Jérusalem perdra son statut de centre religieux et politique et la ville sera en partie reconstruite.

– À l'image d'une ville romaine, n'est-ce pas ?

Face à la colère d'Agrippa, Titus se raidit.

– Et pourquoi pas ? C'est ce qui peut lui arriver de mieux.

Agrippa fournit un gros effort sur lui-même pour se calmer.

– Tu es mon invité, Titus. J'ai même eu la tentation, il n'y a pas si longtemps, de te prendre pour mon ami. Mais tu restes un Romain !

Il quitta la pièce en coup de vent, laissant Titus et Bérénice face à face. Elle essuya quelques larmes.

– J'espérais que ton frère comprendrait mes raisons. Hélas, je me trompais.

– Il est déçu, il a accepté de nombreux compromis avec vous.

« *Et toi aussi, Bérénice* », ajouta Béréniké.

– À la fin, il n'a rien obtenu. Ses sujets l'accusent déjà de trahison, d'avoir contribué à l'assassinat de nos frères. Et je suis complice.

– Je sais. Crois-tu que cette situation me convienne ? J'applique les ordres de mon père, voilà tout.

Elle se redressa. Il sentit monter en elle cette colère qui bouillait déjà dans ses yeux et qu'il avait trouvée si séduisante, hier.

– Tu es Titus, lui lança-t-elle, pas seulement le fils de ton père !

– Que veux-tu dire ?

– Quel âge a Vespasien ?

– Il est âgé. Que veux-tu dire ?

– Il ne vivra plus très longtemps. Tu lui succéderas.

– C'est mon père qui en décidera. Il y a aussi mon frère Domitien. Il est plus jeune que moi, mais mon père l'apprécie beaucoup.

Une idée bondit dans l'esprit de Bérénice. La construction qu'elle avait échafaudée avec Josèphe prenait forme. Elle s'accrocha à lui :

– Imagine, mon amour, imagine un empire à deux faces, l'une tournée vers l'Occident, l'autre vers l'Orient.

– Je l'imagine très bien, c'était le rêve de Marc Antoine et de Cléopâtre.

– Ils ont rêvé trop tôt. Mais aujourd'hui il est peut-être temps.

– Continue…

– Imagine Vespasien à Rome, en empereur d'Occident. Et toi à Alexandrie, en empereur d'Orient.

Il commençait à comprendre. Et ce qu'il devinait l'effrayait.

– Que me proposes-tu, Bérénice ? De faire sécession ?

– Et pourquoi pas ?

– Mais je… c'est impossible, mon père ne me le pardonnerait pas.

Elle éclata.

– *Mon père, mon père !* Quand donc seras-tu Titus ?

Chapitre 55

Cet échange en resta là. Sur le conseil insistant de Josèphe, Bérénice n'y revint pas.

– Laisse l'idée infuser dans son esprit, ma reine, ne le bouscule pas. Peut-être y viendra-t-il tout seul ?

– Je n'en suis pas certaine, Josèphe. Je l'aime infiniment, c'est un amant merveilleux, mais il n'a pas de c...

Josèphe sourit et l'arrêta à temps.

– Ne le dis pas, Bérénice. S'il *en* avait vraiment, comme tu le dis, peut-être cesserais-tu de l'aimer ?

– Je n'en sais rien. Pour le moment, nous n'en parlons plus. Nous verrons bien après les jeux.

Cette nouvelle surprit Josèphe.

– Quels jeux ?

– Il a demandé à mon frère l'autorisation d'organiser des fêtes romaines, pour distraire son armée.

Josèphe avait du mal à y croire.

– Agrippa la lui a donnée ?

Elle s'étonna de sa surprise.

– Et pourquoi non ?

– As-tu beaucoup vu de fêtes romaines, reine Bérénice ?

– Non, je l'avoue.
– Tu comprendras.

*

Les fêtes ordonnées par Titus comprenaient des banquets romains, à quoi Bérénice ne trouva rien à dire. Elle assista au premier *convivium*, célébré en l'honneur du dieu Bacchus. Titus l'inaugura en déclamant quelques vers :

O Bacche, vini genitor, laetitiae magister,
Tu, qui laetitiam infundis cordibus nostris,
Laudamus te, et gratias agimus tibi
Pro gaudiis, quae largiris in dies.

Le poème célébrait Bacchus, le dieu du vin, de la fête et de l'extase. Il était loué pour sa capacité à apporter la joie et l'ivresse à travers le vin et à inspirer la danse et la chanson. Une nuée de domestiques firent ensuite leur apparition, servant aux convives les nourritures les plus abondantes, composées d'ingrédients sophistiqués et coûteux. Quelle honte, jugea Bérénice, cette abondance, ce gaspillage de nourriture quand mon peuple meurt de faim. Elle en avait la nausée. Mais que pouvait-elle y faire ? Son peuple était vaincu et tombé en esclavage, tandis que le vainqueur se livrait à ses libations obscènes.

Après deux heures de temps, quand le vin eut suffisamment embrumé les esprits, apparurent des nuées de très jeunes filles et de garçons en tenues légères, qui se mêlèrent aux invités. Surgis de derrière les rideaux, des danseurs nus se mirent à exécuter une bacchanale, une danse endiablée au cours de laquelle danseurs, danseuses et musiciens tâchaient d'entraîner les convives dans une forme de transe, libérant les appétits sexuels les plus divers. Titus, que Bérénice n'avait jamais vu dans cet état, n'était pas le dernier à participer à ce déchaînement orgiaque. Elle s'éclipsa à la faveur de l'obscurité, propice au déchaînement de vices qu'elle-même, qui avait pourtant largement vécu, ignorait.

Mais le pire restait à venir. Car le lendemain, pour donner un prolongement à sa fête bacchique, Titus avait invité ses légionnaires et ses amis romains (mais aussi, remarqua-t-elle avec dépit, quelques notables de la cour d'Agrippa) à un spectacle organisé dans un stade sportif de Césarée de Philippe. Quand il claqua dans ses mains, apparurent deux groupes de treize gladiateurs armés de glaives, de tridents, de filets, tout cet attirail qu'on voyait généralement dans les jeux du cirque à Rome. Titus, très fier de son effet, annonça qu'il s'agissait d'un combat à mort entre des prisonniers juifs capturés dans l'enceinte du Temple de Jérusalem. Bérénice, stupéfaite, se tourna vers Agrippa :

– Tu es le roi ici. Arrête ça, je t'en prie !

Agrippa lui rendit un geste d'impuissance.

Le combat commença par un salut de ceux qui allaient mourir au public. Bérénice reconnut en l'un des guerriers un jeune homme qu'elle avait croisé deux fois, en d'autres circonstances : Danaël le zélote. Il lui rendit son regard. Son visage, congestionné par la colère, prononça un mot muet, qu'elle n'eut aucune peine à déchiffrer :

« *Putain !* »

Des larmes inondèrent son visage. Comprenant que quelque chose n'allait pas, Titus se pencha pour lui venir en aide, mais elle se leva de son siège et s'échappa. Agrippa rassura son invité en prétextant un malaise bénin de sa sœur. Quand, enfin, Bérénice atteignit le haut des gradins, elle entendit le premier cri d'un gladiateur égorgé, qui expirait. Cette fois, elle perdit conscience. Fort heureusement, une main d'homme vint à son secours, celle de Josèphe.

– Je comprends, reine Bérénice, que les divertissements des Romains ne te conviennent pas.

Ils s'enfuirent tous les deux dans les allées du stade. Elle eut un haut-le-cœur et trébucha. Il l'entraîna dans une petite salle qui servait d'infirmerie improvisée et l'aida à s'étendre sur un lit de camp. Un serviteur qui faisait office d'infirmier reconnut immédiatement la reine.

– Je vais vous chercher une bassine avec de l'eau !

Josèphe prit la bassine, puis le congédia.

– Laisse-nous seuls.

L'homme s'inclina et s'éclipsa. Josèphe prit un peu d'eau dans sa main et la passa délicatement sur le visage de Bérénice. Peu à peu, elle reprit ses esprits.

– C'est toi, Josèphe ?

– C'est bien moi, ma reine. Vas-tu mieux ?

– Ces Romains, Josèphe, sont des êtres… vils !

Elle utilisa un mot en hébreu biblique, *nabal*. Dans le Livre de Samuel (XXV, 25), c'est ainsi que la jeune Abigail juge son mari qui a refusé de venir en aide au futur roi David. *Nabal* signifie « vil », « méprisable ».

– Parce qu'ils ne craignent pas Dieu, ma reine. Ou que leurs dieux sont des dieux de carton. Ou qu'ils se croient eux-mêmes des dieux.

On entendit alors des grognements non humains.

– Ces bruits ? Qu'est-ce que c'est ?

– Des fauves qu'ils lâchent sur leurs prisonniers juifs, pour leur plus grand plaisir.

Elle ferma les yeux et se boucha les oreilles, en se recroquevillant entre les bras de Josèphe.

Chapitre 56

Le lendemain, Titus courut au-devant de Bérénice. Le baiser qu'il lui offrit chassa un peu les funestes pensées de la veille.

– J'ai appris par Josèphe ton malaise d'hier. Les scènes que tu as vues au cirque t'ont-elles paru trop sanglantes ?

– Du sang, Titus, j'en ai vu beaucoup ces derniers mois. Était-il besoin de recommencer avec ces pauvres gens, que tu as obligés à se combattre entre eux ? Je connaissais l'un d'eux, un jeune zélote qui m'a jeté un regard furieux avant d'aller mourir dans l'arène.

Titus, le visage embrumé, essaya de se justifier.

– Je comprends ton chagrin, parce qu'il s'agissait d'un jeune homme de ton peuple. Mais pour nous, Romains, c'était un ennemi. Tu peux trouver cela barbare, mais notre tradition nous commande de procéder ainsi après chaque victoire. C'est le sang et la loi qui ont fait Rome. Le sang de nos ennemis, la loi impériale que nous faisons respecter dans tous les pays que nous avons conquis. Mais vous, les Juifs, pensez-vous valoir mieux que nous ? Ce que j'ai observé à Jérusalem m'en a fait douter. Les zélotes n'ont pas économisé le sang de leurs frères juifs, ne crois-tu pas ?

« *Que peux-tu répondre à cela ?* lui souffla Bérénikè. *Rien, évidemment.* »

– L'empire romain n'est pas économe du sang de ses fils, ajouta Titus, il ne l'est pas non plus de celui de ses adversaires. C'est ainsi qu'il est parvenu à dominer le monde civilisé.

« *Cette discussion ne mène nulle part,* conclut Bérénikè. *Si tu lui reparlais de la nouvelle organisation de l'empire ? C'est le moment, non ?* »

– As-tu réfléchi à l'idée que je t'ai suggérée, Titus ?

– Diviser l'empire ? Oui, j'y ai pensé. Nous en avons même parlé avec mes conseillers.

– Alors ?

– Personne n'y croit.

Elle tenta de justifier son idée.

– Deux empires plus petits pourraient construire des relations plus pacifiques, plus amicales entre les nations qui les composent.

– C'est vrai, mais il y a une difficulté. Imagine que mon père accepte ton idée, que je devienne l'empereur d'Orient et lui d'Occident. Tant qu'il s'agit de lui et de moi, nos relations resteront bonnes et équilibrées. Mais comment se conduiront nos héritiers ? Et les enfants de nos enfants ? Ne deviendront-ils pas des étrangers, puis des ennemis qui finiront inévitablement par se combattre ? La dernière expérience de ce genre, avec Marc Antoine, s'est terminée par une grande bataille navale à Actium.

Elle se préparait à avancer d'autres arguments, quand ils furent interrompus par un messager qui arrivait de Rome.

– Un courrier important de votre père, seigneur Titus.

– Donne…

Il fit quelques pas de côté pour déchiffrer le papyrus. Pendant qu'il lisait, Bérénice scruta son visage. Il eut une grimace qui ne présageait rien de bon.

Il referma le papyrus.

– Mon père réclame ma présence à Rome pour organiser la cérémonie de mon triomphe dans le Forum. Le Sénat a donné son accord, elle aura lieu dans trente et un jours.

– C'est une bonne nouvelle pour toi. Rien d'autre ?

Il ne pouvait cacher son embarras. Elle l'aida.

– Il a évoqué notre liaison ?

– Oui, il s'étonne qu'elle dure encore.

Bérénice baissa la tête. Titus s'approcha et la saisit par les épaules.

– Dès mon retour au palais, je lui ferai comprendre que tu seras ma femme. Il ne pourra pas s'y opposer, car j'aurai beaucoup de pouvoir. Dans cette lettre, Vespasien me propose de partager le trône avec lui.

Ce n'était pas étonnant, Vespasien avait une santé fragile. Les charges de l'empire devenaient trop lourdes à porter.

– Mais c'est lui qui reste l'empereur, pas toi.

Il tourna les talons et fit venir son officier d'ordonnance pour organiser son départ.

« *Fini l'empire romain d'Orient,* conclut Bérénikè, *Titus retourne sagement chez son père.* »

Il se retourna vers elle.

– Nous irons ensemble au Palatin, devant l'empereur. Je lui ferai part de ma décision en ce qui te concerne.

Elle lui sourit tristement, en déclinant sa proposition.

– Non, Titus, je ne viens pas.

Il ne fut pas vraiment surpris, car il pressentait cette décision.

– Mais pourquoi ?

– C'est trop tôt. En venant avec toi, je passerais pour une concubine ramenée de Jérusalem avec les autres prisonniers. Prends d'abord ta place auprès de Vespasien. Quand tu estimeras l'heure venue, tu me feras signe et je te rejoindrai.

Il s'approcha d'elle et la regarda droit dans les yeux pour deviner ses pensées.

– En es-tu sûre ?

– Si nous précipitons les choses, nous obtiendrons le contraire de ce que nous souhaitons. Rends-toi seul auprès de ton père, célèbre ton triomphe et laissons le temps faire son œuvre.

Il s'inclina.

– Comme toujours, je me montre trop impulsif. Tu as certainement raison. Mais dis-toi que tu peux compter sur moi, ma douce.

Elle le regarda s'en aller.

« *Franchement,* protesta Bérénikè, *comment peux-tu y croire ? Il a décimé ton peuple, il l'a humilié, il te fera faux bond à toi aussi. Titus n'est pas fiable. Non par perversité, mais par faiblesse d'âme.* »

Titus embarqua sur une trirème à voile, avec sa garde personnelle. Dans ses bagages, il ramenait les deux chefs des rebelles enchaînés, Simon bar Gioras et Jean de Gischala. Depuis une hauteur sur le port de Joppé, Bérénice regarda le navire s'éloigner. À présent, la vie lui offrait un choix simple : finir oubliée, avec son frère, dans sa vieille forteresse de Césarée de Philippe, ou devenir impératrice auprès de Titus.

Mais y croyait-elle vraiment ?

– VII –

REINE OU CONCUBINE ?

Chapitre 57

Une cité lugubre, tapissée de cendres. Telle était Jérusalem, quatre-vingt-quatre jours après sa chute. Le Temple, le merveilleux temple d'Hérode, une des plus belles bâtisses du monde antique, n'était plus qu'un tas de pierres transpercées de poutres encore fumantes. Ici et là, on reconnaissait des vitraux miraculeusement épargnés et des bouts d'inscriptions en hébreu biblique, arrachées des murs.

Quelques pieux vieillards, couverts de leur châle de prière, criaient leur douleur à la face de Dieu en imprimant à leur corps ce balancement systématique qui caractérise le comportement des Juifs pendant les prières et l'étude de la Torah. Une patrouille romaine traversa ce qui avait été naguère l'esplanade du Temple et les regarda d'un œil moqueur.

À quelque distance de là, deux silhouettes vêtues de noir et dissimulées sous un voile de deuil faisaient face à ce spectacle désolant. Plus loin, un homme assez jeune et bien bâti les observait avec insistance. Il venait de reconnaître le roi Agrippa et la reine Bérénice. Il s'inclina devant Agrippa.

– Majesté…

C'était Joas, un des officiers de la garde personnelle d'Agrippa.

– Sois discret, Joas, on pourrait t'entendre.

– Quelle importance ? Tous ceux qui sont ici n'ont plus le cœur à la révolte. Ils se disent que Dieu nous a abandonnés.

– As-tu des nouvelles de Massada ?

– Pour l'instant, ils attendent l'arrivée des Romains. Ou peut-être les a-t-on oubliés ?

– Les Romains n'oublient rien, Joas, soupira Agrippa. J'ai entendu dire que la *Legio X Fretensis* se préparait à les déloger.

– Qui la commandera ?

– On parle de Lucius Flavius Silva.

Joas fit une grimace pessimiste.

– Un général redoutable, je me souviens de ses ravages en Galilée. Il mettra le temps qu'il faudra, mais il prendra Massada.

Il regarda derrière lui pour vérifier que personne ne les écoutait.

– Est-ce la fin du judaïsme, roi Agrippa ?

– Non, Joas. Dieu nous a châtiés, mais pas abandonnés. Aujourd'hui, comme après la destruction du premier Temple, notre peuple s'est dispersé. Mais nous survivrons. Le rabbi Ben Zakkaï a obtenu l'autorisation d'installer une nouvelle autorité juive dans la ville de Yavné, avec un nouveau collège de prêtres.

– Yavné deviendra la nouvelle Jérusalem ?

– Surtout pas ! À l'avenir, nous n'aurons plus besoin de singer les autres peuples en édifiant des sanctuaires géants, comme le temple d'Hérode. Dieu attend que nous l'aimions autrement.

– Comment cela ?

– En oubliant les sacrifices d'animaux, le *decorum* et les cérémonies tapageuses. Désormais, chacun d'entre nous célébrera Dieu avec sa famille ou dans l'intimité de sa conscience, quel que soit l'endroit du monde où nous serons. La lecture de la Torah nous suffira. C'est le message que je retiens de tous nos malheurs, Joas. Si nous le suivons, je crois fermement que l'Éternel nous rendra son amour.

– Tu me redonnes espoir, roi Agrippa, merci.

Joas baisa la main d'Agrippa et s'éloigna. Bérénice, elle, restait pensive.

– Je te trouve bien optimiste, mon frère. Et si Joas avait raison ? Si le judaïsme avait fait son temps ? D'autres cultes pourraient nous remplacer.

– Tu penses aux chrétiens ?

– Pourquoi pas eux ? Ils ont retenu l'essentiel de la foi juive, la croyance en un seul dieu. Mais, contrairement à nous, ils sont plus accommodants avec les autres peuples. Ils accueillent les païens, ils n'exigent pas que les nouveaux convertis se fassent circoncire, ils n'ont pas d'interdits alimentaires.

– Tu penses que les chrétiens pourraient être les grands gagnants de ces malheurs ?

– Ce n'est pas impossible. Ils ont un autre avantage sur nous : ils n'attendent plus le Messie, puisque pour eux le Messie est déjà venu.

– Jésus ?

– Ce n'est pas un zélote, lui. N'a-t-il pas dit qu'il faut rendre à César ce qui est à César et à Dieu ce qui est à Dieu ? Même Vespasien ne trouverait rien à objecter à ça !

Il la prit par l'épaule.

– Je te trouve bien sombre, ma sœur. Peut-être y a-t-il place en ce monde pour deux cultes célébrant le même dieu unique, chacun à sa manière ?

Bérénice approuva. Des images lui trottaient dans la tête, celles de la fête de Bacchus à laquelle elle avait assisté, suivie par cette autre fête du sang dans les arènes de Césarée.

– Il faudra d'abord, mon frère, que s'éloignent les dieux des temps barbares. Après, peut-être…

Chapitre 58

À la fin de l'hiver 70, Josèphe fut de passage à Césarée. Bérénice fut heureuse de le revoir.

– Tu m'as manqué, Josèphe ! Sans nouvelles de toi depuis des mois, j'ai craint le pire. Où étais-tu donc passé ?

– C'est que ma vie fut mouvementée, ma reine. En quittant la Judée avec Titus, je suis passé par Alexandrie, où je me suis marié.

Une ombre passa sur le visage de Bérénice. Elle savait que Josèphe avait été marié dans le passé, mais ses épouses précédentes étaient décédées. Elle le voyait comme un veuf endurci. Elle se sentit un peu dépossédée, mais n'en laissa rien paraître.

– *Mazel tov,* Josèphe ! C'est donc ta troisième épouse ?

– Ma quatrième. Une jeune femme charmante, avec qui j'ai emménagé à Rome.

– Te voilà heureux, à présent ?

– Oh, l'essentiel de ma vie, à présent, sera consacré à l'écriture. J'ai pris énormément de notes sur les événements que nous avons traversés. J'ai commencé à écrire le livre dont je t'ai parlé. En parlant autour de moi, j'ai noté que les Romains étaient très curieux de ces gens si énigmatiques que restent pour eux les Juifs. Surtout après le triomphe de Vespasien et Titus sur le Forum.

– Je sais qu'il a attiré beaucoup de monde, commenta Agrippa. Tu y étais ?

– Titus m'avait réservé les meilleures places. Oui, j'ai à peu près tout vu.

– Tu vas nous raconter. Viens t'asseoir...

Ils prirent place tous les deux près de l'âtre, car la soirée était fraîche. Josèphe commença son récit, avec le talent de conteur que Bérénice lui connaissait :

– Dès l'aurore, Vespasien et Titus se sont avancés, couronnés de lauriers. Aussitôt, l'armée les a acclamés. Vespasien s'est couvert la tête de son manteau et a prononcé les prières rituelles, Titus a fait de même.

– J'imagine la scène, murmura Bérénice.

– Après cette cérémonie, le père et le fils ont conduit le triomphe dans les grandes rues de la ville. On pouvait voir des quantités d'argent, d'or, d'ivoire, façonnées suivant les formes les plus différentes, répandues à flots comme un fleuve.

– L'or qu'il ont dérobé aux peuples conquis, précisa Agrippa.

– Mais ce qui excitait au plus haut degré l'admiration de la foule fut l'aménagement des échafaudages montés sur roues, que l'on promenait dans la ville. La guerre y était figurée en de nombreux épisodes. On pouvait voir une contrée prospère ravagée, des bataillons entiers d'ennemis taillés en pièces, les uns fuyant, les autres emmenés en captivité ; des remparts d'une hauteur surprenante renversés par des machines ; de solides forteresses conquises ; une armée se répandant à l'intérieur des murs ; tout un terrain ruisselant de carnages ; les supplications de ceux qui sont incapables de soutenir la lutte ; le feu mis aux édifices sacrés…

– Les Romains ont toujours eu le sens du spectacle, commenta Agrippa.

Bérénice, elle, fit défiler dans son esprit les images honteuses de ses coreligionnaires forcés de combattre les uns contre les autres dans l'arène. Et le visage de Danaël, éructant de colère.

– Sur chacun des échafaudages, on avait aussi figuré le chef de la ville prise d'assaut, dans l'attitude où on l'avait fait prisonnier. Le plus impressionnant, pour la foule, fut l'exposition du butin enlevé au Temple de Jérusalem : une table d'or, du poids de plusieurs talents, et un chandelier d'or du même travail. On portait ensuite, comme dernière pièce du butin, une copie de la loi des Juifs.

– Et les prisonniers ?

– J'y arrive. Le cortège triomphal se termina au temple de Jupiter capitolin. C'est l'endroit où, à Rome, on célèbre la mort du général ennemi. Ce jour-là, ce fut Simon bar Gioras, le chef iduméen. On l'entraîna, la corde au cou, vers le lieu qui domine le Forum. On entendit un bruit sec, puis un tribun annonça sa mort. La foule poussa alors des cris de joie.

Agrippa regarda Bérénice. Il savait ce qu'elle pensait. Certes, Simon méritait cent fois la mort. Mais pas comme ça, pas exécuté comme un vulgaire criminel.

– Où sont passés les trésors du Temple, Josèphe ?

– Ils ont été entreposés dans un bâtiment édifié sur le forum de César, le temple de la Paix.

– La grande Ménorah aussi ?

– Oui, la Ménorah aussi.

Bérénice se leva et alla verser un peu de vin pour Josèphe.

– Parlons d'autre chose, veux-tu ? As-tu des nouvelles de la cour ?

– Oui, puisque Titus me fait l'honneur de me compter parmi ses amis. Sache qu'il se prépare à régner, chaque jour Vespasien lui octroie un peu plus de pouvoir. Mais il a des ennemis.

– Lesquels ?

– Son frère Domitien, qui est jaloux de la faveur paternelle.

– Caïn et Abel. Nous connaissons cela, dans la Torah.

– Domitien est plus jeune que Titus, mais bien plus rusé. C'est le moment pour toi d'aller à Rome, Bérénice, et de l'aider à vaincre les obstacles. Tu en as le pouvoir, tu le sais.

– Mais il ne m'a encore rien demandé ! Nous étions convenus que, lorsqu'il serait prêt, il me le ferait savoir. Je dois attendre.

Josèphe fit une grimace réprobatrice.

– N'attends pas trop, ma reine. D'ailleurs, si tu me le permets, je vais m'en occuper personnellement, je sais même comment.

Bérénice sourit.

– Que ferions-nous, Agrippa, sans ce bon Josèphe ?

Agrippa approuva.

– Il a raison, ma sœur. Imagine, si tu devenais impératrice. Quelle revanche ce serait pour notre nation vaincue !

Josèphe eut le mot de la fin :

– Tu serais, oui, notre nouvelle Esther…

Bérénikè, au plus profond de son esprit, eut cette pensée inattendue :

« *Esther appartient au passé, Bérénice. Toi impératrice, c'est un nouveau monde qui pourrait voir le jour.* »

Chapitre 59

Tarquinia, en l'an 71 de l'ère commune

Une fois rentré à Rome, Josèphe ne resta pas inactif. Au début du printemps, Bérénice reçut une lettre de Titus, la première depuis son départ :

« *Mon cher amour,*

« *Je viens d'avoir de tes nouvelles par notre ami Josèphe, qui est toujours là quand j'ai besoin de lui. Je sais que tu vas bien, mais que tu t'interroges. Pardonne-moi ce long silence. Je pense toujours à toi, tu me manques cruellement. Mais ce qui m'est tombé dessus ces derniers mois, la célébration de ce triomphe, les affaire de l'empire, tout cela ne m'a pas laissé le temps d'écrire.* »

La reine ferma les yeux, ne sachant trop comment réagir. Seule Bérénikê le fit :

« *Pas le temps d'écrire, une excuse si banale !* »

– Mais il écrit aussi que je lui manque cruellement.

« *Tu le crois vraiment ?* »

Oui, elle le croyait.

« *Je n'ai pas renié ma promesse,* ajoutait Titus dans sa lettre. *Le sais-tu ? Bientôt je te ferai entrer à la cour et tu seras ma reine. Nous avons trouvé une bonne idée, avec Josèphe : et si tu te rapprochais de Rome ? Tu pourrais te rendre à Tarquinia, chez Drusilla, ta sœur. Son mari Felix est mort, tu pourrais vivre chez elle un moment. Tarquinia n'est pas éloignée de la capitale, je viendrais te voir plus souvent. Et quand j'estimerai le moment venu, tu partageras ma vie au palais.* »

La lettre se terminait ainsi.

« *Il n'a pas précisé*, persifla Bérénikè : *tu partageras sa vie... comme impératrice ou comme concubine ?* »

*

La Méditerranée venant tout juste d'ouvrir à la navigation, le voyage de Bérénice s'en trouva facilité. Quand elle débarqua à Ostie, Drusilla l'attendait sur le quai. Elle l'appela joyeusement :

– Bérénice !

Que la vie peut se montrer cruelle, songea Bérénice en la voyant. Sa sœur, si jolie naguère, était devenue une matrone triste. Elle avait perdu sa jolie taille fine et marchait avec difficulté, à cause de son embonpoint. Surtout, son beau visage portait les stigmates des avanies que son mari Felix lui avait fait subir. On pouvait lire dans ses yeux une tristesse insondable, mêlée à une forme de résignation. Elle embrassa chaleureusement sa sœur :

– Que tu es belle, Bérénice ! J'ai toujours été jalouse de ta beauté.

– Tu étais encore plus jolie que moi, ma chérie.

– Oui, mais c'était hier. Viens, allons chez moi. Ce n'est pas loin, rassure-toi.

Les serviteurs de Drusilla chargèrent sa *carruca* avec les bagages de Bérénice. Son véhicule, tiré par quatre chevaux robustes, était encadré par trois hommes appartenant à la garde personnelle de sa sœur.

La première partie du voyage se fit sur la *Via Ostiensis*, une route pavée bien entretenue qui reliait Ostie à Rome. Puis le véhicule obliqua vers le nord de l'Italie, longeant des paysages de pinèdes, de vignobles et de grandes propriétés agricoles.

– Après Viterbe, nous entrerons sur les anciennes terres étrusques, annonça Drusilla. On y respire mieux, tu verras.

Les paysages romains cédèrent la place, en effet, à une région de collines et de vallées fertiles, où soufflait une brise agréable. Des siècles auparavant, avant d'avoir été conquis et littéralement désintégrés par la république romaine, les Étrusques avaient dominé cette partie de l'Italie centrale. Venus, croit-on, d'Asie Mineure, ils avaient bâti en quelques siècles une civilisation remarquable, dominée par des rois tels que Tarquin l'Ancien et Tarquin le Superbe, qui avaient donné leurs noms à la cité où habitait Drusilla.

La *carruca* s'engagea dans une allée bordée de cyprès et s'arrêta devant une villa qui avait été luxueuse jadis, mais dont certaines parties étaient aujourd'hui laissées à l'abandon.

– Felix est mort en ayant perdu une partie de sa fortune dans des paris stupides. Je vis avec ce qu'il m'a laissé, mais ça ne me permet pas d'entretenir cette maison comme je le voudrais.

Après le dîner, les deux sœurs en arrivèrent aux confidences. Drusilla détailla à Bérénice la triste vie que lui avait réservée l'ancien procurateur de Judée.

– Tu as fait ce que tu as pu, reconnut-elle, pour me dissuader de faire cette bêtise, mais je me suis laissé abuser par ses discours enjôleurs et par les sorcelleries de Simon le Magicien. Au fait, qu'est-il devenu, celui-là ?

– Il est mort de la manière la plus fantasque qui soit. Il a parié avec de riches bourgeois qu'il pouvait voler dans les airs au-dessus du Forum à Rome. Y croyait-il vraiment, ou était-ce un trucage habile ? Dans ce cas, il n'a pas fonctionné, car il est tombé et sa chute l'a tué !

– Bien fait pour lui ! applaudit Drusilla.

Bérénice sourit. En dépit de son changement physique, elle retrouvait sa petite sœur et ses enthousiasmes d'enfant.

– Et toi, Bérénice ? Toujours amoureuse de ton prince, devenu aujourd'hui un semi-empereur ?

En présence de Drusilla, Bérénice abandonna toute pudeur.

– Après tout ce temps, je sens encore son odeur dans mon sommeil.

– C'est lui ou ce qu'il représente que tu chéris ?

– Lui, ma sœur, lui. Je l'aimerais même s'il était vêtu de haillons ! C'est fou, n'est-ce pas ?

– Je crois que j'ai compris, annonça Drusilla. Titus a versé dans ton vin le philtre de Simon le Magicien, le même que Felix a utilisé avec moi !

– Ah, c'est ce que tu penses ? Attends que je t'attrape !

Les deux sœurs se coursèrent en riant à travers la pièce, comme lorsqu'elles avaient six et sept ans.

– Arrête, arrête, dit Drusilla, je suis essoufflée !

Bérénice la prit par l'épaule.

– Et si tu commençais une diète ? Je vais t'aider.

– Plus de porc farci au petit déjeuner ?

– Non. Et une longue marche dans la campagne tous les matins.

– Bérénice ma tourmenteuse est revenue !

Chapitre 60

Au cours d'une de ces promenades matinales, les deux sœurs allèrent visiter la nécropole étrusque, tout proche.

– Jadis, Tarquinia était une cité étrusque puissante, où les habitants vivaient et commerçaient librement. Puis Rome est venue avec son appétit de conquête et a rasé toutes les cités étrusques : Volterra, Veii, Cerveteri, Perusia, avec ce génie des Romains pour la destruction.

– Comme ils ont fait pour Jérusalem, commenta tristement Bérénice.

Elles arrivèrent à l'entrée de la nécropole, gardée par deux fonctionnaires à qui elles payèrent deux oboles pour entrer.

– Aujourd'hui, il ne reste quasiment rien de la civilisation étrusque, sauf ces tombeaux qui ont miraculeusement résisté au temps. Viens voir, c'est étonnant.

Elles descendirent quelques marches. Bérénice découvrit sur les murs des fresques surprenantes de fraîcheur et de gaieté. L'une montrait un banquet où les convives festoyaient avec entrain, entourés de musiciens.

– N'oublie pas qu'ils sont morts et que ce banquet se déroule dans leur au-delà.

– Des morts qui ressemblent à des bons vivants !

– Ces gens-là ne craignaient pas la mort, ils avaient fraternisé avec elle. C'est pour cela qu'ils ont mené la vie dure aux barbares romains.

Une autre fresque évoquait des scènes pastorales de chasse ou de pêche. Les couleurs étaient franches, le rendu réaliste, l'ensemble respirait la bonne humeur et l'insouciance. Drusilla connaissait bien ces fresques, mais elle semblait s'en émerveiller pour ce qu'elles suggéraient.

– Bien avant leurs oppresseurs romains, une culture plus ancienne, qui arrivait peut-être d'Orient, avait imaginé un monde où les femmes étaient les égales des hommes, où les plaisirs de la vie, jusque dans la tombe, prévalaient sur les luttes sanglantes pour le pouvoir. Rome n'est pas invincible, Bérénice. Un jour, comme Jérusalem, elle tombera. Et d'autres valeurs, plus humaines, remplaceront celles qui comptent aujourd'hui, fondées sur la force et le mépris des autres peuples.

*

Au retour, les deux sœurs remarquèrent des signes d'agitation à l'extérieur de la villa. Drusilla se mit à courir en ouvrant grand ses bras :

– Agrippa, quelle surprise !

Toutes deux embrassèrent leur grand frère, qui venait tout juste d'arriver.

– Que c'est bon de nous retrouver tous les trois !

– Je ne suis pas là par hasard, mes sœurs. Titus va nous faire chercher, ces prochains jours, pour nous faire entrer à la cour impériale. Il nous présentera comme de fidèles alliés de Rome.

Le cœur de Bérénice bondit.

– Quand ?

– C'est une affaire de quelques jours. Il enverra une escorte de légionnaires pour nous conduire à Rome.

Drusilla sembla en proie à la panique.

– C'est trop rapproché, que vais-je me mettre ?

Agrippa s'avança vers Bérénice et posa sa main sur son épaule.

– Tout se jouera bientôt pour toi, ma sœur.

Elle se détourna et baissa la tête.

– Je suis partagée, Agrippa. Je songe à tous ceux, dans les ruines de Jérusalem, qui apprendront par la rumeur publique que la reine et le roi de Judée ont été reçus dans les palais des Romains.

– Que savent-ils de nos intentions ? Pourrions-nous mieux les aider, assis sur les mêmes tas de cendres qu'eux ? Seul le temps les éclairera.

« *Il a raison,* plaida Bérénikê. *À Rome, c'est depuis les sommets que tout se décide.* »

Drusilla revint avec une série de voiles allant du vert au rose.

– Bérénice, aide-moi ! Lequel choisirais-tu ?

– Ils sont tous magnifiques.

– Alors que dirais-tu d'une robe en deux couleurs ? Le rose pour le haut, le vert pâle pour la partie inférieure. Et toi, comment vas-tu t'habiller ?

– J'ai ce qu'il me faut dans mes bagages.

– Pour ta coiffure, laisse-moi faire. Je suis une excellente coiffeuse, sais-tu ?

– Je n'en doute pas, Drusilla.

Chapitre 61

Le palais impérial, an 71 de l'ère commune

Au jour dit, une escorte de légionnaires se présenta à l'entrée de la villa de Tarquinia. Un garde prétorien en grand uniforme (une cape courte et pourpre attachée à l'épaule droite avec une fibule) s'inclina devant Agrippa :

– Nous avons ordre de conduire au palais de l'empereur le roi Agrippa de Judée et la reine Bérénice.

Agrippa avait revêtu sa tunique de roi de Judée, richement colorée et serrée par une ceinture large de soie, avec des broderies en fils d'or et d'argent. Sur sa tête, il avait coiffé une demi-couronne en or. Bérénice, elle, était resplendissante. Elle portait, par-dessus sa tunique de soie, une robe plus large, ornée de broderies et de bijoux. Un voile lui couvrait partiellement la tête et les épaules. Sa coiffure, relevée par Drusilla en un élégant chignon, était décorée de perles précieuses et ornée d'un diadème en or. Quant à Drusilla…

– Je n'ai ordre de conduire que deux personnes au palais, annonça le prétorien : le roi Agrippa et la reine Bérénice.

– Drusilla est notre sœur, plaida Agrippa.

Le prétorien ne voulut rien entendre. Drusilla, qui s'était habillée d'une robe confectionnée à grands frais, éclata en pleurs.

– Si ma sœur ne vient pas, décida Bérénice, je n'irai pas non plus.

Agrippa fit une nouvelle tentative.

– Ne peut-on rien faire ? Il s'agit certainement d'un oubli.

– Notre tâche est d'assurer la sécurité de l'empereur, nous devons nous en tenir aux ordres.

Agrippa prit Drusilla à part.

– C'est moi le fautif, Drusilla, j'aurais dû préciser à Titus que nous serions trois. Je suis désolé, ce n'est que partie remise.

Drusilla, faute de mieux, accepta cette mauvaise raison et alla parler à Bérénice.

– Vas-y, ma sœur, c'est un moment qui compte beaucoup pour toi. Quand tu seras devenue impératrice, tu m'inviteras *personnellement* au palais, dit-elle en toisant le soldat romain.

Bérénice se laissa convaincre et suivit les gardes prétoriens.

*

Ils entrèrent dans Rome par la *Via Appia*, bordée de bâtiments majestueux, de temples et de monuments. Puis les légionnaires les conduisirent à travers les rues animées de la cité jusqu'à la colline du Palatin, où se trouvait le palais impérial. C'était la résidence officielle des empereurs, qui donnait sur le Forum romain au nord et sur le Circus Maximus au sud.

Ils furent accueillis à l'entrée par le *cubicularius*, une sorte de chambellan chargé de superviser les affaires domestiques de l'empereur. Le menton levé, il accueillit Agrippa et Bérénice d'un léger mouvement de tête et fit signe aux prétoriens de s'en aller.

– Suivez-moi, je vous prie.

Le *cubicularius* les précéda pour les conduire dans une salle d'attente décorée avec des fresques et des mosaïques, où une silhouette les attendait en bas d'un grand escalier.

– Titus !

Il la regardait, émerveillé.

– Que tu es belle, Bérénice !

Ils s'étreignirent longuement, sous les regards gênés du *cubicularius* et du roi Agrippa.

– Je vais vous conduire moi-même à la cour, annonça Titus.

Le *cubicularius* demanda respectueusement à parler.

– En principe, Altesse, c'est à moi de le faire.

Titus ne voulut rien entendre.

– Quand il s'agit de mes amis, c'est moi qui fais le guide !

Titus précéda Bérénice et Agrippa en montant le grand escalier, puis en les conduisant à travers un dédale de couloirs gardés par des prétoriens. Ils débouchèrent dans la salle du trône, où Vespasien devisait avec un groupe d'amis.

Le silence se fit. Le trio traversa la salle sous les regards étonnés des conseillers, des sénateurs et des proches de l'empereur. Celui-ci, vêtu de la toge impériale, était à peine reconnaissable, tant il avait vieilli.

– Père, commença Titus, inutile de te présenter Agrippa et Bérénice, nos deux fidèles alliés pendant la guerre de Judée. Dans les pires moments, ils nous sont toujours restés fidèles.

Agrippa et Bérénice s'inclinèrent.

– Je vous ai immédiatement reconnus. Des années après, tu es toujours là, reine Bérénice. Je rends hommage à ta beauté, aussi éclatante que jadis, mais aussi à ta pugnacité, qui a quelque chose de… romain !

Il y eut quelques rires à la saillie de l'empereur.

– Cent fois, j'ai tenté d'influencer mon fils, cent fois il m'a résisté. Tu es, Bérénice, comme une place forte contre laquelle j'ai lancé le plus gros de mes légions et contre laquelle elles ont échoué. Aujourd'hui, comme tu le sais, Titus est appelé à diriger l'empire. En dépit de cela, je ne m'opposerai pas à ta présence au palais à ses côtés. Mais prends garde, tu auras des ennemis redoutables.

Bérénice s'inclina, sans rien répondre. Quand Vespasien s'éloigna, elle chuchota à l'oreille de Titus :

– De quels ennemis parle-t-il ?

– Regarde autour de toi : les sénateurs, qui redoutent que je devienne un nouveau Marc Antoine, au bras d'une nouvelle Cléopâtre… les conseillers de mon père, qui rêvaient de me faire épouser la fille d'un riche patricien… ceux qui te trouvent trop âgée pour me donner des enfants… ceux qui craignent à l'inverse que, par un caprice de la nature, tu m'en donnes quand même un, vrai ou faux… ceux qui redoutent que tu t'immisces un peu trop dans les affaires de l'Empire… et le pire de tous, mon frère Domitien.

Le frère cadet de Titus, qui les observait à distance, était un être habité par la méfiance, cela se lisait sur son visage. Oui, c'était la face jurée du Caïn de la Torah. Il avait le visage large, à l'exemple de son père, mais cette apparence robuste était démentie par ses yeux vifs et perçants, qui semblaient en permanence déjouer des complots imaginaires ou monter quelque manigance bien réelle.

– Domitien ? Je vais lui parler.

Titus tenta de la retenir, en vain.

Elle alla se planter devant Domitien, qui semblait l'attendre. Il s'inclina.

– J'ai beaucoup entendu parler de toi, Bérénice. Tu es la preuve, avec quelques autres, qu'il existe des Juifs fréquentables.

– Tu découvriras, Domitien, qu'il en existe plus que tu ne penses.

– À la bonne heure ! Le voyage depuis la Judée n'a pas été trop fatigant pour toi ?

« *Une allusion discrète à ton âge,* lui souffla Bérénikê. *Réponds-lui de la même façon.* »

– Quel âge as-tu, Domitien ?

– Moi ? Je suis bien plus jeune que mon frère, j'ai vingt ans tout juste.

– Attention, alors, à ne pas vieillir avant l'heure. Fais de la gymnastique, je te trouve déjà un peu voûté !

Elle lui pinça le ventre.

– Mange moins, tu es déjà bedonnant. Et intéresse-toi aux jeunes filles plutôt qu'aux petits garçons. C'est la recette qu'en Judée les hommes adoptent à vingt ans, pour combattre les ravages du vieillissement.

Il encaissa sans broncher, ni perdre son sourire forcé.

– Tu as de la repartie, reine Bérénice. Je te rappellerai, moi, un détail historique : la dernière reine orientale qui est venue à cette cour, en compagnie de César, était la reine Cléopâtre. J'espère pour toi que tu finiras mieux qu'elle.

– À la différence de Cléopâtre, Domitien, je réserve mes serpents à mes ennemis !

Cette fois, Domitien en perdit le sourire, s'inclina et lui tourna le dos. Titus vint la rejoindre.

– Je connais mon frère, Bérénice. Quand il fait cette tête-là, c'est qu'il hurle en silence.

– Laisse le loup hurler avec les loups !

Chapitre 62

Le lendemain, levé de très bonne heure comme tous les militaires, Titus proposa à Bérénice de l'accompagner.

– Où m'emmènes-tu ?

– Sur un terrain vague, pas très loin du Forum. Tu verras, c'est un spectacle extraordinaire.

Elle s'habilla et le suivit. Il l'attendait, debout sur un char, dans la cour du palais.

– Monte avec moi !

Suivis par un groupe de gardes prétoriens à cheval, ils dévalèrent la colline palatine pour gagner l'endroit où se trouvait la *Domus Aurea*, le palais extraordinaire de Néron, aujourd'hui fermé.

– Regarde !

Face à la maison de Néron, un immense chantier était en construction, sur lequel travaillaient des milliers d'esclaves.

– Est-ce un nouveau palais ?

– As-tu vu la taille ? Non, Bérénice, ce sera le plus grand cirque du monde ! Nous l'appellerons l'*Amphitheatrum Flavium*[1]. Il remplacera l'ancien cirque, détruit après l'incendie de 64. C'est une initiative de mon père.

Elle se demandait toujours en quoi cela pouvait la concerner.

– Si cette construction est devenue possible, Bérénice, c'est grâce à vous, les Juifs.

– Ah ?

– C'est l'or du Temple de Jérusalem qui payera cette construction mémorable. Et les ouvriers que tu vois sont pour moitié des prisonniers juifs, ramenés de Palestine. Notre *Amphitheatrum Flavium* sera, d'une certaine manière, votre création !

Elle l'aurait giflé.

En dépit de son enthousiasme enfantin, Titus vit son regard furieux et tenta de se rattraper.

– Je t'ai montré ce chantier, ma douce, pour te faire comprendre que nous n'avons pas volé ces trésors pour nous remplir les poches, comme beaucoup nous en accusent. Votre or ira dans l'un des plus beaux monuments du monde, encore plus grandiose que le temple d'Hérode. L'*Amphitheatrum Flavium* sera le temple des Romains !

« *Et le tombeau des Juifs !* » lança Bérénikè.

Il remonta sur son char.

– À présent, je vais te montrer autre chose, qui te prouvera que nous ne sommes pas des sauvages.

Il fouetta ses chevaux et le petit cortège prit la direction du Forum.

1. Ce sera plus tard le Colisée.

Ils arrivèrent en face d'un autre espace en construction, mais bien plus avancé. Des portiques entouraient une grande cour rectangulaire, au centre de laquelle se trouvait un petit temple.

– Nous l'appellerons le temple de la Paix. Moi, je continue à l'appeler le forum de Vespasien, car c'est mon père qui l'a conçu au lendemain de la guerre de Judée.

Il l'entraîna à l'intérieur.

Les murs des portiques étaient décorés de fresques et de reliefs illustrant les exploits militaires de Vespasien et de Titus, ainsi que de scènes symboliques de paix et de prospérité. Elle découvrit aussi une grande bibliothèque. Pas aussi impressionnante que celle d'Alexandrie, mais très vaste quand même.

– Ce forum symbolisera la paix et la prospérité apportées au monde par Vespasien après une période de troubles civils et de guerres. Des érudits et des citoyens pourront s'y réunir pour lire et y débattre, enrichissant la vie culturelle de Rome.

« Après tout, pourquoi pas ? » se dit Bérénice. On comprenait bien l'idée de Vespasien : tourner la page après une période agitée. Et quoi de mieux, pour cela, qu'un espace de culture ? Mais Titus, toujours à sa volonté de (trop) bien faire, gâcha tout.

– Viens voir maintenant, Bérénice, nous ne l'avons pas détruite…

– De quoi parles-tu ?

« *Méfie-toi* », la prévint Bérénikè.

Cette manière assez enfantine de faire miroiter des surprises commençait à devenir irritante. Il l'entraîna vers une grande salle où elle vit ce qu'il voulait lui montrer : la grande Ménorah, le chandelier à sept branches en or pur, ramené du lieu le plus sacré du Temple de Jérusalem, le *Kodesh,* le Saint des saints. Sa flamme perpétuelle symbolisait la continuité de la foi et de la tradition juives.

– Nous l'avons rapportée sur un navire, puis exhibée lors de notre triomphe. Les sénateurs voulaient la fondre pour en faire des pièces d'or commémoratives que nous aurions distribuées au peuple, mais Vespasien a refusé. Puisqu'il comptait construire un temple de la Paix, il estimait que la Ménorah y avait toute sa place.

Dans des niches creusées dans les murs de cette salle, Bérénice reconnut aussi d'autres objets sacrés du Temple, comme la table des pains de proposition, la vaisselle en or des prêtres ou les trompettes d'argent utilisées pour annoncer le début des fêtes religieuses. Chacun de ces objets, qui avaient une signification profonde, était utilisé dans des rites précis visant à honorer et à adorer l'Éternel. Les voir ici exposés à la curiosité des Romains parut à Bérénice la plus intolérable des insultes faites à Dieu.

« *Maîtrise ta colère,* lui conseilla Bérénikè. *Veux-tu rester à Rome, oui ou non ?* »

La reine se demanda ce que lui aurait conseillé son ami Josèphe, le meilleur des négociateurs. Bérénikè lui répondit :

« *Il t'aurait dit : à présent que Vespasien vient d'accepter ta présence auprès de Titus, il serait stupide de tout anéantir par une manifestation d'humeur. Prends patience, le peu que tu feras ici vaudra toutes tes imprécations solitaires dans ta pauvre forteresse de Césarée.* »

Elle n'y croyait plus, ou si peu.

– Et que ferai-je ici ?

« *Remettre en route le plan élaboré avec Josèphe : couper l'empire en deux. Quand tu seras impératrice au côté de Titus, il te suffira d'ordonner pour être obéie. Titus, à Rome, dirigera l'empire d'Occident ; toi, à Jérusalem avec ton frère Agrippa, commanderez à l'empire d'Orient.* »

– Un rêve, Bérénikè !

« *À Rome, Bérénice, c'est sur le trône que se réalisent les rêves. Donc patience.* »

Chapitre 63

Rome, les années 71-74 de l'ère commune

Rome avait au moins retenu un luxe venu d'Orient : la litière. On en voit dans certaines fresques égyptiennes, et le roi Salomon en fait mention dans son Cantique des cantiques. Au début, l'usage des litières en Italie était réservé aux sénateurs. Puis ce moyen de transport se diffusa dans les classes riches de la société, notamment chez les patriciennes et les membres illustres de la famille impériale.

Peu de temps après son arrivée, Bérénice avait tenu à visiter quelques lieux remarquables de la capitale de Titus. Mais pas question d'y aller à pied, même sous bonne garde, lui avait dit le *cubicularius* du palais. Elle chemina donc à demi couchée dans sa litière, garnie de fourrures et de coussins délicats, portée par quatre esclaves précédés de deux gardes à cheval. Leur tâche était d'écarter la foule afin de permettre à son lit à porteurs d'évoluer dans les rues encombrées de Rome. Bérénice trouvait ce moyen de transport rustique et plutôt incommode, mais c'était le seul, selon le protocole, qui convenait à son rang,

– Place, faites place ! entendit-elle.

Les rideaux qui fermaient la litière étaient soigneusement retenus par un entrelacs de lacets, laissant à l'imagination du petit peuple le soin de deviner quel personnage illustre se trouvait à l'intérieur. Mais, parfois, une brise indiscrète soulevait le léger voile et…

– Eh, c'est Bérénice ! dit quelqu'un.

– Venez voir, Bérénice !

La plèbe de Rome l'appelait « Bérénice » tout court, faute de connaître son titre, puisqu'elle n'en avait aucun. Et encore, c'était « Bérénice » quand tout allait bien. Parfois, c'était « la putain de Titus » ou « la Juive », ou pire encore. Un petit caillou, lancé par un gamin contre la litière, fit comprendre à la reine de Judée qu'elle n'était pas la bienvenue à Rome.

*

Cette situation dura trois ans.

Trois années durant lesquelles Bérénice éprouva l'inconfort de ne jamais vraiment trouver sa place. Elle était installée au palais comme une impératrice, était considérée *(volens nolens)* par la cour comme l'épouse de Titus et paraissait à toutes les cérémonies officielles.

Elle n'était pourtant qu'un simulacre d'impératrice, car elle n'avait pas obtenu le titre d'*Augusta*. Cette distinction, conférée par le Sénat à l'épouse officielle de l'empereur, était l'équivalent féminin du titre d'Auguste. Pour le moment, aux yeux de tous, Bérénice n'était qu'une concubine sans aucun pouvoir. Et chacun, au palais, le lui faisait cruellement sentir. Cette situation, qu'elle trouvait humiliante, semblait ignorée par Titus, qui préférait minorer le problème :

– Les titres importent peu, ma douce, seules les réalités comptent. Pour chacun, tu es mon épouse. Pour le titre d'*Augusta*, trop de factions s'y opposent, ce n'est pas le moment de nous attirer des nuées d'ennemis. D'autant que la maladie de mon père s'aggrave et que bientôt viendra l'heure des comptes.

Vespasien, en effet, souffrait d'une maladie intestinale qui déclenchait chez lui de fortes diarrhées, une condition qui affaiblissait son état général.

– « Malheur ! Je sens que je vais devenir un dieu », a-t-il dit l'autre soir en plaisantant. Nous devons être très prudents, car mon frère Domitien redouble d'une attention exagérée pour la santé de mon père.

– Tu penses qu'il pourrait te ravir le trône ?

– Seule la décision de l'empereur prévaudra. Mais, à ce stade, tout est possible.

Toujours le même manège, celui qu'elle n'avait cessé d'observer, depuis son jeune âge, dans les palais de Rome ou de Judée : guetter les jeux de pouvoir, comme le faisait son père Agrippa 1er et son père Hérode le Grand avant lui, pour être le plus habile, le moment venu, à saisir au bond les miettes des puissants. À la fin, c'était humiliant et insupportable. Mais qui négligeait ce jeu ennuyeux et pervers était voué à l'échec. C'est pourquoi, à l'exemple de ses ancêtres, Bérénice engagea des espions recrutés parmi les serviteurs et les fonctionnaires du palais. Ils venaient régulièrement lui rendre compte des petits complots qui se tramaient contre elle.

Un soir, peu avant un dîner officiel auquel devait prendre part l'empereur, un de ses espions, Mucius, l'attira à part :

– Maîtresse, pendant la préparation des tables, j'ai remarqué que ta servante Julia ajoutait un petit billet dans les verres de chaque convive, y compris dans celui de l'empereur.

Intriguée, Bérénice alla l'observer derrière un rideau. En effet, après avoir vérifié que personne ne la regardait, Julia déposait un papyrus plié en quatre dans chaque coupe.

– Julia !

– Oui, Madame ?

– Viens à moi. Que fais-tu ?

Tremblante, Julia s'approcha.

– Que sont ces billets ?

– Oh rien, un rappel du programme prévu pour le dîner.

Bérénice, qui serrait le poignet de Julia, demanda à Mucius de lui rapporter l'un de ces billets. Il était explicite :

« *Bérénice n'est pas l'Augusta de Titus, mais cela fait longtemps qu'elle est celle de son frère Agrippa.* »

C'était une allusion à peine voilée à ses anciennes relations incestueuses avec son frère.

– Qui t'a payée ?

La servante éclata en pleurs.

– Le fils de l'empereur, Domitien. Pitié, maîtresse !

– Va me chercher tous ces billets !

Munie d'une centaine de billets, tous identiques, Bérénice traversa le palais à grandes enjambées, suivie par Mucius, qui entraînait Julia derrière lui en la tirant par le poignet. Elle arriva ainsi dans une salle remplie de dignitaires, où l'empereur discutait de l'avancement de la construction de l'*Amphitheatrum Flavium* avec ses architectes. Domitien était parmi eux. Elle cria :

– Domitien, avance !

Voyant la fureur de Bérénice, Domitien recula par prudence. Elle lui jeta son paquet de billets au visage.

– C'est toi qui diffuses ces mensonges, immonde crapaud ?

Domitien, furieux, se jeta sur elle. Mais elle l'arrêta au moyen d'une prise enseignée jadis par son maître d'armes syrien. Elle lui saisit le bras en lui tordant la main, de telle manière qu'il chuta à terre en criant de douleur.

– Mais que se passe-t-il ? s'indigna l'empereur.

Bérénice lui tendit un des billets.

– Votre fils Domitien me diffame, noble Vespasien.

L'empereur lut le billet et s'adressa à son fils :

– Est-ce toi, Domitien, qui as fait diffuser ce billet ?

– Jamais de la vie ! Cette femme est folle et a monté cette accusation contre moi.

Vespasien, qui n'était pas dupe, préféra les rappeler tous les deux au calme.

– Nous ne saurons jamais la vérité. Je vous propose donc d'en rester là. Mais ne recommencez jamais ce spectacle dégradant. Il me reste peu de temps à vivre, j'ai mieux à faire qu'assister à vos disputes.

Ils se séparèrent à contrecœur.

Inévitablement, l'écho de cette dispute parvint jusqu'au Sénat :

– Cette Judéenne n'a pas hésité à utiliser la violence contre le fils de l'empereur, s'indigna un des sénateurs.

– Nous connaissons tous Domitien, mes chers collègues, il est ainsi fait qu'il ferait se battre des montagnes.

– Domitien a son caractère, je le reconnais. Mais Bérénice importe à la cour ses mœurs orientales. Où a-t-on vu, à Rome, une femme lutter contre un homme ? Nous ne sommes pas à Carthage.

– Il y a plus grave, mes chers collègues. Le risque existe que l'influence de Bérénice sur Titus finisse par le changer en tyran après la mort de Vespasien. Est-ce bien ce que nous voulons ?

– Nous avons payé cher notre tranquillité actuelle, après Caligula et Néron. Voulons-nous recommencer avec un empereur qui se prendra pour un nouveau roi de Perse, influencé par une intrigante ?

– Les Juifs sont tout juste tolérés à Rome. Qu'ils ne mettent surtout pas notre patience à bout !

Chapitre 64

Mais le pire fut l'hostilité du peuple. Le sommet fut atteint un jour que la litière de Bérénice se dirigeait vers le Forum. L'expérience lui avait enseigné à la tenir bien fermée, afin de n'être pas reconnue. Mais, ce jour-là, l'orage qui menaçait obligea ses porteurs à poser leur fardeau.

– Maîtresse, c'est dangereux, mieux vaut retourner au palais à pied !

À peine eut-elle quitté sa litière que les injures fusèrent, en dépit du tonnerre et des éclairs qui illuminaient le Forum.

– La Judéenne !

– Rentre chez toi !

Elle entendit même un « Mort aux chrétiens ! » qui prouvait que, pour la plèbe romaine, juifs et chrétiens étaient du pareil au même. Néron, en son temps, les avait accusés des pires exactions, le peuple en avait conservé la mémoire. Ses deux gardes éloignèrent la foule en distribuant des coups à ceux qui se pressaient un peu trop autour de Bérénice, mais une pierre, jetée avec force, atteignit la reine de Judée au visage. Une servante se précipita.

– Tu saignes, maîtresse. Rentrons au palais, vite !

Bérénice, elle, avait la tête ailleurs. Elle revoyait une image, comme un flash qui ne l'avait jamais vraiment quittée : ces visages de Grecs et d'Égyptiens haineux, le jour de son premier mariage, à la sortie de la synagogue d'Alexandrie. Une unité de cavaliers prétoriens, prévenue, vint à son secours. Quand ils brandirent leurs glaives, la foule se dissipa.

*

Titus, peu après, l'accueillit au palais.

– Ce sont des imbéciles, tes esclaves en ont identifié quelques-uns. À l'avenir, tu ne sortiras plus sans une garde renforcée. J'ordonnerai aux officiers d'emprisonner ceux qui t'injurient, ils seront exécutés.

Bérénice était comme tétanisée par l'incident.

– Il y a plus simple, Titus, je ne sortirai plus.

– Mais non, n'exagère pas.

« N'exagère pas », voilà tout ce que son amant trouvait à lui dire. Sa blessure au front lui importait peu, mais elle se sentait humiliée.

Josèphe, qui était de passage au palais, s'empressa de lui rendre visite.

– Je ne suis pas étonné, Bérénice. Lis ça…

Il prit dans son sac une liasse de papyrus.

– On m'a communiqué ces écrits d'un jeune historien à la mode, Tacite. À sa manière, lui aussi se pique de raconter la guerre de Judée. Mais, quand il parle des Juifs, il ne recule devant aucune infamie.

Il cita le texte :

« *Avec leurs frères, fidélité à toute épreuve, pitié toujours secourable ; contre le reste des hommes, haine et hostilité. Ne communiquant avec les autres ni à table, ni au lit, cette nation, d'une licence de mœurs effrénée, s'abstient pourtant des femmes étrangères ; entre eux, tout est permis. Ils ont institué la circoncision pour se reconnaître à ce signe. Les premiers principes qu'on leur inculque sont le mépris des dieux, le renoncement à sa patrie, l'oubli de ses parents, de ses enfants, de ses frères. Les Juifs ne conçoivent Dieu que par la pensée et n'en reconnaissent qu'un seul. Aussi ne souffrent-ils aucune effigie dans leurs villes, encore moins dans leurs temples. Point de statues, ni pour flatter leurs rois, ni pour honorer les Césars.* »

– Toujours les mêmes accusations. Mais pourquoi se répandent-elles aujourd'hui ?

– Rien n'arrive par hasard. Domitien et ses partisans ont répandu l'idée qu'un « clan juif » influençait les décisions de Titus. Il n'en fallait pas plus pour que les haines refoulées depuis la guerre finissent par se réveiller.

– Que me conseilles-tu ?

– Il ne faut pas donner des armes à nos adversaires, au moins tant que Titus ne sera pas choisi comme empereur. Après, tu pourras répondre à ceux qui t'insultent. Mais, en ce moment, ce serait imprudent. Laisse faire Titus, il saura faire taire les séditieux.

Chapitre 65

Titus, en effet, ne tarda pas à réagir. « On » (c'est-à-dire Domitien) se servait de Bérénice pour diminuer ses chances de devenir empereur.

– Ah, ils me croient sous l'influence d'un « clan juif ». Eh bien, ils vont voir !

Il mit en place un réseau d'informateurs chargés de lui rapporter tout ce qui se murmurait sur lui et sur Bérénice au palais et au Sénat. Dès qu'un individu, quel qu'il soit, était soupçonné de diffuser des rumeurs malveillantes, il le faisait arrêter et interroger, quand ce n'était pas pire.

C'est ainsi qu'un de ses agents dénonça le rôle actif d'un des chefs de l'opposition, un ex-général nommé Alienus Caecina. Celui-ci faisait courir au Sénat la rumeur que Bérénice organisait pour Titus des fêtes orientales qui se transformaient au cours de la nuit en orgies effrénées, qui duraient jusqu'à l'aube.

– Eh bien, décida Titus, nous allons lui donner raison !

Il fit venir son chambellan.

– Organisez un grand dîner en l'honneur des vétérans de l'armée. Vous inviterez Alienus Caecina. Je serai présent et la reine Bérénice aussi.

Six jours après, quand les convives gagnèrent leurs places, Bérénice se disposa sur une couche juste à côté de Caecina. C'était un petit homme bedonnant qui avait quitté l'armée depuis plusieurs années et trompait l'ennui en se nourrissant de gourmandises, lesquelles n'avaient guère amélioré son capital de séduction.

– J'ai beaucoup entendu parler de vous, général Caecina, le salua Bérénice. J'ai appris que l'empereur Vitellius vous avait confié deux légions pour combattre Othon en Germanie ?

– C'est exact. Vous vous intéressez aux affaires militaires, madame ?

– Tout ce qui vous concerne personnellement m'intéresse, général. Au cours de la bataille, vous avez, m'a-t-on dit, pris les Helvètes en tenaille ?

– Ah oui, c'était même une bien belle manœuvre.

Tandis que Caecina racontait comment il avait fait attaquer les Helvètes par ses cavaliers rhétiques, Bérénice se fit de plus en plus lascive et se rapprocha de lui au point de frôler ses lèvres. Le vin aidant, et se voyant apprécié à un point qu'il ignorait, Caecina tenta sa chance et chercha à l'embrasser.

Elle se mit à hurler et se redressa avec une mine de dégoût.

– Alienus Caecina, tu m'as manqué de respect !

Le silence se fit dans la salle.

– Que se passe-t-il ici ? demanda Titus.

– Cet homme, ce… débris humain a cherché à m'embrasser !

Caecina devint très pâle.

– Mais c'est vous qui…

Titus, apparemment fou de colère, fondit sur Caecina et le frappa rudement au visage. Le sang coula.

Puis, sur un signe de Titus, deux gardes prétoriens firent leur apparition et emmenèrent l'irrespectueux général. On entendit un cri rauque derrière les rideaux. Caecina venait d'être égorgé.

*

De manière inattendue, la mort de Caecina devint vite une « affaire Caecina ». Dès le lendemain, sur les places publiques, les amis du général mort accusèrent Titus de l'avoir assassiné pour complaire à Bérénice.

– La Juive a eu raison d'un de nos meilleurs généraux romains.

– Titus est sous influence, il faut que cela cesse !

La rumeur enfla et fut reprise par les cyniques, des philosophes très à la mode à Rome. Quatre siècles après les cyniques grecs, ce courant de pensée avait fait de nombreux disciples dans la Rome de Vespasien. Comme leur modèle grec, les cyniques romains pratiquaient un franc-parler soi-disant « philosophique », destiné à débusquer toutes les hypocrisies. Ils vivaient dans la rue, vêtus d'une simple cape passée sur leur corps nu et prêchaient à qui voulait les entendre leur goût des vérités crues.

L'un d'eux, nommé Diogène, comme son maître grec Diogène de Sinope, se produisit sur la place du marché et se répandit en malveillances contre les maîtres du moment.

– Les Juifs ont été chassés d'Égypte, cela est vrai. Mais en savez-vous la raison ? C'est qu'ils étaient lépreux ! Voilà toute la vérité, la philosophie mosaïque est une sagesse de lépreux : c'est la raison pour laquelle ils préfèrent ne pas se mélanger. Aujourd'hui, le clan juif s'est introduit au palais et transmet sa maladie de l'âme jusqu'à notre empereur Vespasien.

Ces tristes inepties ne durèrent pas longtemps. Des soldats accoururent, se saisirent de lui, l'enchaînèrent par les poignets à un poteau et le battirent de verges. Puis ils le détachèrent et le laissèrent partir.

La légèreté apparente de cette punition (afin de ne pas aggraver la situation, Titus lui avait laissé la vie sauve) encouragea d'autres adeptes des cyniques. L'un d'eux, sur le Forum, amplifia les accusations publiques de son prédécesseur :

– Amis, le premier d'entre vous qui aura le courage d'aller à Vespasien et de soulever sa tunique jusqu'à sa tête fera une grande découverte : notre empereur a fait le sacrifice ultime et s'est fait circoncire !

Cette fois, Titus ne transigea pas. L'homme fut emmené et eut la tête tranchée.

Chapitre 66

Tous ces désordres faisaient quand même beaucoup pour l'empereur Vespasien. Dans les dernières années de sa vie, le maître de Rome avait entrepris de sérieuses réformes fiscales pour rétablir les finances de l'empire, gravement affectées par la guerre civile et les excès de Néron. C'était certes moins glorieux qu'une victoire sur le champ de bataille, mais bien plus difficile. C'est pourquoi Vespasien ne pouvait accepter de se trouver en porte-à-faux avec le Sénat, spécialement pour des raisons qu'il estimait futiles.

Un matin, il convoqua Titus pour lui parler sérieusement :

– Veux-tu devenir empereur à ma mort, oui ou non ?

– Je souhaite, mon père, que les dieux te gardent en vie le plus longtemps possible.

– Assez d'hypocrisie ! J'estime que tu dois me succéder, bien plus que ton frère Domitien, que je crois trop fragile pour cette fonction. Mais tu sembles tout faire pour obtenir le contraire.

– Que veux-tu dire ?

Vespasien lui parla sans détour.

– Débarrasse-toi de cette Juive !

Titus reçut cette injonction comme un coup porté à l'estomac.

– Père, ne me demande pas l'impos…

– Tais-toi !

Vespasien avait haussé le ton, comme il le faisait quand Titus n'était qu'un jeune enfant. Devant cette montagne d'autorité, le petit Titus baissait la tête et se mettait à pleurer. Il n'en était pas si loin aujourd'hui.

– La mort d'Alienus Caecina, dont cette femme est responsable, a été une catastrophe politique.

– Bérénice n'est pas fautive, père, c'est moi le seul responsable.

– C'est encore pire ! Ce meurtre, car c'en est un, a effrayé les membres du Sénat qui nous sont les plus favorables. Nous en avons longuement parlé hier au soir. Ils craignent que, devenu empereur, tu te transformes en un dictateur qui imposera ses méthodes arbitraires et gouvernera l'empire selon ses caprices.

Titus tenta mollement de se disculper.

– Tu sais parfaitement, père, que ce n'est pas ma manière d'agir.

– Je sais surtout, mon fils, que tu es quelqu'un d'influençable. Et le Sénat l'a compris aussi. Je leur ai répété que j'avais une confiance totale en toi, que tu n'étais pas un Caligula, mais ils n'en démordent pas. Le meurtre de Caecina et cette police secrète que tu as installée au palais les inquiètent au plus haut degré. À tel point qu'un des sénateurs a émis l'idée que Domitien, après tout…

Il n'alla pas jusqu'au bout de sa phrase, laissant planer la menace. Titus, déjà, avait baissé la tête.

– Que dois-je faire, père ?

– Je te l'ai dit. Débarrasse-toi de cette Juive.

Il eut un silence, puis :

– Ce n'est pas une décision facile, je le sais. Je l'estime moi aussi, c'est une femme intelligente, qui a du caractère. Mais si tu dois me succéder, il faudra faire passer les intérêts de l'empire avant ceux de ta propre personne. C'est ce que j'ai toujours fait et c'est pourquoi, à ma mort, le Sénat me déifiera. Cette apothéose, crois-moi, n'est pas un simple rituel. Elle récompense les empereurs capables de tous les sacrifices pour le bien de l'État.

Titus s'inclina et s'en alla.

Sa tête chavirait. Il ne voulait pas se séparer de Bérénice, il ne le pouvait pas. Et, pis encore, même s'il l'avait voulu, il n'aurait pas su comment s'y prendre. Il courut vers son cheval, prit la direction d'une des portes de la ville et lança sa monture au galop dans la *campagna romana*. Il en revint le soir, épuisé et la tête vide.

*

Le lendemain, il se rendit dans les appartements de Bérénice. À la vue de Titus, mal rasé et la mine défaite, elle se doutait qu'il n'avait pas de bonnes nouvelles à lui annoncer. Mais, comme souvent, il avait du mal à se décider.

– As-tu parlé à ton père ?

– Oui, je lui ai parlé. Sais-tu, Bérénice, comment l'empereur Tibère a choisi son successeur ?

Non, elle n'en savait rien et se demandait bien en quoi ce détail historique pouvait concerner la situation actuelle, qu'elle jugeait critique.

– Cela s'est joué à Capri, alors que Tibère était très malade. Il hésitait entre deux successeurs possibles : Caligula, son petit-neveu, et Gemellus, son petit-fils. Il se décida finalement pour Gemellus. Mais un soir, alors qu'il était dans le coma, Tibère confondit l'un et l'autre. Croyant choisir Gemellus, il désigna Caligula. Puis il mourut. Le jour suivant, Caligula fut couronné empereur. Une de ses premières décisions fut de faire exécuter son concurrent, Gemellus.

Bérénice ne le quittait pas des yeux.

– Que cherches-tu à me dire, Titus ?

– Qu'il suffirait d'un rien, une simple confusion, un incident mineur pour que Vespasien choisisse mon frère Domitien. Et Domitien fera comme Caligula, il me fera exécuter.

Elle afficha une mine grave.

– En sommes-nous vraiment là ?

– Oui, la santé de mon père est très mauvaise et je sens Domitien aux abois. Ne lui donnons pas des arguments qui pourraient lui profiter. Cette affaire Caecina s'est révélée désastreuse.

– C'est toi qui as pris la décision, Titus.

– Parce qu'il t'avait insultée.

« *Il tourne autour de la décision,* déplora Bérénikè, *il voudrait qu'elle vienne de toi.* »

– Je dois donc m'en aller ?

– Provisoirement. Ne va pas loin, retourne chez ta sœur à Tarquinia. Le jour venu, quand Vespasien aura disparu, je serai le seul empereur à Rome. Par prudence, Domitien prendra la fuite. Je te rappellerai auprès de moi et personne, tu m'entends, personne n'osera te manquer de respect !

– Est-ce ta volonté, Titus ?

Il bafouilla.

– Ne crois surtout pas… je pense que, pour le moment…

Elle répéta :

– Est-ce ta volonté, Titus ?

Il inclina la tête. Elle lui tourna le dos et quitta la pièce.

– VIII –

MALGRÉ LUI, MALGRÉ ELLE

Chapitre 67

Rome, les années 75-79 de l'ère commune

Bérénice écrivit à sa sœur Drusilla, qui lui répondit avec enthousiasme :

« *Si je veux bien t'accueillir ? Et comment donc, ma sœur ! Viens vivre chez moi, la maison est grande. Pas très confortable, comme tu sais, et cela ne s'est guère arrangé depuis ton départ pour Rome. Mais nous ne serons que deux, nous nous débrouillerons.* »

Bérénice n'avait pas revu sa sœur depuis son départ mouvementé pour le palais, voici trois ans. Elle eut un choc. Les années écoulées avaient changé Drusilla en une vieille femme, alors qu'elle n'avait que quarante-sept ans. D'ailleurs, elle ne s'en cachait pas.

– Je mange trop pour tromper mon ennui, et ma seule activité physique consiste à barder les vêtements de toutes sortes de galons brodés. Mais je m'en moque, il n'y a personne ici pour me juger. Toi, Bérénice, tu es resplendissante !

Bérénice soupira.

– Ce n'est qu'une apparence, ma sœur, car j'ai eu des moments difficiles. Les Romains n'ont guère de pitié pour les étrangères.

– Ne m'en parle pas ! Je me souviens encore de ce garde prétorien qui était venu te chercher et qui s'entêta à refuser de m'emmener, alors que j'avais confectionné une si belle robe !

– Si Agrippa n'avait pas insisté, ce jour-là, j'aurais refusé d'y aller.

– Tu as bien fait d'accepter. Maintenant, raconte-moi ces trois années passées au palais. Prends ton temps, ici ce n'est pas ce qui manque !

Et Bérénice raconta.

Drusilla écouta son récit avec passion, comme si elle avait été au théâtre.

– Ce que tu as dû souffrir !

– Ce n'est rien, comparé à ce que nos frères de Jérusalem ont souffert.

– Me permets-tu une question, ma sœur ? Ne le prends pas mal, surtout.

– Parle, ma chérie.

– Ce qui te retient auprès de Titus… est-ce seulement de l'amour ?

– Que veux-tu dire ?

– Nous sommes, toi et moi, les filles de notre père. Il n'était pas insensible aux sentiments, mais il mettait la politique avant tout le reste.

– Et alors ?

– Josèphe espère te voir impératrice, pour aider notre peuple

– J'y pense aussi, Drusilla, mais je ne suis pas notre père. Il se trouve que j'aime Titus et qu'il m'aime aussi.

– Comme avant, après tout ce temps ?

– Différemment. Aujourd'hui, la sensualité s'est un peu effacée de nos rapports.

– Il te trompe ?

– Il a besoin de dépenser son énergie. Oui, il a de jeunes maîtresses. Le plus souvent, ce sont des écervelées, fascinées par le pouvoir. Mais il me revient vite, ce qui nous relie est trop fort.

– Une « corde de marin », disais-tu à l'époque ?

– C'est lui qui parlait ainsi. Si son père n'avait pas insisté, je serais encore à ses côtés. À vrai dire, c'est le grand problème de Titus : il n'a jamais été totalement maître de ses décisions.

– Pourtant, il est déjà un des maîtres du monde !

– Mais la fragilité qui est en lui ne le quittera jamais. Pour être franche, c'est aussi à cause de cela qu'il m'aime, parce que je le rassure. Quand il sera empereur, cette situation cessera, je l'espère. Titus deviendra vraiment Titus.

Béréniké rebondit sur cette idée, qui était peut-être la clé de tout :

« *Et tu seras, toi, Bérénice, la nouvelle impératrice. La prédiction de Josèphe se réalisera, il suffit d'un peu de patience.* »

Elle se leva.

– À présent, parlons un peu de toi, Drusilla. As-tu des amis, vois-tu du monde ?

– Personne. Je me contente de partager mon temps avec mes chiens. Tu as fait le meilleur choix, Bérénice. Mieux vaut affronter tous les tourments de la terre, comme tu l'as fait, que rester toute seule dans une grande maison.

Bérénice prit sa sœur par un bras.

– C'est fini, à présent. Viens, on va se promener dans les bois. Comme avant, à Césarée.

*

Et les mois passèrent.

Quand arriva l'hiver, une neige subite tapissa le paysage d'un léger voile blanc. C'était la première fois que Bérénice voyait la neige. Jamais en Palestine, jamais à Rome.

– Ici, expliqua Drusilla, nous sommes sur une hauteur. Mais la neige ne dure pas longtemps.

– C'est si joli ! s'émerveilla Bérénice en contemplant les arbres coiffés de blanc.

Soudain, elle se dressa sur ses pieds.

– Quelqu'un arrive ! Il est à cheval.

– Où ?

– Par là. On dirait…

Les deux sœurs, saisies par la même intuition, se précipitèrent au-devant de leur frère Agrippa. Elles l'embrassèrent jusqu'à l'étouffer.

– D'où arrives-tu ?

– De Palestine, en passant par Rome.

– Tu dois avoir faim ? déclara Drusilla. Viens, j'ai préparé une omelette au poisson, à la manière romaine.

Devant le plat qui refroidissait, Bérénice et Drusilla le harcelèrent de questions.

– Comment se porte le pays ?

– Il se remet lentement de ses blessures. Mais, dans les villes, on y croise plus d'étrangers que de Juifs. Beaucoup sont partis en Égypte ou à Babylone.

– Es-tu allé à Jérusalem ?

– Oui, deux fois. Mais j'y suis resté le moins possible, c'est trop lourd à supporter.

– Y a-t-il encore de la résistance en Judée ?

– Non, plus beaucoup. Massada a fini par tomber, les insurgés ont courageusement résisté aux Romains. À la fin, ils ont fini par se suicider. Chacun a tué son voisin à tour de rôle.

– Comme à Jotapata avec Josèphe ?

– La différence, cette fois, est que personne n'a triché.

– Et toi, Agrippa, où en est-tu avec l'empereur ?

– Je l'ai revu à Rome. Lui et Titus m'ont confirmé nos titres et nos possessions en Judée, en Galilée et dans le Golan.

Bérénice ne put résister à poser la question qui lui brûlait les lèvres :

– Titus a-t-il… changé ?

– Il a pris un peu de poids et s'est laissé pousser la barbe, comme tous ces Romains. Mais cela ne dure pas. Il la rase et puis la laisse pousser à nouveau.

– Le jour où il saura ce qu'il voudra, celui-là ! railla Drusilla.

Agrippa devinait ce que Bérénice souhaitait entendre.

– Il m'a parlé de toi.

– Ah ?

Elle n'émit qu'un murmure.

– Tu lui manques beaucoup.

À ce point, elle voulut en savoir plus.

– Y a-t-il une autre femme ?

– Non. Des maîtresses, mais rien de sérieux.

– Te l'aurait-il dit à toi, mon frère ?

– Je crois qu'il est très occupé par les affaires de l'empire. Vespasien lui a confié une réforme administrative, il s'y consacre entièrement. Son frère Domitien guette la moindre de ses défaillances.

Il prit la main de sa sœur.

– Il te faut encore attendre, Bérénice.

Attendre ? C'est que le temps passait vite, elle aurait bientôt cinquante ans.

Chapitre 68

Rome, en l'an 79 de l'ère commune

Au début du mois de juin, l'empereur Vespasien fut dans l'obligation de s'aliter, ses douleurs intestinales étant devenues intolérables. Ses médecins lui conseillèrent de prendre du repos dans sa villa des thermes de Cutilia, en Sabine. Il leur obéit à contrecœur, mais avait compris que, pour lui, c'était fini.

Dans ses derniers instants, il voulut conserver une dignité impériale. Le 23 juin, on le vit se lever et gagner les jardins en s'accrochant aux meubles. Le médecin lui enjoignit de regagner sa couche, mais Vespasien lui lança :

– L'heure approche, un empereur doit mourir debout !

La nouvelle de sa mort se répandit dans tout l'empire par les seuls moyens qu'on connaissait alors : le *cursus publicus*, le système de poste officiel établi par Auguste, ainsi que les *acta diurna*, des bulletins quotidiens affichés dans des lieux publics à Rome et dans d'autres grandes villes de l'empire.

À Tarquinia, Drusilla avait appris la nouvelle au marché de la ville. Elle courut en faire part à Bérénice :

– Vespasien est mort, c'est confirmé !

Bérénice ferma les yeux.

– C'est l'heure de Titus, murmura-t-elle.

– Ton heure aussi, ma sœur.

Elle préféra ne pas répondre, tant elle doutait de l'avenir.

*

Et l'attente reprit à Tarquinia, interminable.

Les nouvelles de Rome arrivaient les unes après les autres, trop partielles et trop lentement au goût de Bérénice. Fort heureusement, Josèphe, le fidèle ami Josèphe, fit une apparition surprise, à son habitude. Bérénice le reçut avec une joie non dissimulée.

– Josèphe ! Si j'étais une païenne superstitieuse, je dirais qu'un dieu t'accompagne, tu es toujours là quand je ressens le besoin de te voir.

– La vérité est plus simple, reine Bérénice, je me doutais que tu brûlais d'avoir des nouvelles. Et comme moi-même je brûlais de te revoir…

Il ne termina pas sa phrase, laissant planer une gêne chez Bérénice.

« *Se poserait-il déjà en rival amoureux de Titus ?* s'interrogea Bérénikè. *Car Josèphe t'aime, c'est évident, il ne le cache même plus. Si tel est le cas, c'est que les nouvelles de Titus ne sont pas bonnes.* »

Bérénice sourit à Josèphe et se détourna.

– Viens à l'intérieur, Josèphe, raconte-nous, le pressa Drusilla.

Devant un verre de citronnade, Josèphe commença par raconter les cérémonies qui suivirent la mort de l'empereur :

– Le corps de Vespasien fut en premier lieu embaumé et parfumé avec des huiles et des épices. Puis on l'habilla dans son costume impérial. Il fut exposé un jour entier au Capitole pour permettre aux citoyens de lui rendre hommage. Un discours funèbre fut prononcé en son honneur.

– Par Titus ?

– Pour moitié par Titus, pour l'autre moitié par un sénateur de haut rang. Puis l'empereur fut placé sur un bûcher funéraire et incinéré selon la tradition romaine. Ses cendres furent recueillies dans une urne. Après, vint l'*Apotheosis,* la déification votée par le Sénat. Au cours de la cérémonie, un aigle, symbole de Jupiter, fut libéré pour symboliser l'âme de Vespasien qui s'élevait vers les cieux et rejoignait les dieux.

Quand Josèphe eut fini son récit, son regard et celui de Bérénice se croisèrent. Elle attendait la suite. Comme elle ne venait pas, c'est Drusilla qui se dévoua :

– As-tu parlé à Titus, Josèphe ?

– Très brièvement, il était si sollicité.

Drusilla choisit d'être directe.

– T'a-t-il parlé de Bérénice ?

Josèphe baissa les yeux. Les paroles qu'il murmura étaient à peine audibles.

– Il m'a fait part de son tourment, oui.

– Quel tourment ?

Après avoir hésité, le fidèle ami se décida.

– Il ne t'a pas oubliée. Mais, à présent, il est seul empereur. Ses proches lui ont clairement déconseillé son projet de mariage avec une étrangère, bien trop âgée pour lui donner un héritier. Ils lui suggèrent plutôt une patricienne romaine, ils l'ont déjà choisie pour lui.

Bérénice pâlit, jusqu'à défaillir.

– Non, ne perds pas confiance, reine Bérénice. Je ne suis pas venu à Tarquinia par hasard, mais en service commandé. Titus m'a envoyé à toi avec un message.

La respiration manqua à Bérénice.

– Quel est-il ?

Josèphe sortit de sa tunique un papyrus écrit de la main du nouvel empereur. Elle refusa de le prendre.

– Préfères-tu que je le lise ?

La voix de Bérénice ne fut plus qu'un murmure.

– Oui, lis.

« *Ma Bérénice, je t'aime. Je t'aime à en mourir…* »

Josèphe marqua un temps. Il vit qu'elle tremblait.

– Continue.

« *Mais nous devons encore patienter quelques mois. Voilà ce que j'ai décidé : le 24 octobre prochain, lors d'une fête religieuse, je provoquerai une révolution de palais. Ce jour-là, avec l'aide de mes gardes prétoriens, je renverrai l'ancienne équipe de Vespasien et j'emprisonnerai les plus virulents de mes opposants du Sénat. Je te ferai alors venir à Rome et tu seras mon impératrice.* »

Il lui tendit le papyrus, qu'elle relut attentivement. Elle était incrédule.

– Il prépare un coup d'État pour moi ? demanda-t-elle en tremblant.

– Pour toi et pour avoir les mains libres. Il veut se libérer de l'emprise du Sénat, qui conteste chacune de ses décisions. À présent, il veut gouverner seul.

– Comme Caligula ? lança Drusilla.

Josèphe préféra ne pas répondre, mais Bérénice insista.

– Qu'en penses-tu personnellement, Josèphe ?

– Puisque tu me le demandes, ma reine, je lui ai formellement déconseillé d'en arriver là. L'empire a toléré Caligula, puis Néron, il n'acceptera pas un nouveau tyran.

– Et qu'a-t-il répondu ?

– Tu connais Titus, il ne supporte pas d'être contrarié : « Occupe-toi seulement de délivrer mon message à Bérénice. Et recommande-lui de garder le secret jusqu'au 24 octobre », voilà quelle fut sa réponse.

Josèphe, le sage Josèphe craint le pire, songea Bérénice, c'est la raison pour laquelle il paraissait si inquiet en arrivant. Son amant allait prendre un risque politique immense en défiant le Sénat. Pas seulement pour lui, mais aussi et surtout pour elle, c'est ce qu'elle voulait croire. Mais était-ce un risque ou une folie ?

– Je suis terrorisée, avoua Drusilla.

– Le destin est à la croisée des chemins, admit Josèphe. Si le coup d'État de Titus réussit, tu seras impératrice et Rome aura un empereur tout-puissant.

– Et s'il échoue ?

– Titus sera exécuté, Domitien prendra sa place. Les Romains accuseront le « clan juif » d'avoir fomenté ce coup de force. Ils nous renverront tous en Judée et nous aurons de la chance s'ils nous laissent vivants !

Chapitre 69

Rome, le 24 octobre 79, à l'aube

Le palais impérial s'était empli de bruits inhabituels. L'empereur s'était levé tôt, à son habitude, mais avait annulé sa promenade à cheval quotidienne. Les gardes prétoriens affectés au palais avaient été déplacés pour recevoir de nouvelles instructions. Compte tenu de l'heure, les rues de Rome étaient encore vides, mais des groupes de soldats avaient pris position à certains carrefours. D'autres groupes, d'un pas martial, se dirigeaient vers les maisons luxueuses de certains sénateurs.

Sur les pentes du Vésuve, en milieu de matinée

À 250 kilomètres plus au sud, un beau soleil d'octobre s'était levé sur la baie de Naples. L'air était un peu frais, l'hiver approchait. Face à la belle cité de Pompéi, la montagne du Vésuve semblait dormir d'un sommeil paisible. Sur les pentes, le propriétaire Marcus Aellius, assisté d'une dizaine de ses esclaves, finissait de recueillir le beau raisin noir qu'il faisait pousser sur les pentes du volcan. C'est alors qu'un de ses esclaves attira son attention :

– Maître, la terre tremble !

Au Sénat, en milieu de matinée

Au même moment, dans la *Curia Julia* où se tenaient les séances du Sénat, une réunion exceptionnelle avait été convoquée par Lucius J. Fronto, un des chefs de l'opposition :

– Nobles sénateurs, les rumeurs les plus alarmantes nous parviennent. Plusieurs de nos collègues auraient été arrêtés à l'aube et mis au secret dans un endroit inconnu hors de Rome.

– Titus nous déclare la guerre ! cria quelqu'un.

– Titus veut être un nouveau Néron ! lança un autre.

Il fut décidé à l'unanimité d'envoyer une délégation de sénateurs au palais impérial, afin d'obtenir des explications de l'empereur lui-même.

Sur les pentes du Vésuve, en fin de matinée

C'était une secousse qui venait des profondeurs de la montagne. Marcus Aellius, qui se souvenait de l'éruption de l'an 62, abandonna ses vendanges et ordonna à ses esclaves de regagner Pompéi. Lui-même en fit autant. Dans la ville, les habitants étaient sortis des maisons et regardaient le Vésuve, inquiets. Un nuage de cendres venait de se former au sommet de la montagne.

Palais impérial, vers midi

Sans se faire prier, Titus avait accepté de recevoir les sénateurs menés par Lucius Fronto. Ils furent accueillis au palais par les gardes prétoriens et rassemblés dans une grande salle circulaire où étaient organisés, habituellement, les dîners d'État. La salle était conçue de telle manière qu'une dizaine d'ouvertures, sur sa circonférence, permettaient d'apporter les plats servis aux convives. Les sénateurs s'en étonnèrent.

– Mais... nous ne sommes pas venus pour dîner ?

Quand parut l'empereur, Lucius Fronto n'hésita pas à l'interpeller.

– Très excellent Titus, veux-tu nous dire à quoi rime cette mise en scène ? Nous sommes venus afin d'obtenir des explications.

Titus, le visage sombre et les mains martialement posées sur ses hanches, lui répondit frontalement :

– Des explications, Fronto ? Les voici.

De chaque passage dans la salle jaillirent des groupes de soldats qui formèrent un cercle autour des sénateurs.

– Considérez-vous tous en état d'arrestation !

Ville de Pompéi, en début d'après-midi...

Une énorme explosion secoua la montagne. Comme un bouchon jaillissant d'une bouteille, le sommet de lave solidifiée du Vésuve vola en éclats, libérant un immense panache de matériaux volcaniques qui monta haut dans le ciel. Des millions de mètres cubes de cendres et de roches volcaniques retombèrent en une pluie brûlante sur les malheureux habitants, qui couraient en tous sens.

– Abritez-vous ! cria Marcus Aellius.

Beaucoup, en désespoir de cause, coururent vers le port, tentant de prendre la fuite sur des embarcations de fortune. Marcus, lui, se rua à son domicile pour prendre soin de sa femme et de ses enfants. Il les retrouva terrés dans la cave.

– Ne restez pas là, venez !

C'est alors que le toit, fragilisé par le poids des débris accumulé, s'effondra sur eux et les enterra vivants.

Palais impérial, en début d'après-midi…

Au comble de la colère, le sénateur Lucius Fronto pointa un doigt accusateur sur Titus.

– Honte à toi, Titus ! En ce jour, tu viens de bafouer la loi de nos pères fondateurs, tu te conduis de manière indigne, sous le regard des dieux.

Titus lui rit au nez.

– Les dieux ? Quels dieux ? Ce que j'ai vu à Jérusalem m'a fait penser qu'ils n'existent pas. Ou, s'ils existent, qu'ils se moquent bien de nos affaires humaines.

– Blasphémateur ! lui répondit Fronto, tu es pire que Caligula !

C'en était trop pour Titus, qui se tourna vers ses prétoriens.

– Jetez-les en prison ! Quant à toi, Fronto, je te réserve un…

Il ne termina pas sa phrase, car un messager affolé venait de s'introduire dans la salle et s'adressa à l'empereur :

– Titus…

– Quoi ?

– Les dieux se sont déchaînés, Vulcain a libéré ses volcans !

Ville de Pompéi, en fin d'après-midi…

Une nuit totale était tombée sur la ville martyre de Pompéi. La pluie de cendres, qui ne cessait pas, avait envahi les rues et les maisons, ensevelissant les centaines d'habitants qui n'avaient pas réussi à fuir sous une épaisse couche brûlante. Non loin de Pompéi, la ville jumelle d'Herculanum fut elle aussi recouverte d'une coulée de boue volcanique solidifiée.

Palais impérial, en début de soirée…

Aussitôt informé de l'étendue de la catastrophe, Titus renvoya les sénateurs et convoqua une réunion d'urgence. Les rapports alarmants ne cessaient d'arriver les uns après les autres.

– Que disent nos géographes ?

Un officier répondit :

– L'éruption a touché le sud de l'Italie, mais elle pourrait en déclencher d'autres, bien plus importantes.

– Jusqu'en Italie centrale ?

– Tout est possible, nul ne connaît la mécanique et l'ampleur de ces séismes.

En l'état de la science, qui ignorait les vraies causes des tremblements de terre, tout pouvait s'imaginer, jusqu'à une réaction en chaîne détruisant la planète tout entière. Mais si la science est impuissante, pensa Titus, que dit le ciel ?

– Avez-vous consulté les haruspices ?

– Oui, Titus. Ils semblent confirmer que le dieu Vulcain est entré en colère, pour une raison encore inconnue.

Titus se sentit envahi par une terreur sacrée qu'il n'avait jamais connue, même dans ses combats les plus désespérés. Sa seule ressource, pour maîtriser sa peur, était l'action :

– Quoi qu'il en soit, nous ne pouvons abandonner nos compatriotes de Pompéi et d'Herculanum dans la peine. Il faut organiser les secours en mobilisant toute l'armée. J'irai moi-même à Pompéi.

Faut-il préciser que le coup d'État de Titus s'interrompit net ? Joignant le geste à la parole, l'empereur fit le voyage jusqu'en Italie du Sud et organisa personnellement les opérations de secours et de reconstruction. Sans ménager ses efforts, il mit tout en œuvre pour aider à déterrer les survivants, à récupérer les corps et à fournir de la nourriture, de l'eau et des soins médicaux aux personnes affectées. Le rôle décisif qu'il joua en ces heures critiques renforça sa réputation d'empereur efficace et bienveillant, soucieux du bien de son peuple. Prudent, le Sénat évita de s'opposer à lui et d'ébruiter la tentative avortée de coup d'État. Quant à la fin du monde, elle se limita à Herculanum et Pompéi, ce qui était déjà bien assez.

*

Quand, deux semaines après, Titus, épuisé, retourna au palais impérial, il fit venir à lui son conseiller Josèphe.

– Les communautés juives d'Herculanum et de Pompéi m'ont mandaté pour te remercier, Titus, pour l'aide que tu leur as apportée.

– Vous aviez des Juifs là-bas ?

– Quelques-uns, issus de la diaspora après la chute de Jérusalem. Ils avaient fait le voyage jusqu'à Pompéi pour échapper à la guerre.

– Les malheureux n'ont pas fait un bon choix !

Titus continua sur le ton, inhabituel pour lui, d'un repentant.

– Josèphe, tu es bien informé. Tu sais donc que mon coup de force a avorté.

– Je l'ai entendu dire, en effet. C'est un étrange coup du hasard, le même jour que le cataclysme du Vésuve.

– Je ne crois pas au hasard. Quoi qu'il en soit, tu l'as compris, je ne pourrai pas réaliser tous mes projets. Je te demande donc de... d'aller...

Il avait du mal à finir sa phrase. Josèphe l'aida.

– Bérénice ?

– Oui. Rends-toi à Tarquinia, où elle attend un signe de moi et parle-lui.

– Quel est ton message ?

Titus eut un geste fataliste.

Chapitre 70

– Tu mens, Josèphe !

– Je mens ?

– Oui, tu mens. Ce que tu me rapportes est impossible. Aujourd'hui, par son seul mérite, Titus est devenu le maître de Rome, il n'a même plus besoin de museler le Sénat. Et il choisirait ce moment pour me faire dire par toi, Josèphe, qu'il ne m'épousera jamais et que je dois rentrer en Judée ? Pourquoi ne m'a-t-il pas écrit ?

– Parce qu'il n'en a pas trouvé le courage, voilà pourquoi.

– Je ne peux pas te croire, Josèphe. Je sais…

Les mots qui suivirent sortirent de sa bouche malgré elle, mais il fallait qu'ils sortent.

– Je sais que tu es amoureux de moi. Est-ce vrai ou non ?

Son ton pour évoquer ce sentiment qu'il avait gardé secret était si dur qu'il brisa le cœur de Josèphe.

– Oui, Bérénice, je le suis. Depuis le début, depuis notre première rencontre à Jotapata. Depuis ce jour, je te l'avoue, tu éclaires ma vie.

Drusilla, qui était témoin de cette dispute, éclata en pleurs. Bérénice la rabroua.

– Tais-toi, Drusilla !

Drusilla baissa la tête et obéit. Bérénice reprit ce qui avait presque l'allure d'un interrogatoire. Elle préférait la colère, même injuste, que prêter foi à ce que lui avait rapporté Josèphe.

– Tu es marié, Josèphe, avec une femme bien plus jeune que moi ! Ta troisième. Il t'en faut encore une autre ?

– Je respecte mon épouse, Bérénice, mais je ne l'aime pas. Pas comme je t'aime.

– Il dit vrai, commenta Drusilla, je le sens.

– Et moi je dis qu'il ment quand il parle de Titus ! Il ment pour m'avoir toute à lui. Il sait à quel point notre relation avec Titus est semée d'embûches, il en profite !

« *Tu ne crois pas ce que tu dis* », protesta Bérénikè.

Elle se leva brusquement et courut dans le jardin pour se calmer. Quand elle fut seule et que personne ne pouvait l'entendre, elle se mit à sangloter. Puis elle resta prostrée un long moment.

Une main se posa sur son épaule, celle de Drusilla.

– Tu as été injuste, Bérénice.

Les yeux de Bérénice étaient mouillés de larmes.

– Ce qu'il m'a annoncé était si cruel.

– Mais c'était peut-être vrai.

– Tu le crois, toi ?

– Josèphe ne t'a jamais menti.

– Où est-il ? Je vais aller m'excuser.

– Il est parti. Le pauvre garçon ne s'attendait pas à ça. Il nous a tant aidées.

– Je vais le rattraper.

– Non, c'est inutile. Laisse-le aller et ne le revois plus. Tu lui as enlevé son rêve, c'est mieux pour lui. À ton…

Elle allait dire « à ton tour », mais s'arrêta.

– Pour ce qui est de Titus, tu n'as qu'une manière de savoir si Josèphe n'a pas dit la vérité, c'est d'aller à Rome.

Elle sécha ses larmes et se redressa.

– Oui, tu as raison, à Rome.

Bérénice fit venir Simonidès, le palefrenier de Drusilla, pour qu'il sorte la *carruca*. Puis elle se ravisa.

– Non, le char !

Simonidès marqua de l'étonnement.

– Le char, maîtresse ?

Drusilla, elle aussi, était surprise.

– Tu veux aller à Rome en char ?

– C'est plus rapide, je sais conduire un char.

Elle fit sortir de l'écurie le char d'Antonius Felix, acheté à l'époque à prix d'or. C'était un splendide char de course, entièrement blanc et garni de dorures.

– Il n'a pas servi depuis dix ans, prévint Simonidès, il faudrait le réviser.

– Pas le temps !

Bérénice sauta sur le char, tandis que Simonidès y attelait deux chevaux.

– À Rome !

Elle se saisit d'un fouet et démarra en trombe.

Chapitre 71

Bérénice fouetta ses chevaux pendant des heures, le cœur empli de rage et de chagrin. Depuis Tarquinia, elle prit la *Via Aurelia,* qui longeait la côte de la mer Tyrrhénienne. Elle changea deux fois de montures à des relais, mais refusa de prendre du repos, comme on l'y invitait.

Elle entra dans Rome par la porte Aurélia et se fraya un chemin dans les avenues. Elle parvint ainsi au palais impérial. Les gardes postés à l'entrée, qui la connaissaient, la saluèrent et la laissèrent passer.

– Halte !

Dans la cour du palais, où elle pénétra en trombe, elle se heurta à un groupe de prétoriens et à leur chef, Marcellus Lupio.

– Laisse-moi passer, Marcellus, je dois parler à l'empereur.

Lupio semblait hésiter.

– Je dois prévenir l'empereur, reine Bérénice.

– T'a-t-il donné des ordres à mon sujet ?

– Non, mais…

Il n'osait dire que les rumeurs (qui se propageaient vite au palais) faisaient état d'une séparation définitive entre Titus et Bérénice.

– Attends-moi ici, je vais me renseigner.

Elle sauta à bas de son char et attendit. Un prétorien lui apporta une serviette.

– Veux-tu te nettoyer le visage, reine Bérénice ? La poussière de la route...

– Merci, soldat.

Elle voyait les autres soldats la regarder, intrigués. Elle s'essuya la face et les bras, où la poussière s'était mêlée à la transpiration. Elle était blême.

Marcellus Lupio refit une apparition.

– L'empereur t'attend, Bérénice. Suis-moi.

Quelques années auparavant, c'était Titus lui-même qui était venu à sa rencontre. Elle ne se faisait plus guère d'illusions, à présent.

Titus l'attendait dans la salle du conseil. Il était assis, le corps allongé à demi sur une table, la tête enfouie dans les mains. Elle s'approcha de lui en haussant le ton :

– Regarde-moi, Titus !

Il se tourna vers elle. Ses yeux étaient rougis par le chagrin.

– Est-ce vrai, ce que m'a rapporté Josèphe ?

Il inclina la tête.

– Mais... pourquoi ?

Il eut un geste fataliste, sans répondre. Elle insista.

– Aurais-tu, cette fois, cédé à tes conseillers ? Alors que tant de fois, dans le passé, ils ont conspiré contre nous ? Et que, tant de fois, tu trouvas la force de leur résister ? Hier encore, tu aspirais à bouleverser l'empire pour m'avoir auprès de toi. Et aujourd'hui, tu me renvoies ? Pourquoi ton cœur est-il si changeant, Titus ?

Il se leva et alla vers elle, poussé par une impulsion subite. Puis il se raidit, résistant à grand-peine à la tentation de la prendre dans ses bras. Il murmura quelques mots à peine audibles :

– Mon cœur est resté le même, Bérénice.

Elle s'approcha de lui et posa un doigt sur ses lèvres.

– N'en dis pas plus, si ce doit être un mensonge.

Il voulut la serrer très fort contre sa poitrine, mais elle resta sur ses gardes.

– Je t'aime, ma princesse. Si tu savais à quel point je t'aime !

Elle n'y tint plus et se blottit contre lui.

– Je le sais, mon amour, je le sais.

Elle s'enivrait de sa chaleur et de son odeur, à quoi elle avait tant rêvé depuis leur séparation. Mais, encore une fois, elle voulait savoir.

– Pourquoi maintenant, Titus ? Pourquoi choisis-tu ce moment pour me faire tant de mal ? Hier encore, j'aurais pu accuser bien des forces contraires. Ton père, ou le Sénat, ou le peuple romain, qui ne voulaient pas de moi. J'en aurais pris acte, je me serais résignée. Mais, aujourd'hui, tu es le seul maître à Rome, tous tes sujets ont admiré ton dévouement en Italie du Sud, ils te vénèrent presque. Et c'est toi, à présent, de ton propre chef, qui m'ordonnes de retourner en Judée ?

Il la relâcha.

– Tu te trompes, Bérénice. Les dieux sont au-dessus de moi.

Elle ne comprenait pas.

– Les dieux ?

– Ils m'ont fait signe.

Elle fit un pas en arrière, craignant de deviner la suite.

– Mais... de quoi parles-tu ?

– J'étais prêt à faire une folie, ils ont arrêté ma main. Ils ont déchaîné les feux de la terre en Italie du Sud, à l'instant même où je m'apprêtais à plonger Rome dans une affreuse tourmente.

Elle comprit à demi-mot. Une catastrophe était arrivée, il y voyait une punition des dieux.

– Cela a sonné pour moi comme un avertissement. En crachant leur feu, les dieux m'ont ramené à la raison.

Que pouvait-elle répondre ? Les Juifs aussi étaient sensibles aux signes qu'ils croyaient envoyés par l'Éternel, les prophètes ne cessaient de leur donner du sens. Pourquoi les Romains seraient-ils différents ? Elle, Bérénice, ne croyait guère aux semonces du ciel, ni sans doute même au ciel lui-même. Mais que pouvait-elle contre la crédulité des humains et celle de son amant ? Pouvait-elle se montrer plus forte que leur amour ? Pouvait-elle faire leur malheur malgré eux ?

Il recula de deux pas et se drapa dans une posture qu'il croyait digne de sa fonction.

– Je dois régner, Bérénice. En devenant empereur, je porterai sur mes épaules le destin de l'empire. Céder aujourd'hui à mes caprices serait, aux yeux du peuple romain, me métamorphoser en un dictateur comme Caligula ou Néron. Est-ce cela que tu attends de moi ?

Elle baissa la tête, elle avait compris.

« *Ne renonce pas, Bérénice,* lui souffla Bérénikè. *Une autre renoncerait, mais personne n'a ta force d'âme. Qu'importe le trône, si tu as Titus ?* »

Ravalant son orgueil, elle mobilisa alors tout son courage.

– Soit, Titus, respectons la sentence des dieux. J'accepte de ne plus être ton impératrice. Mais restons amants, comme avant. Je ne viendrai plus au palais si tu me le demandes. Nous nous retrouverons à Tarquinia, je resterai ta maîtresse. Mais je… j'ai tellement besoin de toi !

Il secoua la tête.

– Te rabaisser pour toujours au rang d'une concubine ? Non, ma princesse, tu vaux bien mieux que cela.

Elle revint à la charge, comme un naufragé s'accroche à une poutre de bois pour éviter de se noyer.

– Le Sénat l'a bien accepté hier, il l'acceptera demain.

– Mais par quelles complaisances, Bérénice, devrai-je payer leur patience ? Ils se vengeront de moi, me feront accepter tous leurs caprices, sous peine d'incriminer notre relation.

Elle devait en convenir. Et il y avait aussi Domitien, qui guettait dans l'ombre. Mais Titus avait un autre argument, le plus décisif de tous.

– Moi-même, Bérénice, je ne te résisterai pas longtemps, tu le sais bien. Un jour, je finirai par outrepasser les règles que je me suis moi-même fixées !

Elle en chavira. Qu'elle l'aimait, son Titus, dans cet instant où il reconnaissait lui-même sa propre faiblesse et la force de son amour.

– Mais si je cède, poursuivit-il, je passerai pour un faible aux yeux de mes sujets. Toi-même, tu finirais par me mépriser. Non, ma princesse, la vérité est qu'en devenant empereur je ne m'appartiens plus. Voilà ce que m'ont dit les dieux en vomissant le feu de leurs entrailles.

Elle eut un geste lent de la tête qui lui signifia qu'elle avait compris. Elle s'inclina cérémonieusement devant lui :

– *Ave dominus imperator !*

Chapitre 72

« *Titus reginam Berenicen, cui etiam nuptias pollicitus ferebatur, statim ab Urbe dimisit invitus invitam.* » Et c'est ainsi, écrit l'historien Suétone, que « *Titus, qui aimait passionnément Bérénice et qui même, à ce qu'on croyait, lui avait promis de l'épouser, la renvoya de Rome, malgré lui et malgré elle, dès les premiers jours de son empire* ».

Les dieux étaient-ils satisfaits ? Non, pas vraiment. Peu de temps après l'éruption du Vésuve, Rome fut frappée par un incendie géant, aussi dévastateur que celui qui avait détruit une partie de la capitale sous Néron. Il dura trois jours. Encore une fois, Titus se dévoua. En tant que père de la nation, il organisa les secours et la reconstruction.

Étrangement, les dieux n'étaient toujours pas calmés. Peu après l'incendie, une épidémie de peste frappa Rome. Des milliers de Romains périrent. Titus, là encore, fit son possible pour tenter de contenir la maladie, mais que pouvait-on faire, en ces temps reculés, contre la peste ? Alors qu'il se dévouait jusqu'à s'épuiser sur tous les théâtres, son esprit ne le laissait plus en paix. Où donc avait-il péché ?

En Judée, pendant ce temps, Jérusalem renaissait lentement de ses cendres. Les Romains entreprirent de transformer la cité en une ville romaine, semblable à tant d'autres dans le monde méditerranéen. Ils construisirent de nouvelles voies d'accès et de nouveaux bâtiments administratifs, mais aussi des temples en l'honneur de leurs dieux. En revanche, l'accès des Juifs à Jérusalem fut sévèrement restreint, sauf pendant les fêtes annuelles.

Les chrétiens, quant à eux, poursuivaient leur chemin. Pierre et Paul avaient été martyrisés à Rome sous Néron, mais les lettres de Paul circulaient et commençaient à façonner le corpus de croyances de la nouvelle religion. Des évangiles apparurent, qui mettaient par écrit la vie et les enseignements du Christ. Et, comme l'Empire romain avait soif de religion, ils se répandirent d'est en ouest, formant la partie la plus importante du Nouveau Testament.

Chapitre 73

Césarée de Philippe, en l'an 81 de l'ère commune

La fin de l'été fut douce, cette année-là, à Césarée de Philippe. Traditionnellement, c'était la saison où l'on cueillait les figues, une des « sept espèces » (*shiv'at haminim*) pour lesquelles la terre d'Israël est bénie, selon la tradition juive. Dans le verger du château du roi Agrippa II, on en cultivait toutes les variétés. Les vertes et sucrées, utilisées pour les figues sèches, les noires avec une chair rouge, les brun-rouge avec une chair douce, qu'on consommait fraîches.

Bérénice les cueillait délicatement sur l'arbre et en emplissait un grand panier d'osier. Elle venait de fêter ses cinquante-trois ans. À présent, tout en restant fort belle, elle avait pris le parti de consentir à son âge. C'était une forme de soulagement d'accepter de vieillir sans craindre de déplaire à un homme plus jeune qu'elle.

Elle entendit qu'on l'appelait. C'était Agrippa.

– Une lettre pour toi, ma sœur.

Il lui tendit un pli, qu'elle ouvrit.

– C'est Drusilla. J'espère qu'elle n'est pas malade.

Agrippa resta à côté d'elle, tandis qu'elle lisait. Depuis Tarquinia, Drusilla lui avait envoyé une lettre de vœux pour son anniversaire, qu'elle compléta en avouant un projet personnel :

« *Toi partie, ma sœur, la solitude m'est devenue insupportable. Aussi ai-je pris le parti de quitter Tarquinia. Si vous êtes d'accord, Agrippa et toi, j'aimerais tant vous rejoindre à Césarée, compléter le peu qui nous reste de famille.* »

– Mais oui, bien sûr, qu'elle vienne ! réagit Agrippa. Je vais lui répondre.

Le soir, encouragée par ce rappel du passé, Bérénice écrivit une nouvelle fois à Josèphe, qui vivait à Rome et avait gagné une bonne réputation d'historien en « romanisant » son nom et en se faisant appeler Flavius Josèphe, en hommage à la famille impériale Flavienne, à qui il devait tant. C'était la troisième lettre qu'elle lui adressait, les autres étaient restées sans réponse. Peut-être cette fois ? Mais elle ne se faisait guère d'illusions, elle avait été injuste et même cruelle avec lui, il ne lui avait pas pardonné.

*

Peu de temps après, alors qu'elle préparait les vendanges avec son intendant sur les vignobles du mont Hermon, Agrippa s'approcha pour lui parler :

– Oui, mon frère ?

– L'empereur Titus est mort.

Elle resta sans réaction.

– Un messager qui arrivait de Jérusalem m'a apporté la nouvelle.

Elle se leva et se tourna vers les vignes, où les paysans récoltaient un beau raisin gorgé de soleil. Des larmes perlaient à ses yeux. Sans le regarder, elle interrogea son frère.

– Raconte-moi.

– Oh, il y a peu de choses à dire, il est tombé malade au cours de l'été, avec une grosse fièvre et de fortes douleurs au ventre. Peut-être une conséquence de la peste, peut-être une infection.

– Ou alors le poison.

– Tu penses à Domitien ?

– Quand le trône est en jeu, Agrippa, les Romains sont capables de tout, nous l'avons vu.

– Quoi qu'il en soit, Domitien est le nouvel empereur.

Elle soupira.

– Rien d'autre ?

– Non, je ne sais rien de plus.

Mais quand leur sœur Drusilla vint les rejoindre, quelques semaines après, elle livra à Bérénice plus de détails.

– Il souffrait beaucoup, à ce qu'on dit, mais il est mort sans se plaindre.

Elle se rapprocha de Bérénice pour lui faire une confidence :

– Ses dernières paroles ont été : « Aucun de mes actes ne m'a laissé de remords, à l'exception d'un seul. »

– À quoi pensait-il ?

– Il ne l'a pas précisé, il n'a pas eu le temps. À Rome, on s'interroge encore sur ce qu'il a voulu dire.

Agrippa, qui était près d'elles, ajouta :

– Mais toi, ma sœur, tu sais bien quelle était cette erreur.

– Oui, mon frère, je le sais. Elle est inscrite sur mon cœur en lettres de feu.

*   *
*

Cet ouvrage a été imprimé en France par
CPI Bussière
Z.I. rue Pelletier Doisy
18200 Saint-Amand-Montrond (France)

pour le compte des Éditions Fayard
13 rue du Montparnasse, 75006 Paris
info-fayard@editions-fayard.fr
en mai 2025

Composé et mis en page par
Nord Compo à Villeneuve-d'Ascq

PAPIER CERTIFIÉ

fayard s'engage pour l'environnement en réduisant l'empreinte carbone de ses livres. Celle de cet exemplaire est de : 650 g éq. CO_2
Rendez-vous sur www.fayard-durable.fr

N° d'édition : 81-7701-0/01 - N° d'impression : 2084528